Primeiro beijo, primeira vez

Rich e Mad

William Nicholson

Primeiro beijo,
primeira vez

Rich e Mad

Tradução
Sabrina Garcia

1ª edição

— Galera —

RIO DE JANEIRO

2015

CIP-BRASIL. CATALOGAÇÃO NA FONTE
SINDICATO NACIONAL DOS EDITORES DE LIVROS, RJ

N517r

Nicholson, William
   Rich e Mad / William Nicholson; tradução Sabrina Garcia. –
1ª ed. – Rio de Janeiro: Galera Record, 2015.

   Tradução de: Rich and Mad
   ISBN 978-85-01-09856-6

   1. Ficção inglesa. I. Garcia, Sabrina. II. Título.

15-19365
CDD: 823
CDU: 821.111-3

Título original em inglês
Rich and Mad

Copyright © William Nicholson, 2010

Todos os direitos reservados.
Proibida a reprodução, no todo ou
em parte, através de quaisquer meios.

Editoração eletrônica: Abreu's System

Texto revisado segundo o novo Acordo Ortográfico da Língua Portuguesa.

Direitos exclusivos de publicação em língua portuguesa somente para o Brasil
adquiridos pela
EDITORA RECORD LTDA.
Rua Argentina, 171 – Rio de Janeiro, RJ – 20921-380 – Tel.: 2585-2000,
que se reserva a propriedade literária desta tradução.

Impresso no Brasil

ISBN 978-85-01-09856-6

Seja um leitor preferencial Record.
Cadastre-se e receba informações sobre nossos
lançamentos e nossas promoções.

Atendimento e venda direta ao leitor:
mdireto@record.com.br ou (21) 2585-2002.

Sumário

Um encontro na loja do camelo	7
Apenas mais uma vadia perdedora	12
Uma conversa significativa e profunda	20
O garoto com o manual do sexo	27
O sonho impossível de Rich	32
Flertando com Joe	38
Medo de rejeição	50
Maddy, a mediadora	56
A vida sexual dos adolescentes	65
Amy, a coelhinha	71
Amar é uma decisão	78
Esperando todo o resto	85
Rich escreve uma carta para Grace	97
Maddy vai ao médico	107
Aberração gay	117
Mentiras sobre Leo	129
Apenas um pouco de diversão	141
Rich vai à guerra	150
Comendo sonhos	156
O clube dos perdedores	162
O segredo do Sr. Pico	169

Maddy tem pensamentos monstruosos	179
A festa de 80 anos de vovó	186
Amor de pai	197
A grandeza das coisas	208
Sentimentos de uma só vez	217
Imo aos prantos	230
Rich apaixonado	239
Joe traz notícias	249
A versão de Grace	256
A grande pergunta	269
Reconciliações	281
A primeira vez	290

Um encontro na loja do camelo

— Decidi me apaixonar — disse Maddy Fisher.

Cath acenou com a cabeça para mostrar que estava ouvindo, mas não desviou o olhar da revista.

— Estou falando sério. Sou muito nova para me casar, mas velha demais para ser solteira. Eu preciso de amor.

— E sexo — disse Cath.

— Bem, sim. Mas não estou falando de pegação rápida numa festa. Estou falando de ficar loucamente apaixonada, sem conseguir comer ou dormir.

— Alguma ideia de quem seria essa pessoa?

— Nenhuma.

Do lado de fora da antiga estalagem, na extensa grama beirando a rua principal, estava um grande camelo de madeira. O camelo era pintado de dourado e tinha um sorriso curioso no rosto. A estalagem era agora uma loja: mais que uma loja, uma loja de departamentos, abarrotada de mobília importada da Índia e do Extremo Oriente. Chamava-se Caravanserai. Mas todos que paravam para explorar o labirinto de aposentos exóticos a conheciam como loja do camelo.

Na tarde de uma quarta-feira de setembro, no último dia das férias de verão, apenas três clientes permaneciam quando a hora de fechar se aproximava: uma elegante mulher de meia-idade e dois jovens muito bonitos, seus filhos. A mulher estava interessada numa vitrine de colares de prata e coral. O mais velho e mais bonito dos filhos estava esparramado numa cadeira feita de madeira de Teca, com as longas pernas esticadas e os olhos fechados. O filho mais novo afastou-se para explorar a loja por conta própria.

Subindo um lance de escadas largas decoradas com painéis de espelhos emoldurados em madeira, atravessando o aposento da frente, repleto com armários chineses e com janelas altas, ele dirigiu-se, sem rumo, até chegar, finalmente, a um cômodo de fundos dedicado à exibição de almofadas, tecidos e tapetes. Parou na porta e olhou para dentro da caverna de cores. Uma claraboia central feita de vitrais vazava vermelho, roxo e dourado sobre as peças de tecido brilhante. Camas de madeira da Indonésia envoltas em tecidos coloridos amontoavam-se contra *chaise-longues* feitas de pau-rosa onde almofadas haviam sido empilhadas numa exuberância brilhante. O cômodo era um ninho para uma princesa oriental.

Era também o lugar especial de Maddy Fisher.

Sem ser notada em um primeiro momento pelo visitante, Maddy estava enrolada na cama, escondida por uma cortina de tecido espelhado. Ela ouviu os passos que se aproximavam e franziu a testa em sinal de irritação, fechando calmamente o laptop que estava apoiado na cama ao lado. Permaneceu imóvel, respirando suavemente. Poucos clientes de passagem ultrapassavam a porta.

Mas daquela vez, ela ouviu os passos avançando pelo cômodo. Em volta da borda da cortina, um rosto apareceu, avistou-a e sorriu um sorriso zombeteiro. Junto ao sorriso veio uma torção de boca, uma aproximação das sobrancelhas e um olhar de surpresa tão divertido como se ele tivesse falado em voz alta: *Um pouco de diversão.*

O que realmente disse foi:

— Maddy Fisher!

Maddy corou e, ao mesmo tempo, esperou que a luz colorida da lanterna cobrisse a vergonha. Ela o conhecia. A surpresa foi ele se lembrar do nome dela.

Era Joe Finnigan, um ano à frente na escola. Alto e magro, com o rosto bem-humorado e cabelo selvagem, de alguma forma, ele conseguia combinar todas as qualidades mais atraentes em um menino sem ser o modelo masculino de beleza. Não era o mais inteligente de seu ano ou o mais atlético, mas era o mais desejado. Você só tinha que olhar para Joe para sentir que seria uma honra atrair sua atenção.

Maddy estava honrada.

— O que está fazendo aqui? — perguntou ele.

— Moro aqui — respondeu Maddy.

— O que, neste cômodo?

— Na casa, na parte de trás. Este é o "negócio" dos meus pais.

— Ah, entendo. Que negócio legal.

Ele não perguntou o que ela estava fazendo escondida em uma cama de cortinas e com um laptop. Em vez disso, fixou-a com os olhos, permitindo que os restos remanescentes de seu sorriso dissessem a ela que gostou do que viu.

Seu irmão mais velho entrou na sala.

— Aí está você — disse ele, com um bocejo.

— Olhe para isso, Leo. — Joe Finnigan balançou uma das mãos em volta do espaço multicolorido. — Não é fabuloso?

Leo Finnigan era alguns anos mais velho que Joe e parecia uma versão mais perfeita. Era surpreendentemente bonito, com os olhos escuros em uma pele pálida e sem falhas. Ele não olhou ao redor do quarto. Olhou para Maddy.

— Olá! — disse. — Está à venda?

— Comporte-se — falou Joe.

— Eu pagaria o preço máximo.

Joe Finnigan sorriu para Maddy.

— Este é meu irmão mau, Leo. Apenas ignore-o.

— Oi — cumprimentou Maddy.

Leo sentou-se na cama, perto o suficiente para encostar-se aos pés dela.

— Imagino que seja menor de idade — disse ele. — Não me importo se não for.

— Leo — disse Joe. — Controle-se.

— Tenho 17 — respondeu Maddy. Assim que falou isso, arrependeu-se. Odiava ser tratada como criança, mas só as crianças sentiam necessidade de anunciar a idade.

— A família de Maddy é dona do lugar — disse Joe. — É uma verdadeira caverna do Aladim, não é?

— Todo mundo diz isso — falou Maddy.

— Você tem que fazer melhor que isso, Joe — retrucou Leo.

Joe riu um riso fácil e encontrou os olhos de Maddy com um sorriso.

— Ah, eu não tenho a pretensão de ser mais original que qualquer outra pessoa. Vamos, Leo. Mamãe está nos esperando.

— Eu alcanço você.

— De jeito nenhum vou te deixar sozinho aqui.

Leo gemeu e levantou-se.

— Estraga-prazeres.

Ele virou-se e cambaleou em direção às escadas.

— Não ligue para ele — disse Joe a Maddy. — Ainda está bêbado de ontem à noite. Você tem um ótimo lugar aqui.

— Você comprou alguma coisa?

— Eu não. Minha mãe está lá embaixo encomendando vagões carregados de velharias para o flat de Leo. Desculpa, "velharia" não. Mobília étnica.

— Chame do que quiser desde que compre.

— Leo não está nem um pouco interessado. Se dependesse dele, viveria em quartos vazios.

Ele virou-se para sair. Na porta, parou e olhou para trás.

— Então, como o camelo se chama?

— Cyril.

— Por quê?

— Porque sim.

Ele a deixou sozinha.

• • •

Tão logo ele se foi, Maddy começou a castigar-se pelas coisas que tinha e não tinha dito. Joe Finnigan nunca falara com ela antes. Agora, ele iria embora com a impressão de que era excêntrica, rude e imatura. A verdade era que Maddy havia sido pega totalmente de surpresa. Joe não fazia parte de seu mundo mental. Ele existia em outro plano, totalmente fora do alcance.

Em sua mente, ela explorou a imagem que ele tinha deixado para trás, ainda fresca e forte: o sorriso peculiar, os olhos brilhantes. O que ele estava usando? Uma jaqueta esverdeada, camiseta preta, calça jeans.

A maneira como ele riu. Fazia tudo parecer fácil.

A loja estava fechando. Maddy podia ouvir o estalar dos interruptores de luz enquanto Ellen, a gerente assistente, ia de sala em sala. Maddy pulou da cama, alisou os panos e almofadas onde estava deitada e saiu com o laptop nos braços.

Quando desceu as escadas, observou seu reflexo nos espelhos que cobriam as paredes. A luz da escada vinha de uma única janela estreita à sua frente, fazendo-a parecer lisonjeiramente geniosa. Ela jogou o longo cabelo castanho para trás, tentando ter um vislumbre de si mesma como os outros a viam. Grandes olhos castanhos, rosto oval, uma boca que, para ela, parecia muito pequena. Algumas pintas persistentes, principalmente na testa, onde o cabelo as escondia. Figura alta, sem lá muito peito. Belas pernas. "Bonita o suficiente" era o veredicto que geralmente concedia a si mesma. Não tão bonita quanto a irmã mais velha, Imo, é claro. Imo era a beleza da família. Mas os meninos notavam Maddy. Leo, o irmão de Joe Finnigan, tinha praticamente flertado com ela. O que Joe pensara disso?

Havia algo de assustador em Leo, mas, no geral, Maddy ficou satisfeita com a atenção. Ele a ajudou a acreditar em algo que ela achava difícil de considerar sobre si própria: que era sexy.

Apenas mais uma vadia perdedora

Atrás da estalagem, atravessando um quintal, havia uma construção com um telhado baixo, que já abrigara os estábulos da estalagem. As paredes de tijolos antigos estavam quase completamente cobertas por trepadeiras, com as folhas apenas começando a tomar o vermelho queimado do outono. Esta era a casa da família de Maddy. A porta da frente abria diretamente para uma cozinha de pé-direito pequeno, que ocupava a maior parte do térreo. Em uma extremidade, escadas íngremes levavam aos quartos no sótão. No outro extremo, várias poltronas fofas rodeavam uma pequena televisão.

Maddy encontrou a cozinha vazia. Esta era uma notícia ao mesmo tempo boa e má. Ela havia feito um juramento de não comer entre as refeições, mas, quando não havia ninguém para testemunhar, era como se ela não estivesse fazendo nada errado.

Ela colocou uma fatia de pão para torrar e pegou a manteiga e o creme de limão. Para se distrair, ligou a TV. O Jornal das Seis estava no ar. Alguém previa que a economia beirava a recessão. Um empresário tinha atirado na esposa e na filha, antes de colocar fogo na própria casa. Os cientistas alertavam que saladas pré-embaladas causavam intoxicação alimentar. Um homem fora assassinado por pedir a outros homens que parassem de fumar.

Por que estão me dizendo essas coisas? O que eu deveria fazer com elas? Sentir-me mal?

A torrada pulou. Maddy passou a manteiga e o creme de limão com generosos golpes de faca.

Posso ser feliz neste mundo doente? Ou uma pergunta mais difícil: posso ser infeliz? Talvez eu não esteja morrendo de fome em um bordel, mas não tenho um namorado. Tive meus momentos, chorando na cama à noite. Posso ser uma das vítimas que sofrem no mundo?

As notícias rolavam implacavelmente. Casas sendo tomadas. Famílias ao lado de pilhas tristes de mobília velha na rua. Toneladas de lixo.

A torrada e o creme de limão pareciam ter sumido. Ela não se lembrava de tê-los comido. Colocou uma segunda fatia na torradeira. Não há sentido em quebrar uma promessa se você não curtir.

Na verdade, pensando bem, importa se estou feliz ou infeliz? Não é como se minha vida tivesse algum significado. Quero dizer, eu desejo que ela continue. Você não pode evitar, apenas vive. Mas, do ponto de vista do resto do mundo, eu poderia muito bem não existir. Sou só mais uma criatura inútil ocupando espaço e recursos em um planeta superpovoado.

Só mais uma vadia perdedora, como diria Cath.

A torrada pulou.

Sua irmã, Imo, entrou na cozinha enquanto Maddy estava, mais uma vez, mergulhando a faca no creme de limão.

— Jesus, Maddy. Como consegue comer essas coisas?

— Eu gosto — disse Maddy.

— Tem alguma ideia de quantas calorias existem em cada mordida?

— Não me importo.

Durante toda a vida de Maddy, Imo havia sido magra como um poste. E ficava deslumbrante em tudo o que vestia. Imo era três anos mais velha, e, até onde conseguia se lembrar, Maddy queria ser como ela, mas tinha desistido de tentar ser tão magra havia muito tempo. O corpo simplesmente se recusava a ficar daquele jeito.

— Imo — disse Maddy —, nunca lhe ocorreu que sua vida não tem nenhum propósito útil e que você é praticamente um desperdício de espaço no universo?

— Não. — Imo pegou a faca de Maddy e correu um dedo pela lâmina. Depois, lambeu o creme de limão do dedo. — Ai, meu Deus! Isso é tão nojento.

— Não apenas você — insistiu Maddy. — Todo mundo. Quero dizer, talvez as coisas que fazemos simplesmente não importem. Talvez nossa vida seja apenas sem sentido.

— Para mim não é. — Ela lambeu mais creme de limão da faca. — Sério, Maddy, não é justo. Sabe que eu não tenho poder de resistência.

— Sem sentido para todos os outros, então.

— Minha vida não é sem sentido para todos os outros. Alex se importa com o que faço. Eu gostaria que ele não se importasse tanto, na verdade.

Alex era o namorado de Imo.

— Isso é suficiente para dar sentido a sua vida? Alex se importar?

— Na verdade, não. Não Alex. Mas o cara certo que virá um dia. Sabe de uma coisa, Maddy? — Imo apontou um dedo brilhando de saliva. — Você precisa de um namorado.

— Você vive dizendo isso.

Imo puxou o telefone do bolso da calça jeans e inclinou a cabeça para ele, como se quisesse falar em particular.

— Oi — disse ela. — Estava falando de você.

Ela recuou lentamente, dirigindo-se a seu quarto, já não totalmente presente no próprio corpo. Telefones fazem isso com as pessoas. Maddy não se importava. Ela não era diferente.

Claro que precisava de um namorado. Mas não era assim tão simples. Maddy não era deslumbrante como Imo ou como sua amiga Grace, mas também não estava desesperada. Da própria maneira, era bem orgulhosa. Não queria apenas um namorado qualquer, por causa das aparências, do jeito como se escolhe uma roupa de marca. Ela queria um garoto para amar.

A dificuldade era que os meninos com quem havia crescido, os meninos de seu primeiro ano na escola, simplesmente não serviam. Baixos, malvestidos, barulhentos e idiotas, não havia um único pelo qual ela poderia convocar o menor tremor de excitação. E se apaixonar pelo menos tinha que ser emocionante.

Maddy, Cath e Grace ficavam muitas vezes intrigadas com esse enigma. Por que, aos 16 e 17 anos, algumas meninas já eram realmente elegantes, enquanto os meninos ainda pensavam que era engraçado fazer barulhos de peido?

— Meninas amadurecem mais rápido que os meninos — disse Grace. — É comprovado.

— Mas por quê?

— Porque as meninas têm que se preparar para a maternidade.

— E daí? Meninos têm que se preparar para a paternidade.

— Ser pai não é tão importante quanto ser mãe.

— Quem disse?

— Bem, talvez você não tenha notado, Maddy, mas em todas as famílias onde só há um dos pais, quem está lá é a mãe.

Grace sempre teve esse jeito de fazer pronunciamentos como se o que dissesse fosse lei divina. Ela era a mesma desde que se conheceram, aos 5 anos de idade: Grace era tão perfeitinha que Maddy a tinha idolatrado desde o início. Não era apenas a aparência adorável, era a compostura precoce. Grace nunca estava perturbada, com pressa, jamais tinha um fio de cabelo fora do lugar. Nos últimos anos, Maddy se afastara de Grace em muitos aspectos, mas nenhuma delas jamais havia admitido isso para a outra. Tinham uma história juntas. Eram melhores amigas por definição.

— Realmente não a conheço mais — disse Maddy para Cath. — Ela anda cheia de segredos.

—Talvez seja tudo fachada — disse Cath. — Talvez a vida dela esteja só vazia e triste.

Maddy não acreditava nisso. Via a forma como os rapazes agiam ao redor de Grace. Mas, se Grace tinha um namorado, ninguém sabia o nome.

A mudança começou quando todas, então com 11 anos, trocaram de escola na sexta série. A família de Grace a tinha levado para longe por dois anos. Quando voltou, a amiga estava mais velha, mais sofisticada, mais distante.

—O que você precisa — disse Grace a Maddy quando falaram sobre a curiosa imaturidade dos meninos — é de um namorado mais velho.

—Mais velho quanto?

—Cinco anos, no mínimo.

—Cinco anos! Não conheço ninguém tão velho.

—Eles existem — disse Grace. — E gostam de nós, jovens.

—De você, talvez — disse Cath.

Cath era o oposto de Grace em todos os sentidos. Cath não era nada bonita. O porquê de ela não ser bonita era difícil dizer. Não havia nada obviamente errado com seu rosto.

—Tenho os olhos no mesmo lugar que você — diria Cath. — Meu nariz tem o mesmo comprimento, e minha boca é igual. — Elas realmente haviam medido o rosto da outra com uma régua. — Não vejo onde errei. Não parece justo. Apenas alguns milímetros aqui e ali, e você acaba parecendo uma bruxa.

—Você não parece uma bruxa.

—E ninguém te ama, e você morre sozinha.

—O homem que te amar vai te amar por suas verdadeiras qualidades.

—Como vou amá-lo por causa de seu cão e sua bengala branca.

—Dá um tempo, Cath.

— Que verdadeiras qualidades? No fundo sou amarga e dissimulada.

— Tudo bem — disse Maddy. — Você só tem que ser incrível na cama.

— Agora sim. Uma vez apagadas as luzes, eles não sabem a diferença.

Elas retornaram para a teoria da seleção natural de Grace.

— Desde quando você tem saído com alguém cinco anos mais velho?

— Não disse que saía — respondeu Grace.

— Então você está apenas inventando tudo isso enquanto fala.

— Claro — disse Grace. — Não tenho nenhuma experiência. Não sei de nada. Apenas digo a primeira coisa que surge em minha cabecinha.

Depois disso, elas acreditaram nela, claro. Jamais viram Grace com um homem mais velho. Mas jamais flagraram Grace com qualquer tipo de namorado. Sua vida amorosa acontecia em outro lugar.

O baixo nível de rapazes disponíveis não era o único problema de Maddy quando se tratava de amor. Ela estava insatisfeita com o próprio caráter. Parecia-lhe que era essencialmente passiva. Seu instinto natural sempre fora agradar aos outros. Ela raramente pedia alguma coisa e odiava correr riscos.

Cath concordava.

— Você é boazinha demais, Maddy. Devia odiar mais pessoas.

— Não quero odiar pessoas. Só quero fazer as coisas por mim mesma.

— Dá no mesmo. No minuto em que você se colocar em primeiro lugar, elas param de gostar de você. Então, ou você cede e volta a ser boazinha ou diz "fodam-se todos".

— Quero encontrar o caminho do meio. Amigável porém decidida.

— Não existe o meio, querida. Lá fora é dominar ou ser dominada. Você tem que ir à luta.

Ela bateu em inimigos imaginários com os punhos.

— Nunca bati em ninguém na minha vida.

— Aí está o problema. Você precisa de mais agressividade.

Maddy concordou em parte com o diagnóstico. Não era agressiva. Mas não era o poder de bater nas pessoas que procurava: ela queria tomar as rédeas da própria vida.

Queria se apaixonar.

Então, quando o novo ano escolar estava prestes a começar, Maddy disse a Cath:

— Decidi me apaixonar.

Anunciar sua decisão para Cath não equivalia a uma ação em si, mas era um começo. Isso mudou suas perspectivas. Em vez de ficar sentada à espera de que algo acontecesse, ela mesma iria fazer as coisas acontecerem.

Se fosse se apaixonar, teria que ser por alguém que admirava, alguém mais velho e experiente. Grace estava parcialmente certa. Mais velho, mas não cinco anos mais velho. Talvez um ano mais velho.

Alguém como Joe Finnigan.

Assim que a ideia se formou em sua cabeça, Maddy sabia que não tinha chance. Joe tinha namorada: Gemma Page, uma das meninas mais bonitas da escola. Mas Gemma era monótona e idiota, relações de escola nunca duravam muito tempo e Joe sorrira para Maddy e a olhara como se estivesse interessado. Ou ela estaria apenas imaginando isso?

Joe era atraente do jeito que Maddy gostava. Era inteligente o bastante e sofisticado sem ser pretensioso. Se ela sentia-se atraída por ele, talvez isso significasse que ele estava atraído por ela.

Ou talvez ela estivesse viajando na terra da fantasia.

Ela podia ouvir a voz de Cath em sua cabeça, a voz da realidade. Sim, claro que era uma fantasia. Mas Maddy não tinha uma fantasia de verdade havia muito tempo. E ninguém precisava saber. Era como um jogo secreto que podia brincar consigo mesma: *gostando de Joe Finnigan*. Poderia ser bem excitante.

Este é o primeiro menino por quem já me senti empolgada.

O pensamento por si só era emocionante. Maddy queria ser amada, assim como todo mundo, mas havia outra coisa que queria quase tanto quanto. Queria amar. Ela queria suspirar, ficar ansiosa e sentir um formigamento por toda a pele quando seu amado estivesse próximo. Estava cansada de rir dos meninos, apesar de serem ridículos. Queria um garoto para valorizar.

Pode ser uma questão de prática, pensou. Prática em se apaixonar. É apenas uma questão de tomar as rédeas da própria vida.

Naquela noite, sozinha em seu quarto, ela abriu o laptop e entrou no MSN. Cath estava online.

Adivinha?, teclou para Cath. *Decidi por quem me apaixonar.*

Cath mandou uma mensagem de volta: *Então, quem é o garoto de sorte?*

Sem nomes. Sou supersticiosa.

Então, por que me dizer, vadia?

Não consigo evitar.

Seja amiga. Nunca terei uma vida amorosa. Você me deve a sua.

Se acontecer alguma coisa, juro que vou te contar.

Vá pegá-lo, garota.

Uma conversa significativa e profunda

Estava chovendo no primeiro dia de aula. A chuva caiu durante todo o dia. O professor de inglês de Maddy, Paul Pico, anunciou que a turma montaria uma peça — uma comédia — ao final do trimestre. *Hay Fever*, a febre do feno de Noël Coward. Qualquer aluno do segundo ou terceiro ano podia fazer o teste. Havia nove papéis: quatro masculinos e cinco femininos. Os atores profissionais do terceiro ano teriam uma chance melhor de conseguir um deles, mas nem todos iriam se inscrever.

— Eles entraram no vale da sombra da morte — disse o Sr. Pico. — O eclipse da felicidade, liberdade e alegria, também conhecido como vestibular.

O Sr. Pico falava assim. Era um homem elegante e pequeno, com idade e nacionalidade desconhecidas, que usava óculos de lentes grossas e gravata-borboleta. Como seu nome soava espanhol, era conhecido por toda a escola como "Pablo". Maddy gostava de suas aulas, e, até onde conseguia notar, o Sr. Pico a aprovava também.

Ela pensou que talvez pudesse fazer um teste para a peça. Pediu um conselho para o professor.

— Nunca atuei antes — explicou ela. — Eu teria alguma chance?

— Certamente — respondeu o Sr. Pico. — Dê uma olhada no papel de Jackie.

Grace viu Maddy falando com o professor e perguntou a razão.

— Você vai fazer o teste para a peça, Mad?

— Talvez — disse Maddy. — Só por diversão.

— Não sabia que gostava de atuar.

— Não sei ainda se gosto. De qualquer forma, não espero conseguir um papel.

— Peças escolares são uma porcaria.

Típico de Grace. Deu seu veredicto condenatório sem energia, como se estivesse apenas repetindo um fato bem conhecido.

— Deve ser divertido se você estiver do lado de dentro — comentou Maddy.

— Divertido?

— Vai se ferrar, Grace.

Grace sorriu aquele sorriso maldoso que dizia: "Sim, eu sei, posso ser uma vadia."

— Tudo bem, por que não? Talvez você se torne uma estrela.

Maddy não esperava tornar-se uma estrela. Seu desejo ia completamente em outra direção. Joe Finnigan gostava de atuar e tinha recebido papéis em muitas peças da escola. Este era o ano de seu vestibular, e talvez ele não fizesse o teste, o que normalmente teria sido o suficiente para que Maddy desistisse e não fizesse nada. Mas esta era a nova Maddy, a Maddy que tomava decisões, a Maddy que havia decidido que daria tudo de si.

Achou uma cópia da peça na biblioteca da escola e a levou para casa a fim de ler. Acabou que "Jackie" era um dos menores papéis, uma garota que havia sido descrita como "pequena e de cabelo curtinho, com um jeito ingênuo". Maddy procurou no dicionário por "ingênuo". Significava "inocente, inexperiente". Na peça, Jackie aparecia como tímida, boba e nada atraente. Os principais papéis femininos pediam atrizes bonitas e vivazes. Por algum tempo, Maddy ficou irritada pelo Sr. Pico tê-la visto como a pequena e tímida Jackie, mas depois pensou que pelo menos isso significaria que mais ninguém iria querer o papel.

Ela se retirou para o cômodo das almofadas na loja para memorizar as falas de Jackie. Tinha a intenção de impressionar o Sr. Pico com seu comprometimento, pelo menos.

Sua irmã a encontrou ali.

— Procurei você por toda parte. Por que não atende o telefone?

— Tenho trabalho a fazer.

Imo pegou o livro das mãos de Maddy.

— *Hay Fever*? Por que está lendo isso?

— Vão produzir na escola. Achei que podia fazer um teste.

— Mas você não sabe atuar.

— Como você sabe?

— Bem — disse Imo —, nunca te vi atuando.

Ela sentou-se ao lado de Maddy na cama.

— Eu vim aqui para ter uma CSP.

Isso significava uma Conversa Significativa e Profunda, o que, para Imo, só podia ser sobre sua vida amorosa. Maddy não se importava. Ela considerava Imo uma espécie de boneca de teste para as próprias aventuras futuras.

— É Alex — disse Imo. — Decidi que nos daríamos melhor se nos víssemos menos.

— Você quer dizer que quer terminar com ele.

— Não. Só quero ir um pouco mais devagar.

— Falou isso para ele?

— Dei várias pistas. Mas ele não entendeu.

— Então suponho que você tenha que realmente falar para ele, Imo. Sabe, usando as palavras. Alto.

Imo não ouviu. Estava tentando fazer algum tipo de pedido para a irmã, como Maddy bem sabia. Não era um diálogo. Era um preâmbulo.

— Você não acha que Alex é uma pessoa muito carente? — perguntou ela.

— Gosto de Alex.

— Sim, mas ele é carente, não é? Está sempre por perto.

— Bem, ele é seu namorado, Imo. Ou pensa que é.

— Sim, mas nós não temos que estar juntos o tempo todo. Quero dizer, assim a gente acaba sem ter o que dizer. E, de qualquer forma, ele deveria ser mais... Ah, eu não sei... mais enérgico.

— O que ele deveria fazer? Bater em você?

— Não. Apenas saber o que quer. Ele sempre quer fazer o que eu quero.

— Mas você realmente gosta de ter o que quer, Imo.

— Sim, eu sei. Mas é diferente com um namorado. Você vai descobrir um dia. Você quer que eles... eles...

— Sejam maus.

— Não. Apenas que não te queiram tanto.

— Não ia querer isso, não. Gostaria que o meu me quisesse tanto quanto se pode querer alguém. Ia querer que o meu me venerasse.

— Ah, Mad. — Imo sorriu para a irmã mais nova. — Acabo me esquecendo do quanto você é jovem.

Esse era um código para a falta de experiência sexual. Depois que você começava a fazer sexo, aparentemente, tudo parecia bem diferente.

— Então é isso. Você decidiu se livrar dele.

— Não me *livro* de ninguém. Isso soa péssimo. Pessoas não são lixo. Realmente gosto do Alex. Só quero dar a nós dois um pouco mais de espaço.

— Ele não vai gostar disso.

— Tudo depende de como é feito. Se ele decidir por si mesmo, vai se sentir bem em relação a isso.

— Por que ele decidiria isso?

— Achei que talvez você pudesse colocar a ideia na cabeça dele.

Então aí estava. Imo queria que Maddy fizesse o trabalho sujo.

— Você poderia encontrar um momento para falar com ele sozinha — disse Imo. — Poderia dizer como me conhece bem e como gosto que me deem espaço. Poderia contar para ele que reajo mal quando me sinto muito sobrecarregada. Poderia...

— Não. Não poderia.

— Por que não?

— Diga você mesma, Imo.

— Mas não quero magoá-lo.

— Você quer se livrar dele, mas quer que ele continue gostando de você.

Imo enrugou sua bonita testa e considerou, com um ar de quem está fazendo um julgamento justo da opinião.

— Não vejo nada de errado nisso.

— É trapaça.

— Trapaça? Como assim trapaça?

— Eu não sei, mas é.

— Tudo que tem que fazer é dar um conselho a ele. Eu faria isso por você.

Maddy suspirou. Sabia que no final concordaria. Ela sempre concordava.

— Será que devo? — perguntou.

— Você disse que gostava dele. E garotos são muito mais felizes se pensarem que estão tomando as decisões.

— Imagino que haja alguém novo, então.

— Não.

— Pobre Alex.

— Ainda não — comentou Imo.

— Eu o conheço?

— Não vou contar. Então, vai falar com Alex?

— Vai ficar me devendo essa.

— Eu te amo.

Imo a beijou e saiu.

Quando Maddy voltou para casa, sua mãe desviou o olhar da papelada em que mexia, com um suspiro. Ela estava sempre suspirando ultimamente.

— Está encharcada, querida.

— Bem, está chovendo.

— Desligou as luzes e ativou o alarme?

— Sim, mãe. Sempre faço isso.

— Não entendo por que você não pode fazer suas leituras aqui.

— Estava lendo em voz alta. Estou decorando falas. É para uma peça da escola.

— Isso é novo. Atuar.

— Achei que talvez fosse divertido — explicou Maddy. — Provavelmente não conseguirei um papel. Mas, pelo menos, terei uma chance maior se estiver preparada.

— E os outros não vão se preparar também?

— Você não percebeu, mãe? A maioria das pessoas não faz nada. E, de qualquer forma, por que sempre esperar o pior?

A Sra. Fisher suspirou novamente.

— Você está certa — respondeu ela. — Não sei por que me preocupo tanto com tudo. Como se ajudasse.

— Ah, mãe.

Maddy inclinou-se sobre a mãe enquanto sentava-se à mesa, colocando os braços ao redor dela e beijando-lhe o rosto.

— Com o que está preocupada agora?

— Ah, apenas coisas idiotas. Dinheiro, como sempre. E celulares.

— Celulares?

— E se eles enviarem ondas que prejudicam o cérebro? Você realmente não deveria falar muito tempo no seu telefone, Mad.

O telefone da casa tocou.

— É o papai.

O pai de Maddy estava em Xangai. A Sra. Fisher checou a hora enquanto pegava o telefone.

— Alô, querido. Acordou cedo. Fale rápido com Maddy.

Maddy pegou o telefone.

— Oi, pai.

Sua voz cansada veio de longe. Ele passava semanas nessas viagens, pechinchando com fabricantes em línguas que não entendia.

— Olá, querida. Você não deveria estar na cama?

— Estou indo agora. Quando vai voltar para casa?

— Daqui a umas duas semanas, mais ou menos. Talvez mais. Estou mudando os fornecedores. É uma trabalheira sem-fim. Como você está? Voltou às aulas?

— Começaram hoje.

— Quais as notícias de Maryland?

— Sem notícias. Vou tentar um papel em uma peça da escola, mas provavelmente não conseguirei. Todos os professores estão dizendo que este ano ficará sério e teremos que trabalhar o dobro.

Ela conversou coisas sem importância por um tempo, sabendo que ele gostava de se sentir em contato e, então, entregou o telefone de volta à mãe. Nunca teria ocorrido a Maddy falar com qualquer um dos dois sobre o que realmente preenchia suas horas acordada. Sua decisão de se apaixonar era muito particular e ainda tão frágil quanto.

O garoto com o manual do sexo

Na segunda-feira pela manhã, a chuva dos últimos dias havia ido embora e o sol brilhava num claro céu de outono. As trilhas de fumaça dos jatinhos iam lentamente se desintegrando, formando longas correntes de nuvem transparente contra o azul. Era um dia de ar fresco e claro. Um dia de novos começos.

Maddy foi até a biblioteca principal, onde os testes para a peça seriam realizados. Foi uma das primeiras a chegar. Com sua cópia da peça na mão, acomodou-se e esperou, relanceando os olhos de vez em quando para ver se Joe Finnigan tinha entrado.

Para sua surpresa, a pessoa que apareceu em seguida foi Grace.

— Grace! O que está fazendo aqui?

— O mesmo que você, querida.

— Mas você acha peças escolares uma porcaria.

— Você me convenceu. Aqui estou.

Maddy franziu as sobrancelhas. Sentiu-se invadida. Por que Grace deveria assumir o controle ali também?

— Quer que eu vá embora? — perguntou Grace

— Não, claro que não. Só não achei que gostasse de atuar.

— Acho que não gosto. Vamos descobrir, não vamos?

— Você leu a peça?

— Tentei. Achei bem idiota, para falar a verdade.

Os meninos que estavam à espera no grupo lançaram olhares discretos para Grace. Ela parecia não notar. Quanto a Joe Finnigan, Maddy começava a achar que ele não ia aparecer. Então, exatamente na hora marcada, Joe chegou, caminhando casualmente, seguido por Gemma Page.

Maddy os observou juntos, querendo captar, pelo comportamento de Joe, o quão eram próximos. A resposta parecia ser: nem um pouco. Ele não lhe dava nenhum tipo de atenção. O olhar errante e fácil pousou em Maddy, e ele lhe deu um sorriso de reconhecimento. Joe mexeu os lábios sem fazer som, do outro lado da sala:

— Como está Cyril?

Maddy sorriu e acenou de volta como uma total idiota, mas estava contente.

O Sr. Pico chegou. Olhou ao redor, com os olhos de pássaro ampliados pelas lentes grossas dos óculos, e bateu um dedo na mesa.

— Senhoras e senhores, vamos montar uma peça de época. Vocês vão descobrir que nessa peça há um comando de atuação que aparece dez vezes. O comando é: acender um cigarro. O que lhes dá alguma ideia de há quanto tempo essa peça foi escrita. Naturalmente, nenhum de vocês aqui sequer viu um cigarro.

Esse era o estilo habitual do professor: seco, sarcástico, conspiratório. Por ser excêntrico e não ter uma esposa conhecida, presumia-se fortemente que era gay. Ninguém nunca ria de suas piadas, pois isso poderia mostrar que entendiam o código gay e que, consequentemente, eram gays também.

— O tabagismo será cortado de nossa produção. — Deu um sorriso tênue. Ele próprio era fumante. — *Hay Fever*, de Nöel Coward. Quem gostaria de me dizer sobre o que realmente é essa estranha peça?

Seguiu-se o silêncio habitual. Maddy odiava esses silêncios induzidos pelos professores. Eles a envergonhavam, e essa vergonha a fazia sentir-se compelida a falar. Daquela vez, outros falaram primeiro.

— É sobre um fim de semana em família com convidados.

— É uma espécie de farsa.

— É sobre relacionamentos confusos.

O Sr. Pico acenou para cada contribuição e não fez nenhum comentário.

Maddy disse:

— A mãe é uma atriz. É sobre representar.

— Ahá! — O Sr. Pico olhou imediatamente. — Obrigado, garota! Essa peça é sobre representar. É uma peça que substitui a verdade das emoções pela representação das emoções. Então, quando a interpretamos, devemos saber que estamos *representando a representação*. Espero que eu tenha sido claro.

Como teste, pediu que cada aluno pegasse uma parte do personagem para ler em voz alta com ele. Isso levou a uma enxurrada de páginas virando. Maddy era a única que sabia suas falas de cor.

— Você já viajou muito? — trinou, interpretando Jackie.

— Bastante — disse o Sr. Pico, interpretando Richard.

— Que encantador!

— A Espanha é muito bonita.

— Sim. Sempre ouvi que a Espanha era ótima.

— Com exceção das touradas. Ninguém que realmente ame cavalos poderia apreciar uma tourada.

— Nem quem ame touros.

Foi bom, considerou Maddy.

Joe Finnigan não fez qualquer esforço, mas era óbvio que deveria interpretar Simon. Grace foi surpreendentemente eficiente. Deu uma grande gargalhada enquanto lia a fala de Sorel com uma voz manhosa:

— Sou devastadora, totalmente desprovida de contenção. — E olhou diretamente para o Sr. Pico, fazendo-o erguer as sobrancelhas logo acima dos aros dos óculos.

Quando todos estavam saindo, Maddy sentiu um tapinha no ombro. Era Joe, acompanhado de seu sorriso.

— Você é boa — disse ele.

— Obrigada. Você também.

— Ah, não tenho talento. Mas posso fazer um trabalho razoavelmente decente.

— Eu diria que você é autêntico.

— Bem, vamos ver quem Pablo escolhe. Vai ser divertido.

E lá foi ele, com Gemma o seguindo meio passo atrás.

— Parece um cachorrinho na coleira.

Era Grace, observando-os partir.

— Você foi bem, Grace.

— Não é tão difícil quanto pensei. Acho que pode ser divertido, como você diz.

Elas atravessaram o pátio principal em direção ao refeitório para o almoço com o resto da escola. A atenção de Maddy foi atraída para Rich Ross, um menino de seu ano, que fitava Grace. Ele também estava atravessando o pátio oval, inclinando-se por conta do peso de uma mochila enorme pendurada em um dos ombros. Maddy notou que ele estava indo dar de cara com um poste de luz. Antes que conseguisse gritar para avisá-lo, ela o viu elevar com esforço sua carga de livros, balançar para um lado e andar diretamente para o poste.

Maddy soltou uma gargalhada. Não conseguiu controlar-se, assim como todo mundo que viu a cena. Foi simplesmente muito engraçada a forma como ele bateu no poste, cambaleou para trás e caiu no chão. Sua mochila abriu, e todos os seus livros saíram. Então, alguém percebeu que havia sangue em seu rosto e todos pararam de rir. Dois garotos o ajudaram a ficar de pé. Maddy, um pouco envergonhada de si mesma, ajudou a juntar os livros e colocá-los de volta na mochila. Todos eram livros de escola com exceção de um amarelado velho chamado *A arte de amar*.

Rich disse:

— Estou bem agora. Sério, estou bem.

— Mas você está sangrando.

— Estou?

Ele tocou o rosto e pareceu genuinamente surpreso ao ver sangue em seus dedos. Maddy devolveu os livros para ele. O garoto que o ajudou a se levantar acompanhou-o até a enfermaria.

Assim que ele foi embora, Grace começou a rir, contagiando Maddy também.

— Não deveríamos rir — disse Maddy, sem conseguir se conter. — Você sabe por que aconteceu isso? Ele estava olhando para você.

— Estava? — perguntou Grace. — Bem feito!

— Sabe aqueles livros que ele estava carregando? Tinha um chamado *A arte de amar*.

Os olhos azuis de Grace arregalaram-se de espanto e divertimento.

— Rich! Com um manual de sexo!

Havia algo de ridículo nisso. Rich fazia o tipo estudioso e quieto, e nunca fora visto com uma namorada. Maddy desejou ter ficado quieta sobre o livro de sexo. Era um assunto particular de Rich, e, agora, Grace iria espalhar por toda a escola. Rich não havia feito nada para merecer tanta zombaria. Era inofensivo.

De repente, lembrou-se de como ele tinha ficado logo depois de bater a cabeça: cabelos cor de palha caindo sobre a testa, sangue escorrendo no rosto, um olhar perplexo. Sua expressão parecia estar dizendo: Por que quer me ferir? O que fiz para você?

O sonho impossível de Rich

— **M**as como diabos você fez isso, querido?
— Não sei. Simplesmente estava distraído.

A Sra. Ross olhou para o filho do outro lado da mesa da cozinha coberta por máscaras de papel maché.

— Você é um sonhador.

— Não. Na verdade, não sou.

Rich não desejava explicar que tinha batido no poste enquanto olhava para Grace Carey. Quando ela prendia o cabelo em um rabo de cavalo, revelando a curva das suas elevadas maçãs do rosto e a linha do pescoço esguio, ele mal conseguia tirar os olhos dela. A estima por sua beleza passava despercebida, claro. Mas não era um sonho. Grace Carey era real. Um dia ela saberia tudo sobre ele.

Ele retirou-se do caos da cozinha, ocupada pelas crianças do Passos Minúsculos, o jardim de infância que a mãe estabelecera na grande sala da frente. Encontrou sua irmã Kitty lendo no elevador de escada.

— O que aconteceu com sua cabeça?

— Eu caí.

— Ah.

— Por que você está lendo nas escadas?

— Eu gosto.

— Mas não tem luz e você está no caminho.

— Talvez eu goste do escuro e de estar no caminho.

Ninguém jamais ganhara uma discussão com Kitty. Com apenas 10 anos, mas ferozmente assertiva em relação a seus direitos, rejeitava toda crítica de primeira.

—Você deveria ser mais legal comigo. Eu te carregava no colo quando você era bebê.

—Cale a boca.

Ele passou por ela, subindo as escadas em direção ao quarto e mexeu em sua coleção de vinis. Pegou o *Dark Side of The Moon* do Pink Floyd e o colocou na vitrola. Assim que as primeiras notas da bateria pulsante estremeceram o ar, ele deitou-se na cama e cantou com a seguinte voz.

—"I've been mad for fucking years..."

Ele esperou a guitarra entrar e, enquanto a grande onda de som começava a rolar, pegou o livro que estava lendo recentemente, *A arte de amar*.

"A necessidade mais profunda do homem", leu, "é a necessidade de superar a separação, de deixar a prisão da solidão."

Ele devia estar fazendo o dever de casa. Em vez disso, ouvia Pink Floyd, lia Erich Fromm e saboreava o acentuado gosto estrangeiro de sua vida. A mãe o chamara de sonhador. Para Rich, o mundo ao redor é que era um sonho, principalmente a escola. No sonho da escola, todos usavam máscaras e ninguém conseguia ouvir ninguém. Cada um na sua prisão da solidão.

Que droga, pensou, estou canalizando os primeiros anos de Simon & Garfunkel.

And a rock feels no pain;
And an island never cries.

Hora de seguir em frente. "The Boxer" agora, Paul Simon em sua fase mais madura.

Still a man hears what he wants to hear
And disregards the rest.

Rich estava desenvolvendo um gosto pela ironia. Na folha em branco da sua cópia de *Os poetas românticos*, havia escrito: *Sou um gênio sem talento.* Se provocado, poderia fingir que havia sido escrito por Coleridge, mas ele escrevera aquilo sobre si mesmo.

Deitou na cama, refletindo sobre a possibilidade de ser uma aberração. Diferente dos demais, Rich não tinha celular, iPod ou laptop. Isso começara por causa de seu orgulho. Sabendo que a família estava sem grana, ele havia reclamado o velho sistema hi-fi do pai, juntamente com sua coleção de LPs, e transformado essa preferência excêntrica em algo de que se gabar. Vinil proporcionava um alcance acústico mais completo que as mídias digitais, dissera aos amigos incrédulos. A tecnologia moderna andara para trás. O presente não era melhor que o passado.

Max Heilbron o chamava de nerd retrô. Recusava-se a compartilhar o interesse de Rich em gravações sonoras que crepitavam. Grace Carey era outro problema. Não havia nada de excêntrico em ser obcecado por Grace Carey. Apenas não tinha solução.

— Seu problema, Rich — disse Max —, é que tudo acontece dentro da sua cabeça. Você está negligenciando o lado de fora.

— E qual é o lado de fora?

— Seu rosto.

— O que meu rosto tem a ver com tudo isso?

— Você vai precisar dele se for beijar Grace Carey um dia.

— Ah, isso. — Rich suspirou. — Não consigo pensar em nenhuma circunstância em que Grace Carey iria me deixar beijá-la.

— Você pode pagá-la.

— Ah, claro. E o que eu usaria para isso?

— Verdade. Além de perdedor, você também é pobre.

— E baixinho.

— Você não é baixinho. Eu sou baixinho. Tenho a patente sobre essa inadequação em especial.

Max era *mesmo* baixinho. Essa era a característica mais visível do amigo, a ponto de ele ser conhecido por quase todos como Mini-Max.

— Bem, sou mais baixo que Grace Carey — disse Rich. — Do que se alimentam essas garotas? Fertilizante?

— E se você a sequestrasse e a mantivesse acorrentada num porão até ela se apaixonar por você?

— Claro. Por que não faço isso? Excelente plano, Max. Só que não temos um porão.

Rich ouviu o barulho do andador da avó do lado de fora do quarto. Imaginou seu corpo frágil negociando a transição do andador para o elevador de escadas. Um segundo andador esperava ao final dos degraus. A avó havia morado na casa durante toda a vida de casada. Era, de fato, sua casa. Agora, viúva e cambaleante por causa de dois pequenos derrames, ela persistia com as rotinas familiares da melhor maneira que podia.

Rich leu um pouco mais do livro.

"As pessoas pensam que amar é simples, mas achar o objeto certo para amar ou para retribuir seu amor é difícil."

Bem, sim. Você encontra o objeto certo com bastante facilidade. Mas como consegue que o objeto certo corresponda a seu amor?

O Sr. Pico havia lhe emprestado o livro.

— Acho que você está pronto para isso — dissera. — Queria que alguém o tivesse dado para mim quando eu tinha sua idade.

Rich gostava do Sr. Pico e queria gostar do livro, mas não estava se mostrando uma leitura fácil. Além disso, nem sempre parecia estar certo. Por exemplo: "O amor infantil segue o princípio: 'Eu amo porque sou amado.' O amor maduro segue o princípio: 'Sou amado porque amo.'" Esse segundo princípio não fazia nenhum sentido para Rich. Ele podia amar Grace Carey até estourar, mas isso não iria fazê-la amá-lo de volta.

Como Max Heilbron dizia diariamente, ele não devia ter escolhido Grace Carey para ser seu amor obsessivo.

— Está muito longe de seu alcance. Você não tem nenhuma chance.

— Ela não tem namorado.

— Você não sabe.

— E, de qualquer forma, não consigo me controlar. Sou viciado. Não há nada que eu possa fazer a respeito disso. Talvez seja um sonho impossível, mas, pelo menos, tenho um sonho.

— Deus do céu! Daqui a pouco você estará dizendo que vai enfrentar todos os obstáculos.

— Se for preciso.

— Mas você não vai, vai? O que você faz é dar de cara com postes.

— Bem, sim.

— Você é um mané, Rich.

— Até mesmo um mané pode alcançar as estrelas.

À noite no jantar, o pai de Rich fitou-o com um olhar intrigado e pensativo.

— Você parece diferente.

— Tenho um curativo na testa.

— Tem mesmo.

A mente de Harry Ross regressou para a antiga Esparta, o tema do livro que estava escrevendo.

— Quero figo — disse a avó.

— Tente de novo, vó — falou a mãe de Rich. Durante toda a manhã ela lidava com o balbucio das crianças. Então, pelo restante do dia, interpretava a fala fraturada da sogra aleijada.

— Figo — disse a avó. — Corda.

— Você quer água?

— Sim, querida.

O pai de Rich chamava a avó de "O Oráculo".

— Você se tornou délfica, mamãe. Temos que te interpretar.

Era difícil acreditar que a avó que eles conheciam havia tanto tempo ainda estava ali, a mesma de sempre, entendendo tudo que diziam. Sua mente estava ilesa. Apenas as palavras é que saíam bagunçadas.

Talvez todos sejamos assim, pensou Rich. Talvez todos achemos, quando falamos, que as palavras não correspondem às nossas ideias. Conversamos uns com os outros, mas nunca nos conhecemos mutuamente.

A solidão é o modo padrão.

Rich achou a ideia consoladora. Todas essas multidões de pessoas rindo felizes, apenas fingindo. Barulho no vazio.

Não sou tão diferente, no final das contas.

Não, isso não parecia certo. Ele queria ser diferente. Diferente o suficiente para que Grace o amasse.

Lembrou-se do momento quando bateu no poste de luz e todo mundo riu. Ele estava olhando para Grace e sabia que ela não retribuíra o olhar. Não chegara a ver o episódio idiota. Mas ela ouvira a risada.

Uma onda de frustração o inundou. Por que tinha que ser tão difícil?

Meu problema é que eu deveria ser mais espontâneo. Deveria ser varrido pela paixão, em vez de ter esse desejo opressivo.

Ele puxou o diário para si, sentindo um pensamento profundo chegar. Escreveu:

> Amor não correspondido: é como carregar um jarro de pura água fria. Devo tomar cuidado para não derramar, porque isso é o que tenho para dar. Darei para aquela que amarei para sempre. O jarro de água fica mais pesado a cada dia. Meu maior medo é deixá-lo cair, e todo meu amor escorrer antes de encontrá-la.

Ele releu o que tinha escrito e suspirou. Era trágico ou apenas ridículo? Tinha 17 anos, nenhuma experiência no amor e sonhava com a garota mais bonita da escola.

> Encare, está ferrado.

Como sempre, escrever o fazia sentir-se melhor. Talvez fosse um idiota, mas não estava se iludindo. Havia algo a se respeitar nisso.

Flertando com Joe

Maddy amava seu celular. Era um Nokia prateado, com uma câmera de 2 megapixels e um toque moderno — embora estivesse quase sempre no modo vibrar/silencioso. O papel de parede era customizado com uma fotografia de seu sapato alto de bolinhas favorito da Top Shop. Toda vez que via sua pequena luz azul de mensagem piscando ou ouvia o duplo apito alegre que a avisava que tinha recebido um torpedo, sentia uma pontada de amor. Alguém estava pensando nela, e seu telefone era o portador da notícia. Alguém a queria, e seu telefone era o intermediário.

Havia perdido o celular uma vez, o dia inteiro, e, durante aquele tempo, sentiu-se como se tivesse caído no fundo do mar. Um grande silêncio ao redor dela: estava dominada por um pânico de isolamento. Usando o celular de Imo como um cão farejador sonoro, refez seus passos ligando para o próprio número como uma mãe ligando para o filho perdido. Finalmente, seu telefone respondeu, no silêncio da noite, agitando-se no anexo que abrigava os banheiros dos clientes. Lá estava ele, vibrando na cisterna, esquecido, mas ainda fiel. Ela o pegou, embalando-o na palma da mão, e o beijou. Havia quarenta chamadas perdidas. Mais da metade era do telefone de Imo, mas, o tempo todo em que estivera no fundo do mar, os amigos estavam ligando para ela também e seu leal telefone tinha exibido cada nome e cada ligação. Só que ela não estava lá para ver.

— Nunca mais o perderei de novo — disse para seu telefone. Mas, no fundo do coração, já planejava comprar um modelo mais atual.

Era instabilidade? Sem nunca realmente colocar isso em palavras, Maddy acreditava que a alma do celular era independente do corpo. Ela havia mudado de aparelho tantas vezes na vida, mas, toda vez, a alma do telefone, seu próprio número e a agenda de contatos, migrava para o novo corpo. Sua fidelidade era com essa essência invisível do telefone, que era também uma parte da essência invisível dela mesma, assim como seu nome. Maddy, frequentemente reduzido a Mad, era tão completa e adequadamente seu nome que proferi-lo era trazê-la à vida, com sua cortina de cabelos castanhos e o sorriso instável.

Foi, portanto, um choque saber que Rich Ross não tinha um celular.

Ela chegara cedo na escola para terminar seu dever de casa de inglês. Rich já estava na sala de aula, mergulhado num livro. Tinha um curativo na testa. Lembrando-se de como havia rido dele, Maddy sentiu uma pontada de culpa.

— Você está bem? — perguntou ela.

— Sim, estou bem — respondeu Rich. — É apenas um corte.

— Seus livros caíram por todos os lados. Eu os coloquei de volta na mochila.

Ele olhou para ela, surpreso em ouvir isso.

— Obrigado.

— Você podia ter perdido seu celular ou algo do tipo.

— Não tenho celular — disse Rich.

— Você não tem celular?

— Não.

— Por que não?

— Simplesmente não tenho.

— Como as pessoas te acham? — perguntou Maddy.

— Elas falam comigo. Como você está fazendo agora.

Maddy estava estupefata.

— E se alguém quiser falar com você e você estiver em algum outro lugar?

—A pessoa vai me encontrar.

— E se não tiver tempo?

— Se a pessoa quiser falar comigo, encontrará tempo — argumentou Rich.

— E encontra?

—Às vezes.

—Você realmente deveria ter um celular. Ia...

Ela parou de falar. Queria dizer "ia te arranjar mais amigos". Mas soava cruel.

Agora, outros estavam entrando na sala e Maddy tinha trabalho para fazer, então o momento passou. Mas pelo resto do dia, o enigma não saiu de sua cabeça. Rich não tinha telefone e não parecia se importar.

O Sr. Pico chegou. Maddy o viu aproximar-se de Grace Carey e murmurar algumas palavras. Grace ficou rosa e parecia satisfeita. Aquilo só poderia significar que ela havia conseguido um papel na peça. Maddy mal teve tempo de sentir-se ressentida pois logo viu o Sr. Pico pairar sobre ela.

— Quero que interprete Jackie — disse ele. — Você é a única que entende o que está acontecendo, então preciso de você. Reunião do elenco logo após o almoço, no estúdio de dança.

Maddy exultou-se em silêncio. Era um pequeno momento de triunfo. Mas ela também sabia, tão logo o Sr. Pico falara as palavras, que já estava esperando por isso. Ela queria um papel na peça, tinha se preparado minuciosamente e agora o conseguira. Isso era o que acontecia quando você *agia*. Ela obtivera o que merecia.

Eu mereço Joe Finnigan?

Ela agora estaria em sua companhia duas vezes na semana durante cinco semanas.

Pelo menos, tenho chances.

O Sr. Pico estava dizendo alguma coisa para a turma. Eles estavam abrindo seus livros num poema de Matthew Arnold chamado "Longing". Ele leu a última estrofe em sua voz inalterável, fazendo longas pausas entre os versos:

"Venha a mim em meus sonhos, que
Ficarei bem de dia outra vez!
Para que a noite seja mais que suprir
O desejo desesperado pelo dia."

Era estranhamente eficaz a forma como não fazia nenhuma tentativa de colocar expressão nas palavras. Ele deixou um longo silêncio no final.

— Todo poema — disse, enfim — é um diálogo entre a sensibilidade do poeta e a sua. Um diálogo pede uma resposta. Eu os convido a responder. Vocês não têm que me contar seus sonhos. Apenas escrever como entendem essas quatro linhas. E, se não as entenderam, escrevam sobre isso. Não existem respostas erradas.

Max Heilbron levantou a mão.

— Senhor, se não existem respostas erradas, isso significa que garanti um A?

A turma riu.

— Não sei e nem me importo — disse o Sr. Pico. — Que sejam condenadas as provas.

A turma não riu daquela vez.

Mais tarde, no intervalo, os sentimentos estavam a mil.

— Tudo bem Pablo não ligar, ele não está tentando entrar para nenhuma universidade.

— Ele nunca nos diz o que devemos colocar. Como vamos saber?

— Se me perguntar, acho ele um esquisitão.

— Ele não é esquisitão. Ele é gay.

— Então, quem aparece nos sonhos de Pablo?

Grace veio se juntar a Maddy no gramado careca conhecido como "Cercado". Estava usando saltos, o que era contra as regras, mas, como se tratava de Grace, tinha escapado da punição.

— Você conseguiu um papel na peça, não foi? — perguntou Maddy, enquanto Grace se agachou no chão ao lado dela.

— Sim. Vou ser Sorel.

— Vou ser Jackie — disse Maddy. — A boba.

Ela disse isso para mostrar a Grace que não se levava a sério como atriz. Sentia a necessidade de se desculpar com ela por estar no elenco, como se sua presença diminuísse a glória da amiga. Depois, sentiu-se irritada com Grace por fazê-la sentir-se inadequada.

— Pelo menos terei que atuar um pouco. Ela não tem nada a ver comigo.

— Bem, Sorel é tremendamente igual a mim — disse Grace, impermeável à insinuação de críticas. — Eu não terei que atuar nada.

— Joe Finnigan será Simon. Você vai interpretar a irmã dele.

Maddy tinha descoberto os detalhes de todo elenco. Grace deu um sorrisinho estranho.

— Deve ser engraçado.

— E eu fico noiva dele.

— Fica?

Ela parecia surpresa. Grace, claramente, ainda não tinha lido a peça.

— Por cinco minutos — disse Maddy. — Mas não quero ficar noiva dele de forma nenhuma.

— Não quer?

— Jackie não quer. Na peça.

— Você vai dar uns amassos em Joe?

— Não. Acho que não.

— Bem, você sabe muito, Maddy.

— Não é muito difícil. Tudo que você tem que fazer é ler a peça.

— Pretendo ler somente minha parte. Acho ler bastante cansativo... Todas aquelas palavras.

Maddy gargalhou.

— Sua vadia posuda.

Grace lançou-lhe um olhar conhecedor.

— Sou devastadora! — disse ela, recitando a frase da peça. — Totalmente sem controle.

Após o almoço, os nove escalados, mais Gemma Page, reuniram-se no estúdio de dança atrás do centro esportivo. Era ponto passivo que Gemma precisava estar onde quer que Joe Finnigan estivesse. Ela sentou-se sozinha nos fundos, parecendo uma peça decorativa sem expressão.

Naquela primeira tarde, formaram um círculo e leram a peça.

— Sem interpretação — disse o Sr. Pico. — Isso vem depois.

Joe estava em frente a Maddy. Ele leu sua parte leve, facilmente, como se não fizesse nenhum esforço, e o resultado foi perfeito. Maddy não conseguia evitar um sorriso de aprovação de tempos em tempos, e, uma vez, ele a surpreendeu sorrindo e retribuiu.

Grace percebeu. Durante o intervalo, levou Maddy para um canto e falou sério com ela:

— O que está acontecendo, Mad?

— O que você quer dizer?

— Está flertando com Joe.

— Não. Não estou. Sinceramente, não estou.

Mas a veemência da negação a traiu.

— Deus do céu, não ligo — disse Grace. — Eu nem ligo para Gemma.

— O que tem Gemma? Eu não estou fazendo nada.

— Ah, fala sério, Maddy. Você fica vermelha todas as vezes que Joe te olha.

— Não fico!

— Está me dizendo que não gosta dele?

— Não, eu simplesmente... — Mas ela não conseguiu completar a frase.

— Pronto. Você gosta. Tudo bem. Ninguém está te culpando. É um país livre.

— Não estou fazendo nada — repetiu Maddy. — Joe está com Gemma, todo mundo sabe disso. Por que ele me notaria?

Grace olhou silenciosamente para Maddy por um longo tempo. Então, parecendo ter chegado a uma decisão, falou:

— Se você quer saber, Joe está querendo terminar com Gemma há muito tempo. Talvez só precise de um motivo.

— Mas eles estão juntos desde sempre! Isso iria matar Gemma!

— Você não tem como saber. Olhe para ela. — As duas olharam para Gemma, sentada sozinha nos fundos do estúdio de dança. — Não vá me dizer que ela está se divertindo.

— Poderia estar. Você não sabe.

— Posso perguntar a ela.

Maddy riu.

— Aposto que não faria isso.

Após o ensaio, Joe foi embora correndo, atrasado para o treino. Grace aproximou-se de Gemma, acenando para Maddy juntar-se a ela.

— Você deve ter morrido de tédio — disse ela —, tendo que ficar aqui sentada assistindo a tudo.

— Não — respondeu Gemma. — Achei que todos foram muito bem.

Assim que ela falou, Maddy sabia que Gemma era uma dessas criaturas de raciocínio lento como coelhos, condenados a ser atropelados pelo tráfego mais veloz.

— Você sempre acompanha Joe? — perguntou Grace.

— Quando posso.

— E vocês nunca ficam entediados um com o outro?

— Não, não muito.

— Vocês nunca ficam sem ter o que dizer? Sempre me preocupo, se estiver em um relacionamento longo, em ficar sem assunto.

— Eu não sei. — Gemma enrugou a testa lisa enquanto ponderava sobre a curiosa pergunta. — Não falamos muito, na verdade.

— Então o que vocês fazem?

— Ah, você sabe. Apenas saímos.

— Como se vocês conhecessem um ao outro tão bem que não precisassem mais falar?

— Algo assim — concordou Gemma.

— E você nunca fica com ciúme?

— Não muito. Às vezes, talvez.

— E o que você faz quando isso acontece?

— Quando acontece o quê?

— Quando fica com ciúme.

— Nada de mais.

— Você não tem uma forma de ter certeza de que ele ainda a ama? — Quis saber Grace.

— Como o quê?

— Não sei. Como beijando, talvez.

— Como isso iria me dizer se ele ainda me ama?

— O jeito que ele beija. Não sei, Gemma. Deve ser diferente, não? Se o garoto realmente está sendo sincero.

— Eu não sei.

Gemma parecia genuinamente confusa com a torrente de perguntas de Grace, como se a estivessem levando para regiões desconhecidas.

— Se eu estivesse saindo com alguém há tanto tempo quanto você — disse Grace, forçando o ritmo —, iria querer alguma forma de saber se ainda era especial para ele. Você não faria o mesmo, Maddy?

— Sim — disse Maddy. — Definitivamente.

—Ah, sei que sou especial para ele — disse Gemma. Um leve rubor espalhou-se por seus traços de boneca. — Sou a única com quem ele faz aquilo.

Grace estava satisfeita.

— Sorte sua — falou ela.

Ela desligou o raio trator de sua atenção, e as meninas separaram-se.

— Jesus! — exclamou Grace. — Ela é tão burra!

Maddy riu.

— Você deveria ser advogada — comentou. — Foi incrível.

— Então, agora sabemos. Ele só está com ela por causa do sexo.

— Ela é um nada. É como se não tivesse sentimentos.

— Isso mesmo. Se ele a largar, ela dificilmente vai perceber. Vai nessa, garota!

Maddy olhou para o rosto malicioso de Grace, rindo de volta para ela.

— Eu?

— Ei, ei! Aqui é Grace. A que não é imbecil. Tenho olhos, Maddy. Você sente algo por Joe Finnigan.

Novamente, Maddy corou.

— Qual o problema? — perguntou Grace. — Faça uma tentativa. Você nunca saberá até tentar.

— Por que Joe Finnigan se interessaria por mim?

— Porque você não é Gemma Page.

Secretamente, Maddy concordava. Gemma Page era muito mais bonita que ela, mas, agora, devia estar deixando Joe maluco. Maddy estava confiante de que seria mais divertido sair com ela.

Mas tudo indicava que as exigências de Joe iam além de apenas sair.

— E o lance do sexo?

— O que tem? — perguntou Grace.

— Bem...

— Ah, você nunca fez. Tudo bem. Desculpe. Eu não fazia ideia.

Maddy não tinha a intenção de que Grace soubesse, não mesmo. Elas simplesmente não eram mais tão próximas assim. Mas agora Grace a havia deixado sem saída. Poderia mentir e dizer que tinha experiência, mas Grace iria perguntar por detalhes. E não era como se ser virgem fosse um segredo tão vergonhoso, só que Maddy preferia que ninguém tivesse certeza.

— Isso é um problema? — indagou Grace.

— Não — falou Maddy. — Apenas quero que seja com o garoto certo.

— Claro. É o que todas queremos.

— E eu quero... bem... fazer direito.

— Por que não iria fazer? Você sabe como funciona.

— Sim, eu sei. Sei como *funciona*. Mas não sei... ah, o que, quando e quanto. Quero dizer, as pessoas falam como se simplesmente acontecesse, mas você tem que realmente *fazer* coisas.

— E qual é a dúvida?

— Os detalhes.

Grace ponderou em silêncio. Maddy viu-se perguntando se ela iria começar uma descrição detalhada de sua primeira vez. Em vez disso, Grace pegou o braço dela, a puxou para perto e disse:

— Tudo o que você tem que fazer é assistir a alguns filmes pornôs.

— Pornô?

— Na internet.

— Foi isso o que você fez?

— Foi, sim.

— Ajuda?

— Bem, sim. Claro. Quero dizer, filme pornô mostra as pessoas fazendo.

— É, imagino que sim.

Maddy achou a perspectiva assustadora por um monte de razões.

— Não tem que pagar?

— Não. Tem um monte que é de graça.

— E não é meio nojento?

— Alguns. E outros são meio engraçados.

— Você assistiu sozinha?

— Não. Com outra pessoa.

— Quem?

— Uma espécie de namorado.

Maddy estava bastante impressionada. Achava que Grace tinha uma vida amorosa secreta, mas nunca imaginara que podia ser tão sofisticada.

— Quem?

— Apenas alguém.

— Você assistiu a um filme pornô com ele?

— Sim.

— E depois?

— O que você acha?

Naquela tarde, Maddy teve uma longa conversa por telefone com Cath. Contou à amiga o que Grace tinha dito, especularam loucamente sobre o amante misterioso de Grace e fizeram planos de olhar uns filmes pornôs na internet.

— Faremos isso em meu laptop no cômodo das almofadas — sugeriu Maddy.

— E se sua mãe nos encontrar?

— Ela não vai.

— Pode acontecer.

— Diremos que estamos baixando músicas no iTunes usando o cartão de crédito da loja.

— Por que temos que dizer que estamos usando o cartão de crédito da loja? Isso vai irritá-la seriamente. É praticamente roubo.

— Porque ela ficará tão chocada por estarmos roubando que nunca pensará em se perguntar se estamos fazendo alguma coisa pior.

— Mad! Você é incrível!

— Amanhã depois do jantar, então. A noite pornô de Cath e Maddy.

— *Ciao*, querida.

Medo de rejeição

Harry Ross firmou os braços da avó quando esta fez o complicado movimento de trocar o andador pela cadeira de rodas.

— Pronto, mamãe — disse.

Rich achava comovente e embaraçoso seu pai chamar a avó de "mamãe".

— Obrigada, Tom — disse a avó. Tom era o nome de seu falecido marido. O pai de Rich não a corrigiu. — Apareça de novo. Você é um bolo.

— Cavalheiro — traduziu Harry Ross. — E aceito o elogio.

— Como sabe que foi isso o que ela quis dizer? — perguntou Rich.

— Ah, nós costumávamos usar uma marca de bolo chamada "Gosto de Cavalheiros". Sua avó sempre dizia que meu pai era um verdadeiro cavalheiro. Quando a cortejava.

— A vovó era cortejada por outros homens também?

— Pergunte a ela.

— Era, vó? Você tinha muitos admiradores quando era jovem?

— Seis.

— Seis namorados?

— Seis papéis... seis brochuras... Não, não. Ah, essas palavras.

— Seis pedidos de casamento? — propôs o pai de Rich.

— Isso. Seis.

Kitty chegou saltitando pelos degraus, as tranças voando.

— Eu vou também!

Rich contou a ela sobre os seis pedidos de casamento da avó. Kitty estava entusiasmada.

— Eles se ajoelharam, vó? Como você disse não? Partiu o coração deles?

A avó, agora em segurança na cadeira de rodas, sorriu e balançou a cabeça, mas, como não conseguiria dizer as palavras certas, não disse mais nada.

Rich a empurrou para fora em direção ao parque, com Kitty dançando ao seu lado. O céu acima estava ondulado de rosa e cinza, como a superfície do mar.

— Imagine a vovó com namorados! — exclamou Kitty.

— Imagine fazer um pedido e ser rejeitado.

Foi isso que atiçou a curiosidade de Rich. Ele viu-se pensando em quanto encorajamento o jovem havia recebido para ousar fazer o pedido. Não era o tipo da coisa que se faria por capricho. Você cria coragem enfim e, então, é rejeitado. Como seria a sensação?

— Fico feliz por ser uma garota — disse Kitty.

— Para que possa receber seis pedidos de casamento?

— Não precisam ser seis. Talvez dois. Ou três.

Um grupo de garotos em skates passou por eles, não atingindo a cadeira de rodas por pouco.

— Ei! Olhem por onde andam! — gritou Rich atrás deles.

— Vai se foder! — gritaram de volta.

Fora isso, o parque estava tranquilo. Um sol pálido começou a atravessar as nuvens, e, por todo o parque, a grama molhada brilhava. Empurraram a avó em direção à lagoa, onde a senhora louca alimentava os patos. Ela trazia um carrinho de bebê cheio de sacos plásticos.

Kitty sussurrou para Rich:

— Você acha que a senhora louca já foi pedida em casamento?

— Duvido.

— Isso é tão triste. Aposto que é por isso que ficou pirada.

Então, seguindo um impulso generoso do jovem coração, Kitty disse para Rich:

— Você deveria pedir as pessoas em casamento. Não tem que casar mesmo com elas. Apenas deixá-las poderem dizer que já foram pedidas em casamento.

— E se elas disserem: "Sim, obrigada, adoraria"?

— Você diz que mudou de ideia.

— Preciso de um motivo.

— Não, não precisa.

— Bem, de qualquer forma — disse Rich —, você receberá um montão de pedidos quando for mais velha.

— Não quero um montão. Apenas dois. Ou três.

Os dois empurraram a cadeira de rodas para o roseiral. A época das rosas tinha acabado havia muito tempo.

— Você tem uma namorada, Rich? — perguntou Kitty.

— Não.

— Por que não?

— Simplesmente não tenho.

— Mas você não quer uma?

— Sim.

— Então por que não arruma uma?

— Elas não são vendidas na Tesco, sabe? Não dá para simplesmente sair e pegar uma da prateleira.

— Mas pense em todas as garotas que não têm namorados — disse a menina. — Tudo que você precisa fazer é escolher uma delas.

— E se eu não quiser nenhuma delas?

— Não tem como você não querer *nenhuma* delas. Deve haver garotas de que você goste.

— E se as que eu gostar já tiverem namorados?

— Bem, isso é uma bobeira. Querer aquelas que não pode ter e não querer as que pode. É simplesmente uma bobeira.

— Ou talvez elas não me queiram.

— Por que elas não quereriam você? Você é adorável.

— Nem todo mundo acha.

— Quem não acha?

— Eu não sei, Kitty — disse Rich. — Estou apenas falando em teoria. Não estou falando de ninguém em particular.

— Então não há ninguém em particular?

— Não realmente.

— Isso significa que há.

— Não, não há.

— Quem é ela? Eu já vi? Aposto que é Grace Carey.

— Grace Carey! — Rich escondeu o espanto causado pela perspicácia de Kitty. — Por que Grace Carey?

— Porque ela é muito bonita. É ela, não é?

— Não vou dizer.

— Então é ela.

— Não vou continuar esta conversa.

— É ela, é ela, é ela!

Rich fez uma careta e não respondeu.

— Roxos — murmurou a avó, vendo uma enxurrada de pombos. Eles eram roxos, também, ou pelo menos tinham uma coloração azul-acinzentada no peito.

— Então, você contou a ela? — persistiu Kitty.

— Não, claro que não.

— Mas já falou com ela?

— Não exatamente.

— Você nunca falou com ela?

— Não muito. Não.

— Ah, Rich!

— Chega, fique de bico calado sobre isso, Kitty! Não é de sua conta!

— Ooh! Ooh! — Ela dançou, pressionando a mão sobre a boca. — Não é de minha conta!

Rich não precisava que Kitty lhe dissesse sobre como estava sendo idiota. Seus sonhos estavam preenchidos com pensamentos sobre Grace. Mas ele ainda não tomara nenhuma providência.

Sozinho em seu quarto, escreveu no diário:

Por que tenho tanto medo da rejeição? Uma rejeição não significa que todo mundo vai me rejeitar pelo resto da vida. Apenas
Grace. Apenas as garotas bonitas. Apenas aquelas que quero.
Então, o que acontece se todas as garotas que eu quiser não
me quiserem? E assim para o resto de minha vida... O segundo
lugar. Sempre imaginando como teria sido chegar em primeiro.
Foda-se. É muito cedo para desistir da vida.

Ele sentou-se e olhou a página do diário. A única e óbvia con-
clusão encarou-o de volta. Precisava tentar. Precisava fazer uma
aposta, mesmo que somente por respeito próprio. Ele não poderia continuar com aquele amor fantasioso, batendo em postes de
luz, com todo mundo rindo dele.

Tudo ou nada.

Mas, ainda assim, tremeu com o pensamento de uma abor-
dagem direta. Se pelo menos pudesse testar a reação dela a distância. Se pudesse chamar a atenção de Grace sem qualquer necessidade de ela responder, de forma que qualquer movimento
subsequente que pudesse fazer não surgisse como uma total surpresa. Ele escreveu novamente no diário:

Traga de volta os dragões. Vista sua armadura, nomeie a dama
que ama, saia e mate um dragão. Quando voltar com o dragão
morto, ela tem que amar você. Está implícito. Você sabe onde
está. Mas onde estão os dragões quando se precisa deles?

Ou eu poderia encontrar um amigo para falar sobre mim para
Grace. Assim, caso não haja nenhum sentido nisso, não tenho que
correr o risco de falar com ela pessoalmente. E ainda faria com
que Grace começasse a pensar em mim.

Por exemplo, Maddy Fisher. Maddy e Grace são próximas.

A perspectiva de falar com Maddy Fisher não assustou Rich nem um pouco. Ela era uma das poucas pessoas na aula de inglês do Sr. Pico que realmente lia os livros que estavam estudando. Já era algo que tinham em comum.

Então, havia um plano.

Ele fechou o diário e pegou seu dever de casa de inglês. Hora de responder ao poema de Matthew Arnold.

Maddy, a mediadora

O Sr. Pico lia uma única folha de papel em voz alta para a turma:

— O poeta sabe que seu amor é inalcançável, mas isso não o impede de sonhar com a amada. Seus sonhos o fazem feliz. Acordar machuca. Mas ele prefere sonhar e se machucar a não amar.

O professor dobrou a folha de papel, fechando os olhos por trás das lentes grossas e repetiu:

— Ele prefere sonhar e se machucar.

Todo mundo na turma olhava para Rich Ross. Ele era o único com a cabeça inclinada sobre a carteira.

— Isso é uma resposta pessoal para um poema, uma resposta bastante perspicaz. Esse escritor está refletindo em bom som sobre o que os versos do poeta significam para ele. Isso é tudo o que vocês têm que fazer. Por favor, meus amigos, lembrem-se disso. Um poeta é uma pessoa como vocês, vivendo uma vida mais parecida com as de vocês do que imaginam, tentando colocar em palavras os sentimentos e ideias que chegam a ele. Um poeta famoso é alguém que fez isso tão bem que leitores responderam: "Sim, comigo também é assim.

Maddy estava impressionada com o que Rich havia escrito. Ela mesma tinha prestado atenção no poema apenas de passagem. Consequentemente, associou os sentimentos mais a Rich que ao poeta.

Ela e Cath estavam conversando sobre isso durante o intervalo quando Grace se juntou a elas. Como Cath dissera, Grace as parecia honrar mais com sua presença nos últimos dias.

—Acho um pouco triste — disse Cath sobre o que Rich tinha escrito.

—Acho doente — rebateu Grace.

— Por que é doente? — perguntou Maddy. — Nunca se sentiu desse jeito? Preferindo sonhar e se machucar a nunca amar?

—Você está dizendo que quero ser machucada?

—Relaxe, Grace. Não estou dizendo nada, tudo bem? Estamos só conversando.

—Isso é tudo meio assustador — disse Cath. — E ele ainda tem um manual de sexo que Pablo deu a ele.

—Foi Pablo que deu para ele? Como sabe?

—Max me contou. Rich é o bichinho de estimação de Pablo.

—Ele deve ser gay — falou Grace.

—Não necessariamente — disse Maddy. — Embora seja verdade que ele não tem um telefone.

—Talvez não possa comprar um.

—Ele disse que não quer um.

—Ele é gay — afirmou Grace.

Maddy olhou ao redor. Rich estava no Cercado com o amigo Max. Como as demais estavam pegando tão pesado com ele, Maddy sentiu-se impelida a ser legal.

—Bem, eu gostei do que ele escreveu — falou ela. — Vou dizer isso a ele.

Ela cruzou o gramado em direção a Rich. Ele a observou enquanto se aproximava, notoriamente surpreso por ela estar chegando mais perto para conversar.

— Oi — saudou ela. — Como está a pancada na cabeça?

— Bem, agora. — O curativo havia sumido.

— Foi você quem escreveu aquilo que Pablo leu?

— Queria que ele não tivesse lido.

— Era bom. Eu gostei.

— Queria que ele não tivesse feito aquilo.

Rich parecia prestes a dizer mais alguma coisa, mas nada veio. Ela se viu reparando nos detalhes do rosto dele e percebeu que nunca o olhara de verdade antes. Sua pele era muito clara, os olhos levemente castanhos e inesperadamente abertos, indefesos. Seria fácil magoá-lo, pensou. Depois lhe veio outro pensamento: ele não merece ser magoado.

— Então é isso — disse ela. — Bom para você.

Parecia não haver mais nada para falar, mas quando ela se virou para ir embora, ele a chamou de volta.

— Maddy?

— Sim, Rich?

— Você é amiga de Grace, certo?

O coração de Maddy afundou. Algo nela queria acreditar que Rich era diferente dos demais garotos. Ele era diferente, em certas coisas, mas não nisso, ao que parecia.

— Ela tem namorado?

— Não sei exatamente — disse Maddy. — Por quê?

— Estava apenas imaginando. Ela está sempre sozinha. Nunca a vi com um namorado. — Seus olhos revelaram aquilo que ele não ousava colocar em palavras. — Então pensei em te perguntar.

— Acho que você mesmo tem que perguntar a ela, Rich.

— Sim, eu sei. — Ele olhou para baixo. — É só que preferiria não bancar idiota. Se não houver sentido.

Maddy estava bem certa de que não havia sentido algum. Mas ela não sabia como dizer isso para Rich sem magoar seus sentimentos.

— Eu não tenho certeza se ela já pensou em você dessa forma — falou.

— Com certeza não.

— Ela está sempre dizendo que os garotos de nosso ano são inúteis. Não você especificamente. Todos eles. Acho que ela gosta de garotos mais velhos.

— O negócio é que — disse Rich — não sou realmente como os outros.

— Não, espero que não.

— Às vezes, sinto como se tivesse aterrissado de outro planeta. Sei que isso faz de mim um pouco estranho. Mas talvez Grace goste de estranhos.

Talvez goste, pensou Maddy. Ela percebeu pela primeira vez que não tinha ideia do que Grace gostava. Talvez ela precisasse de alguém estranho como Rich, mas ainda não soubesse disso.

— Se ela pelo menos me desse uma chance — disse Rich, melancolicamente. — Se me conhecesse.

— Essa é a questão — disse Maddy. — Ela talvez não dê.

— Você poderia interceder, talvez.

Aqui vamos nós novamente, pensou Maddy. O que eu tenho que faz com que todo mundo me escolha como mediadora?

— O que eu diria? — perguntou ela.

— Qualquer coisa, sério. Apenas para fazê-la passar pela primeira surpresa. Se você sabe que tem alguém pensando em você, é inevitável não pensar um pouco mais nessa pessoa.

— Quer que eu diga a Grace que você está pensando nela?

— Não — respondeu Rich. — Assim não.

— Como, então?

— Pode dizer a ela que sou um gênio.

— E é?

— Bem, talvez. Um monte de coisas incomuns se passa em minha cabeça. Talvez sejam apenas um tumulto aleatório, é claro.

De repente, ele sorriu, e Maddy retribuiu o sorriso.

— Não diga essa parte a ela — pediu ele.

— Tudo bem — respondeu Maddy. — Direi a ela que você é um gênio. Mas não quero te dar esperanças.

— Espero tudo e nada — disse Rich.

— Isso soa como algo que leu em um livro.

— E é, de certa forma. É do meu diário. Mas eu que escrevi.

— Tudo bem. Talvez você seja um gênio — concedeu Maddy.

— Meu diário é cheio de coisas assim.

— Mas só você lê.

— Nem eu. Uma vez escrito, nunca olho para trás.

— Então, qual o objetivo em escrever?

— Não sei exatamente.

Rich deu de ombros como quem diz "o que é que se pode fazer?". Maddy se pegou simpatizando com ele.

— Se falar com Grace sobre mim, pode me dizer o que ela acha? Sinceramente?

— O que ganho com isso?

— Você pode me assistir falando asneira e se sentir superior.

De novo aquele sorriso torto.

— Tudo bem — disse Maddy.

Ela voltou para Cath e Grace, sorrindo para si mesma.

— Sobre o que tanto falaram? — perguntou Grace.

— Sobre você.

— Sobre mim?

— Rich quer que você saiba que ele é um gênio.

— Gênio? — Grace quase bufou de desprezo. — Ele não é gênio. Só é gay.

— Não acho que ele seja gay. Ele gosta de você, para começar.

— Eca! — Grace estremeceu.

— Então, não tem vontade de conhecê-lo melhor?

— Tanto quanto quero um buraco em minha cabeça.

Maddy sentiu que isso era despropositado.

— Você não sabe nada sobre ele.

— Fora que é o bichinho de estimação de Pablo, que lê livros sobre sexo, que não tem telefone e que perde tempo fazendo pose de triste. Dá um tempo, Maddy. Não estou tão desesperada.

— Tudo bem. Esquece.

• • •

Quando Maddy chegou em casa, ficou irritada ao encontrar o namorado de Imo, Alex, na cozinha. Ele estava sentado sem entusiasmo à mesa, fazendo palavras cruzadas.

— Oi, Maddy.

— Oi, Alex.

— Está sabendo da novidade?

— Que novidade?

— O mundo não será sugado por um buraco negro gigante.

— Ah, isso. — Maddy tinha uma vaga noção de que algum experimento nuclear estava agendado para acontecer naquela manhã, em algum lugar da Suíça.

— Estão procurando a partícula de Deus — disse Alex.

— Partícula de Deus? Isso é meio decepcionante.

Alex sorriu.

— Se quiser conversar com Imo, ela está lavando o cabelo — falou ele.

— Lavando o cabelo? O que, literalmente?

— Parece que sim.

Normalmente, nessa hora do dia, Maddy tinha a cozinha para si. Ela sempre chegava em casa morrendo de fome. Às escondidas, sem se controlar, encheria uma tigela com mingau de aveia, acrescentaria um pedaço grande de manteiga, três colheres de sopa de xarope dourado e colocaria tudo no micro-ondas. Depois, só o que tinha que fazer era mexer e comer. Era um deleite pelo qual estava esperando durante toda a tarde.

Não havia chance de ela colocar a mistura grudenta e doce dentro da boca sob o olhar lúgubre de Alex. Parecia muito com comida de bebê.

— Quer uma xícara de café ou alguma coisa, Alex?

— Não, obrigado. Estamos de saída.

Maddy serviu-se de dois biscoitos digestivos como substitutos temporários. Imo apareceu com uma toalha enrolada no cabelo, estilo turbante, vestindo um roupão de banho.

— Estarei pronta em uns 15 minutos — disse ela. — Você e Maddy podem ter um pequeno e agradável bate-papo.

Ela lançou um olhar significativo para Maddy e voltou para seu quarto. Maddy resignou-se ao seu destino

— Então, como estão as coisas, Alex?

— Ah. Você sabe.

— Ainda não se cansou de Imo?

— Não. Por que me cansaria?

— Ah, a maioria dos namorados dela cansa. Tem alguma coisa nela que eu não sei o que é... Eles vão a um certo nível, e, depois, parece que não há mais nada. Como chegar ao final de um milk-shake.

— Sério?

Maddy aqueceu-se para falar do tema. Tinha muita coisa que poderia dizer sobre Imo agora que considerava o assunto.

— Não estou dizendo que Imo é superficial — argumentou ela. — Não sei o que é. Talvez seja medo de intimidade.

— Ela consegue ser bem distante às vezes.

— Quase como se desejasse que você não estivesse ali.

— Quase.

— É quando seus namorados terminam com ela. Pobre Imo. Continua acontecendo. — Isso era muito mentiroso, mas Maddy estava deixando-se levar. — Ela acha que pode ter alguma coisa de errado com ela.

— Muitos terminaram com ela?

— Bem, eles chamam de "dar espaço"

— Ela não se importa?

— Não na hora. Geralmente fica bem agradecida. Ela é muito fraca. Precisa que as pessoas tomem as decisões difíceis por ela. Ela respeita isso bastante.

— Sim. Suponho que sim.

— O que ela realmente odeia são pessoas pegajosas — acrescentou Maddy.

— Pessoas pegajosas?

— Você sabe. Namorados fracos que a deixam tratá-los feito gato e sapato.

Alex não disse nada sobre isso. Maddy achou que talvez tivesse ido longe demais. Mas Alex pareceu não notar.

— Então, muitos namorados a dispensaram?

— Pelo menos quatro, que eu saiba.

Maddy contou a mentira com uma cara séria, esperando que Alex encontrasse segurança em números. Ele deu um suspiro profundo e levantou-se da mesa da cozinha.

— Ah, bem. É a vida, imagino.

Imo voltou lá para baixo, agora vestida e pronta para sair.

— Se vamos, vamos logo. Esse lugar fica a quilômetros de distância.

— Aonde estão indo? — perguntou Maddy.

— Um lugar bem diferente — disse Imo.

— Parece ser bem bonito — disse Alex, tristemente. — Holkham, na costa de Nortfolk.

Finalmente sozinha, Maddy sentiu o humor despencar. Culpou a falta de aveia com xarope dourado. A loja iria fechar logo, e a mãe retornaria para casa. Ela tirou outros dois biscoitos digestivos do pacote e foi para o quarto. Biscoitos digestivos eram sem graça, mas, se você os comesse devagar, até que ganhavam algum gosto. Então ela teve uma ideia. Poderia passar creme de limão neles.

Sozinha em seu quarto, tentado se concentrar nas origens da Guerra Fria, viu seus pensamentos flutuarem de volta ao enigma de Joe Finnigan e Gemma Page. Joe era tão perspicaz e incomum ao passo que Gemma era tão vazia e normal. Como ele poderia suportar ela rastejando logo atrás? Garotos eram mesmo obcecados por sexo, mas, para Maddy, fazer sexo com Gemma deveria ser tão desinteressante quanto conversar com ela. Mas talvez com sexo fosse diferente. Talvez algumas pessoas tivessem talento natural para isso, um talento que não poderia ser visto no cotidiano. Para algo que estava em todo lugar, em todos os jornais, nos letreiros e em cada filme, o sexo, de alguma forma, conseguia permanecer difícil de sondar. Não podia ser tão simples quanto peitos grandes e saias curtas. Podia?

Maddy continuou brigando com a Guerra Fria por mais meia hora, depois desistiu e abriu o laptop. Não havia ninguém no MSN com quem quisesse falar. Depois de algum tempo, sentiu frio e foi para a cama. Lá, fechou os olhos e enrolou-se. Algo bem no fundo começou a doer, mas não como um machucado. Como um vazio.

Eu não quero viver naquele mundo, disse a si mesma. Ela se referia a um mundo onde os garotos interessantes escolhiam as garotas sensuais, onde Joe amava Gemma e Rich amava Grace. Era a vitória do óbvio. Se isso era tudo o que havia para amar, por que se incomodar? O amor podia ser tão mais. Devia ser tão maravilhoso ser especial para alguém, ser tão íntimo quanto duas pessoas podem ser; contando tudo uma para a outra, beijando, porque tudo o que você mais quer no mundo é sentir os lábios dele nos seus.

Seu telefone tocou. Era Cath para lembrá-la de que tinham um plano de se encontrarem mais tarde àquela noite para ver filmes pornôs na internet.

—Vamos fazer isso outra hora — disse Maddy. — Tenho muita coisa para ler.

Ela não estava no clima. Precisava estar um pouco mais feliz e um pouco mais bêbada para assistir a filmes pornôs, e ela não estava nem uma coisa, nem outra.

A vida sexual dos adolescentes

Cafés em livrarias eram uma tentação terrível. Atrás da parede de vidro do balcão do café, oferecidos sedutoramente em prateleiras de vidro inclinadas, como se quisessem cair em suas mãos, estavam croissants de chocolate, tarteletes de creme de ovos e tranças de maçã com noz-pecã. Rich não tinha encontrado um livro sequer que quisesse comprar, porém os doces chamaram sua atenção.

Mas então percebeu que a figura debruçada à mesa diante dele era seu professor de inglês. O Sr. Pico estava sentado sozinho, bebericando um café, concentrado nas páginas de um livro grosso.

Rich hesitou em falar com ele, não querendo interromper sua leitura. Mas estava tão perto do professor que parecia mais indelicado não falar nada.

— Olá, senhor.

— O quê? Ah, oi.

Como sempre, a atenção do Sr. Pico ergueu-se das profundezas para romper a superfície de seus óculos de lentes grossas. Ele levantou o livro que estava lendo.

— Estou dando uma olhada na nova tradução de *Guerra e Paz*. É para ser a primeira versão para inglês realmente autêntica. Já leu alguma coisa de Tolstói?

— Não. Nunca.

— Ah, guloseimas na loja. Posso pagar-lhe um café ou alguma outra coisa?

Rich hesitou. Ele não tinha muito interesse em Tolstói, mas estava com fome.

— Um doce cairia bem.

Por cortesia de seu professor de inglês, Rich sentou-se à mesa do café e, comeu uma trança de maçã com noz-pecã e discutiu *Guerra e Paz*.

— A compreensão de Tolstói sobre o amor na juventude é extraordinária. Todos os seus personagens tomavam decisões terríveis, mas, mesmo assim, você entendia o porquê e se compadecia. A linda Natasha apaixona-se pelo belo e malvado Anatole, quando sabemos que ela deveria amar o desajeitado e sensível Pierre. Mas ela precisa amadurecer para descobrir isso sozinha.

Rich começou a achar que talvez estivesse interessado, no fim das contas.

— E ela descobre?

— Ah, sim. — Ele fechou com força o grosso livro. — Uma experiência profundamente gratificante. Acredite em mim.

— O senhor acredita nisso?

— Como assim?

— Bem, na vida real a garota bonita se casaria com o cara bonito e malvado, teria uma vida não lá muito feliz e jamais saberia como poderia ser.

— Meu querido garoto. Estou detectando um tom de amargura?

— Só estou dizendo que é isso o que geralmente acontece.

— Você acha que a beleza supera o caráter?

— Bem, sim.

— Não concordo. Mulheres bonitas estão constantemente se apaixonando por homens de aparência esquisita. Conheci um homem muito feio que dizia para toda mulher atraente que conhecia: "Gostaria de te beijar." Ele disse que levou várias bofetadas no rosto, mas que também ganhou muitos beijos.

Rich contemplou essa imagem com descrença.

— Eu nunca conseguiria fazer isso.

— Existem outras formas.

— Como o desajeitado e sensível Pierre consegue?

— Ele a ama resolutamente por muitos anos. E é um milionário.

— Ah.

Rich avistou um rapaz de seu ano na escola olhando-o com a boca aberta de curiosidade. Repentinamente e sem motivo, sentiu-se culpado, como se conversar com o professor numa livraria fosse trapaça.

— Melhor eu ir embora — disse, levantando-se. — Obrigado pelo doce.

Andando para casa, Rich ponderou como seria pedir beijos para garotas bonitas e não se importar se elas recusassem. Isso estava além da própria capacidade, ele tinha certeza. Mas, evidentemente, alguns garotos, alguns homens, eram tão seguros de si que esperavam que as garotas acolhessem seus avanços.

Então por que não eu?

Não era como se Rich tivesse passado por uma série de experiências ruins. Ele não tinha passado por experiência alguma. A vergonhosa verdade era que ele nunca tinha beijado uma garota, não um beijo romântico. Houvera vezes que tinha suspeitado que a garota estava disposta, mas ele não a achava atraente o suficiente. Com as garotas que ele admirava, ficava paralisado.

Ele não conseguia ver saída para o dilema. Conversar, sim. Ele conseguia conversar com uma garota bonita. Mas tocar: isso era outra questão. Não conseguia imaginar nenhuma circunstância na qual ele abraçaria Grace Carey e a beijaria, a menos que Grace pedisse: "Me beije." A possibilidade de sair num encontro com Grace o enchia de pavor. O que deveria fazer? Deveria pegar a mão dela? Iriam se beijar na fileira de trás do cinema? E quanto à nudez de verdade, ao sexo... Como? Onde? Era preciso planejar coisas como essas. Você não se fundia simplesmente nos braços do outro.

Rich havia lido uma reportagem de jornal outro dia sobre a vida sexual dos adolescentes. De acordo com a reportagem, a idade média da primeira relação sexual era de 16 anos, sendo um terço de todos os adolescentes já sexualmente ativos antes dessa idade. Rich tinha 17. Ele não conseguia vislumbrar nenhuma relação sexual no futuro próximo, ou mesmo no futuro distante. Estava tudo muito bem para o desajeitado e sensível Pierre. Mulheres bonitas sempre gostaram de milionários. Mas, mesmo que você não fosse um milionário, ainda queria mulheres bonitas. A natureza simplesmente o fizera daquela forma. E tudo parecia muito mal-ajambrado para Rich.

Ao voltar, encontrou Kitty chorando em frente à casa de bonecas.

— Olhe! — disse ela. — Eles derrubaram tudo. Quebraram o armário da cozinha e a tábua de passar roupa. Encontrei os pequenos pacotes de cereal espalhados por todo o carpete da escada. Odeio o Passos Minúsculos! Quero matar aquelas crianças.

— Achei que o andar de cima fosse proibido.

— Eles o descobriram.

— Falou para a mamãe?

— Ela pediu desculpas e disse que seria bom se trancássemos a casa de bonecas. Acho que deveríamos colocar uma tranca no Passos Minúsculos. Aqueles pirralhos deveriam usar pequenas algemas e ser colocados em uma pequena prisão.

— Eu realmente sinto muito, Kitty. É horrível. É como um assalto.

— Ah, Rich. Você é tão adorável. — Ela encolheu-se em seus braços. — Você é o único que entende.

Juntos, restabeleceram a mobília da casa de bonecas como era e até fizeram algumas pequenas melhorias. Foi ideia de Rich colocar a poltrona na cozinha.

— A cozinha fica mais aconchegante com poltronas — alegara ele.

Para abrir espaço para a poltrona, colocaram o guarda-louça na sala de jantar, onde o mostrador de minúsculos pratos de porcelana encaixava muito melhor, e a escrivaninha, que ficava na sala de jantar, foi transferida para o quarto principal.

— Assim o pai pode trabalhar sem perturbações.

— E a mãe também — disse Kitty.

— O que você precisa é de lâmpadas nos quartos.

— Dá para ter lâmpadas, mas é muito difícil encaixá-las.

— Espero conseguir dar um jeito — disse Rich.

A avó emergiu do quarto dela, fazendo barulho atrás do andador. Ela parou para admirar a casa de bonecas no chão.

— Querido Richard — disse ela.

— Eu fiz a maior parte, vó — falou Kitty. — Rich quase não fez nada.

— Bem, bem — disse a avó, abaixando-se no elevador de escada.

Ela levantou uma das mãos murcha em sinal de adeus enquanto descia silenciosamente para o andar de baixo.

Rich retirou-se para o quarto. Gastou muitos minutos revirando seus LPs, incapaz de decidir qual o som certo para acompanhar seu humor. No final, ele foi de *Blonde on Blonde*. Acomodou-se para escrever no diário ao som plangente de "Sad-Eyed Lady of the Lowlands" na voz de Dylan.

Às vezes, quando a observo, ela parece estar em algum lugar bem distante. Ela quase nunca sorri. Quero lhe dizer: sinto-me da mesma maneira. Não sou como os outros. Eu poderia entender você.

Bonita, mas solitária. Poderia ser verdade.

Suponhamos que eu dissesse a ela que adivinhei seu segredo. Isso iria chocá-la, mas ela iria me olhar diferente. Eu seria o único a conhecê-la como realmente é. Ela diria: "Como você soube?" E eu responderia: "Porque também sou solitário."

Depois disso, seríamos íntimos.

* * *

Rich parou de escrever, e ouviu a música por um tempo. Max dizia-lhe diariamente que ele tinha o gosto musical de um velho.

— Você sabe há quanto tempo isso foi gravado? — perguntava o amigo.

— Não vejo que diferença isso faz.

— Você tem que viver o agora, irmão.

Max tinha mostrado algumas bandas do momento em seu iPod, mas Rich não se convencera.

— The Who já fez tudo isso antes... e melhor.

— Sabe o que está fazendo? Você está se escondendo no passado.

— E?

— É errado.

— Por quê? O que há de tão bom no presente?

No fundo, ele sabia que Max estava certo, mas a verdade era que jamais gostara muito do presente. Ele não estava interessado em reality shows. Achava essa história de Grande Recessão entediante e assustadora ao mesmo tempo. Para ele, os únicos filmes relevantes nos últimos dez anos foram *Antes do amanhecer*, que na verdade é de 1995, e *Antes do pôr do sol*. E quem sabe também *Batman: O cavaleiro das trevas*, porque o Coringa conseguia entender a estupidez essencial da existência.

No passado as coisas eram mais bem-feitas. Havia músicas de verdade, paixões de verdade e desespero de verdade. Hoje em dia era tudo simplesmente um jogo.

Rich pensou em Grace e quis lhe dizer isso: como a vida poderia ser tão mais intensa do que era. Como tudo o que você precisava fazer era parar de sentir medo.

Talvez Maddy Fisher já tivesse falado com Grace sobre ele. Talvez tudo estivesse prestes a mudar.

Amy, a coelhinha

O primeiro ensaio sério não foi um sucesso. Nem Joe Finnigan nem Grace tinham decorado suas falas e fizeram a longa cena de abertura juntos, lendo do livro, sem olhar um para o outro. O Sr. Pico assistiu com desânimo.

— Sei que é a primeira vez, mas façam, pelo menos, uma fraca tentativa de interpretação.

— Por que ela diz tudo isso? — reclamou Grace. — Ela gosta do irmão ou não?

—É realmente muito simples, Grace. Sorel só está interessada em si mesma. Você acha que consegue transmitir isso?

— Tudo bem.

— Apenas imagine que tudo te aborrece.

Depois disso, Grace melhorou visivelmente. Joe Finnigan sentiu a mudança, e a leitura de ambos tornou-se mais enérgica e lânguida. Ele parecia gostar de fazer poses e prolongar as vogais.

— Que *maravilhoso* para eles — ecoou Joe. E então: — Fa-aa-ça, querida. — Depois, para o Sr. Pico: — Imagino que eu não vá para o piano e acenda um cigarro.

— Não.

Uma das falas de Grace arrancou risadas do resto do elenco.

— Anormais, Simon... é isso o que somos. Anormais.

Ela disse isso com uma surpresa crescente, como se tivesse feito a descoberta naquele momento.

O ensaio até a entrada de Maddy nunca pareceu demorar tanto. Uma grande parte do tempo foi tomada por páginas onde a família Bliss representava as falas de uma peça antiga, "representar a representação", como o Sr. Pico tinha dito.

— Sonhei com o amor desse jeito — proclamou Emily Lucas, interpretando Judith Bliss, que representava uma atriz exagerada. — Mas nunca percebi, nunca soube, o quão bonito poderia ser na realidade!

— Maior! — gritou o Sr. Pico. — Mais grandioso! Mais descarado!

Maddy sentou-se e acompanhou as atuações de uma posição onde pudesse observar Gemma Page e Joe Finnigan ao mesmo tempo. O olhar de Joe não procurou por Gemma nenhuma vez. Na maioria do tempo, sua atenção estava em Grace, com quem contracenava. Duas vezes, no entanto, encontrou os olhos de Maddy e sorriu.

Quando o ensaio terminou, perguntou a ela:

— Como está Cyril?

— Não tem dormido bem ultimamente — disse Maddy.

— Uísque antes de dormir — disse Joe. — Sempre funciona.

— O que foi isso? — perguntou Grace, vendo Joe e Gemma partirem.

— Ah, nada — disse Maddy. — Você é boa, Grace.

— É um papel idiota, mas até que é bem divertido. Quem é Cyril?

— O camelo que fica do lado de fora de nossa loja.

— Se quer minha opinião, acho que Joe está a fim de você

— Ele só está sendo simpático.

— Garotos não são simpáticos do nada com garotas.

Secretamente, Maddy pensou que Grace talvez estivesse certa, principalmente por causa do jeito como Joe dissera: "Como está Cyril?" Era como um código particular entre os dois. Depois, ele captara sua resposta boba e falara: "Uísque antes de dormir." Era sugestivo, certo?

•

Maddy repetiu a pequena troca de palavras para Cath.

— Ele foi até você, certo? — perguntou Cath. — Ele começou.

— Bem, nós estávamos meio que perto.

— Mas você não falou primeiro?

— Não. Ele falou.

— É isso aí, então. Ele definitivamente está interessado.

— Mas você não acha que todo garoto que fala contigo está querendo te pegar.

— Nenhum garoto nunca fala comigo, Mad.

— Claro que falam.

— Não assim.

— Também não foi nada de mais. Talvez ele só estivesse sendo amigável.

Mas era gratificante que Cath compartilhasse da visão de Grace. Alguma coisa estava acontecendo.

Mais tarde naquela noite, Maddy e Cath aconchegaram-se lado a lado na cama no cômodo das almofadas, com a porta fechada e um baú empurrado contra ela. Maddy estava com o laptop nos joelhos. Era a noite em que assistiriam aos filmes pornôs.

— Não é para garotas — disse Cath. — É para garotos. Talvez não gostemos nadinha.

— Podemos parar quando quisermos.

— E se isso fizer com que fiquemos com nojo de sexo para sempre?

— Quer desistir, Cath?

— Não, vamos. Estou bem curiosa, na verdade.

Era somente curiosidade, no final. Nenhuma delas esperava nenhum tipo de emoção.

Maddy digitou o endereço que Grace lhe dera na barra do Google. Apareceu um aviso dizendo que deviam ter 18 anos ou mais. Um botão dizia ENTRAR, o outro dizia SAIR.

— Acha que alguém já clicou em SAIR? — comentou Cath.

Maddy clicou em ENTRAR.

Surgiu uma página com pequenas fotos, cada uma com um título embaixo. *Bunda rosinha rebola. Garganta profunda e engole. Show no banheiro de asiática gostosa.*

Eram 35 fotos em uma única página. E mais centenas de páginas esperando.

— Uau! — disse Cath.

— Em qual devemos clicar? — perguntou Maddy.

— Que tal aquela ali?

A imagem mostrava uma garota de cabelo escuro sorrindo para a câmera. O título era: *Amy veste roupa sexy de coelhinha da Playboy.* Parecia menos assustadora que as demais.

Maddy clicou.

A figura pulou e encheu a tela. Lá estava Amy, com os olhos exageradamente maquiados, seios saindo da parte de cima do pequeno biquíni, inclinando-se para a frente e para baixo, sorrindo para a câmera. Um rock distorcido guinchava nos alto-falantes do laptop.

— Ela nem é tão bonita assim — disse Maddy.

— Olha para o rímel dela! Está um lixo!

— Se eu tivesse peitos como esse, os manteria escondidos.

— Meu Deus! Orelhas de coelho! Isso é tão fora de moda!

Maddy e Cath riram e, em seguida, ficaram em silêncio. A câmera tinha seguido a cabeça abaixada de Amy e descobrira um pênis enorme e ereto.

— Tudo bem — disse Maddy

— Esse é o tamanho normal? — perguntou Cath.

— Como é que eu vou saber?

As duas começaram a rir. Na tela, Amy estava olhando para cima em direção a câmera, enquanto sua língua lambia a ponta do pênis.

— Ela está olhando para mim!

Cath cobriu os olhos. Maddy deu uma palmada nela.

— Ela não pode te ver, sua vaca estúpida.

Elas explodiram em risadas. Na tela, a cabeça de Amy estava agora subindo e descendo, o pênis na boca.

— Eu quero ver o homem — disse Maddy. — Quero ver seu rosto.

— Talvez ele não queira ser reconhecido.

— Ela não se importa em ser reconhecida. Imagine encontrá-la no supermercado. Oi, Amy. Amei seu filme.

Mais uma vez, elas começaram a rir.

— Pelo amor de Deus! Quanto tempo isso dura?

— Quer ver um diferente?

— Na verdade, não. Agora que começamos, vamos até o final.

Durou apenas mais uns três minutos, mas, por algum motivo, parecia muito mais longo. Quando o primeiro choque passou, as risadas sumiram. Maddy descobriu que não tinha gostado muito daquilo, mas ainda não entendia por quê.

— Fico me perguntando por que eles fazem isso — disse ela.

— Eles são pagos — falou Cath.

— Acho que não. Acho que são apenas pessoas comuns. Por isso que o site é de graça.

— Então por que se filmar para todo mundo ver?

— Imagino que isso os deixe excitados.

Ficaram em silêncio. Elas esperavam que o sexo fosse pessoal e íntimo, mas, por algum motivo, não tinha sido nem uma coisa nem outra.

— Tudo isso foi por causa dele, não foi? — sugeriu Cath.

— Definitivamente — disse Maddy. — Ela estava usando a roupa que ele queria, fazendo as coisas que ele queria e filmando para que ele visse depois. Foi tudo para ele, certamente.

Outro silêncio.

— Então, você gostou? — Quis saber Maddy.

— Bem, não me enojou — disse Cath. — E acho que meio que gostei de ver o pênis grande.

— Eu gostei durante um minuto. Depois disso, me irritou. Era como se fosse um pequeno Deus querendo ser adorado. Adorando-o sem parar, curvando-se diante dele, beijando-o, continuamente. Eu queria bater nele com uma colher.

— Fico me perguntando como é fazer isso.

— Para mim, não parecia que ela estava se divertindo nem um pouco.

— Imagino que ela tenha gostado de deixá-lo feliz.

— Quem? — perguntou Maddy. — Ele nem sequer tem um rosto. E vou te falar uma coisa. — Maddy estava descobrindo suas reações apenas enquanto falava. — Não fiquei excitada. Como alguém poderia ficar excitado com isso?

— As pessoas ficam.

— Os garotos ficam.

— Tudo bem, os garotos ficam.

— Sim, mas não todos, Cath. Não posso acreditar nisso. Deve haver alguns garotos que querem mais que isso.

— Vou te dizer a verdade, Mads, não faço a menor ideia. Mas quer saber de uma coisa? Não pareceu ruim. Se eu tivesse um namorado e fazer essas coisas o deixasse feliz, eu poderia lidar com isso.

— Mas e o amor?

— Sim, isso seria legal também.

De volta ao quarto depois de Cath ter ido embora, Maddy deitou-se na cama com as luzes apagadas e cortinas abertas, olhando através da janela para o céu escuro. Uma lua crescente lançava seu brilho pálido sobre as poucas nuvens, e, entre elas, as estrelas mais brilhantes começavam a se mostrar. As nuvens moviam-se lentamente. Ela fixou o olhar nas estrelas e sentiu como se fosse ela a se mover, a casa e seu mundo particular navegando solenemente pela noite.

Os pensamentos de Maddy eram uma estranha mistura de Joe sorrindo para ela, o pênis grande na tela do laptop e uma agitação obscura que fluía para fora dela para tocar em tudo que via. Maddy gostava de olhar pela janela: o céu não tinha limites, seguia eternamente, tudo era possível. Sentiu-se como se estivesse no limiar de uma enorme aventura.

Antes de dormir, checou as mensagens no celular. Não havia nada. Por impulso, checou a conta no Hotmail.

A mensagem mais recente tinha sido enviada às 18h14. Ela leu:

Oi, Maddy. Estou preocupado com Cyril. Talvez ele esteja querendo uma Sra. Cyril. Camelos também têm sentimentos. Joe.

Maddy olhou para a tela. O e-mail era de Joe Finnigan. Como ele conseguira seu endereço? Era o Joe de verdade? Ela checou o remetente: Joefinn41@hotmail.com.

Seu coração parou de bater.

Camelos também têm sentimentos.

Ela conferiu a hora. Passava das 22. Mas e-mails não acordavam as pessoas.

Ela respondeu:

Oi, Joe. Cyril está comovido com sua preocupação, mas diz que está bem. Como conseguiu meu e-mail? Maddy.

Apertou ENVIAR e pulou de volta para a cama. Não havia dúvidas de que iria dormir. Ela se deitou e sentiu o peito e o diafragma estremecerem. Listou mentalmente as várias maneiras como poderia se encontrar com Joe no dia seguinte e aonde isso talvez os levasse.

Um leve apito a alertou sobre um novo e-mail. Ela saltou para fora da cama. Joe tinha respondido.

Faça-me um favor, Maddy. Não mude na escola. Não quero que ninguém se machuque. Abraços no Cyril. Joe.

Amar é uma decisão

Maddy vestiu-se na manhã seguinte com um cuidado maior, mas a verdade era que, o que quer que fizesse com a variedade de cores permitidas pelas regras de uniforme da escola, ficaria sem graça. Como Grace conseguia usar uma saia verde-escuro e blusa branca, e ficar deslumbrante? Tinha algo a ver com sua figura elegante e jovem, e algo a ver com a atitude. Grace vestia-se como se quisesse que as roupas a elogiassem, e isso acontecia. No uniforme da escola, ela parecia uma modelo vestida como uma colegial. Maddy parecia apenas uma colegial.

Não havia nada a se fazer a respeito. O que quer que tivesse chamado a atenção de Joe Finnigan devia ter superado o fardo que era o uniforme.

Devem ser meus olhos alegres, pensou Maddy.

Seu pai dissera uma vez, ao voltar de uma viagem de negócios no exterior: "Ah, senti falta desses olhos alegres." Mas isso foi há muitos anos. A alegria podia ter desaparecido desde então.

Na verdade, pensou, se alguém tinha olhos alegres, esse alguém era Joe. Ela desejava vê-lo, mesmo que não acontecesse nada de diferente, só para flagrar aquele olhar risonho de quando se conheceram. Mas acabou que Joe não estava na escola naquele dia. Ele estava fora para visitar as faculdades. O dia seguinte era sábado. Maddy não iria vê-lo até segunda. O único garoto que ela encontrava em todo lugar era Rich Ross.

Maddy vinha evitando Rich. Sabia que ele queria falar com ela sobre Grace. Mas não se sentia capaz de mentir e lhe dar falsas esperanças. Gostava do garoto e tinha medo de machucá-lo.

— Ele está no reino da fantasia — disse Cath. — Precisa acordar.

— Eu sei — disse Maddy. — Mas por que eu tenho que fazer isso?

Depois do almoço, lá estava Rich mais uma vez, rondando a saída do refeitório. Não a fitava de forma óbvia, mas Maddy sabia que era ela que ele estava esperando.

Melhor acabar logo com isso.

Andaram lado a lado pelo caminho arborizado.

— Então, falei com Grace — disse ela.

Ele a fixava com uma intensidade de dar dó.

— O que você disse?

— Nada muito direto. Achei que você não queria que eu pegasse pesado.

— Não, não.

Agora que o momento tinha chegado, Maddy viu-se incapaz de dizer a dura verdade.

— Grace não reagiu, na verdade — explicou ela. — Acho que nunca pensou em você desse jeito, ou de outro, para ser honesta.

— Não, tenho certeza que não.

— Ela é bem...

Maddy hesitou, ciente de que Rich via Grace sob uma perspectiva diferente. Não havia necessidade de destruir todas as suas ilusões.

— Um pouco solitária, talvez? — sugeriu ele.

— Sim, imagino que sim.

Maddy nunca pensara antes que Grace pudesse ser chamada de solitária.

— Acho que alguma coisa a magoou — disse Rich.

Maddy não achava nada disso, mas entendeu o pensamento de Rich. Ele queria que Grace fosse uma criatura ferida, para que pudesse ser aquele que traria conforto e cura. Ela mesma já fizera aquele jogo.

— Talvez — disse Maddy.

— Sei que ela não está nem remotamente interessada em mim — continuou Rich. — Imagino que eu seja apenas uma piada para ela.

— Bem... — disse Maddy.

— Tudo bem. Ela não sabe nada sobre mim. Nunca nem sequer falou comigo. Mas seja lá quem ela pensa que sou, não é verdade. Só tenho que chegar ao próximo estágio.

Maddy estava surpresa. Rich não estava se iludindo, no final das contas. E também demonstrava uma determinação impressionante.

— Consegue fazer isso sem nenhum incentivo?

— Tenho que fazer, não?

— Você poderia apenas desistir.

— Poderia. Mas não vou.

Ele tirou um livro da mochila e folheou as páginas. Maddy viu que era o velho livro amarelo chamado *A arte de amar*. Muitas passagens estavam marcadas na borda com lápis.

— Escute isso — Rich leu: — "Amar alguém não é apenas um sentimento forte: é uma decisão, um julgamento, uma promessa. Se o amor fosse somente um sentimento, não haveria razão para a promessa de amar um ao outro para sempre. Um sentimento aparece e, talvez, vai embora. Como posso julgar se ficará para sempre, quando minhas atitudes não envolvem julgamento e decisão?"

— Uau!

— Exatamente. Uau. Amar é uma decisão.

— E você tomou essa decisão?

— Sim.

— Você realmente acredita nisso? Quero dizer, consegue apenas decidir amar alguém? E se não te amarem de volta?

— Tudo bem. Escute. — Rich estava folheando mais páginas. Ele leu em voz alta novamente: — "Amor é um poder que produz amor."

— Quem é esse cara?

— O nome dele é Eric Fromm. Ele é um psicólogo. O Sr. Pico me deu para ler.

— Por quê?

— Estávamos falando sobre coisas que ele gostaria de saber quando tinha minha idade.

Maddy pegou a fina brochura de suas mãos e a abriu na primeira página. Havia uma citação de Paracelso na página ao lado do índice.

— Quem é Paracelso?

— Não tenho ideia.

— "Aquele que nada sabe" — leu ela — "nada ama..."

Não era um manual do sexo, no final das contas.

— Quando você terminar de ler, posso pegar emprestado?

— Tome. Copiei as melhores partes em meu diário. Apenas não o perca. Tenho que devolvê-lo ao Sr. Pico.

— O diário que ninguém lê.

— Pensei sobre isso depois do que conversamos na última vez. Acho que a questão é que eu o leio, mas somente enquanto estou escrevendo nele. É meu jeito de descobrir no que realmente estou pensando.

— Você não sabe, de qualquer forma?

— Bem, acho que conto para mim mesmo um monte de histórias. De alguma forma, quando se começa a escrever, você fica mais honesto.

— Não é meio deprimente?

— Sim. Um pouco.

— Eu não conseguiria fazer isso.

— Então, de qualquer maneira... Você não me contou realmente o que Grace disse.

Maddy simplesmente não conseguia transmitir o verdadeiro nível de desprezo de Grace.

— Ela disse que você não era o tipo dela.

— Qual é o tipo dela?

— Não tenho ideia. Grace é muito reservada.

— Ela está perdida — disse Rich.

Ele ficou em silêncio, seguindo os próprios pensamentos.

— Essa decisão que você tomou — começou Maddy —, suponho que, se não funcionar, você sempre possa cancelá-la e tomar outra decisão, não é?

— Eu não sei. Talvez. — Ele desviou o olhar. — A verdade é que penso nela o tempo todo.

Maddy sentiu uma pontada de pena. Ele ficaria tão magoado.

Então, ela percebeu que estava na mesma posição em relação a Joe. Ela mal o conhecia, mas podia dizer com sinceridade que pensava nele o tempo todo. A maior diferença era que ela e Joe estavam trocando e-mails.

— Sei como é — disse Maddy.

— Você tem alguém também?

— Mais ou menos.

— Fico feliz. — Ele lhe lançou um sorriso tão caloroso e doce que a deixou comovida. Realmente estava sendo sincero. Ele queria que ela fosse feliz também. — É o único jeito de se viver, não é?

Eles deram meia-volta.

— Então o que você vai fazer agora? — perguntou Maddy.

— Falar com ela.

— Você acha que é uma boa ideia?

— Não muito. Mas é o próximo passo. Tenho que fazer.

Como um soldado partindo para a batalha. Morte ou vitória.

Rich encontrou Grace quase imediatamente. Maddy assistiu de longe, pensando que, quando o momento chegasse, ele perderia a coragem. Grace estava sozinha, movendo-se depressa, a cabeça baixa, em direção aos campos esportivos. Rich começou a segui-la, depois hesitou, e então continuou. Maddy achou que não suportaria mais olhar. Foi procurar por Cath.

— É horrível — disse ela. — Rich está prestes a ter seu sonho destruído.

Pouco antes dos campos esportivos, havia uma grande cabana de madeira, usada para armazenar o cortador de grama do jardineiro. Grace foi em sua direção e desapareceu atrás dela.

Rich, seguindo-a, aproximou-se mais lentamente e, então, parou. Pensou que talvez ela tivesse ido até lá para fumar ou usar drogas, e ele não queria ser a pessoa a descobrir. Isso só iria irritá-la. Ele tinha acabado de decidir retornar silenciosamente em direção aos prédios principais quando ouviu um som vindo de trás da cabana. Era o som de um engasgo.

Ele apressou-se, pensando que Grace estivesse doente. Ao contornar a cabana, ele a viu, com as mãos nos joelhos, inclinada sobre uma pilha de cortes de grama, vomitando. Ela segurou o final do vômito, endireitou-se e enxugou a boca com um lenço.

Ela virou-se e viu Rich.

— Você estava me seguindo? — perguntou Grace.

— Sim.

— Bem feito, então.

Ela não parecia brava; apenas cansada.

— Você está bem? — Quis saber Rich.

— O que parece?

Rich queria perguntar por que ela não tinha ido ao banheiro para vomitar. Por que vir até os campos esportivos? Queria dizer a ela: "Tem algo de crrado, não tem? Me fale sobre isso." Mas não disse nada.

— Faça-me um favor, Rich — falou Grace, então. — Não conte isso para ninguém. É um pouco nojento.

— Não direi a ninguém.

— Nem para Maddy Fisher.

— Tudo bem.

Ele hesitou por um momento, tentando encontrar as palavras para dizer que compreendia pelo que ela estava passando. Ainda assim, nada disse.

— É isso — falou Grace. — Estou bem agora.

Ela queria ser deixada sozinha.

— Tudo bem — disse Rich.

E a deixou sozinha.

Naquela noite, Rich escreveu em seu diário:

Ninguém mais sabe o que sei sobre ela, apesar de eu não saber o que é que sei. Apenas que ela não é do jeito que todo mundo pensa. É como se eu tivesse encontrado o caminho para seu lugar secreto. Agora é só uma questão de tempo. Ela me dirá mais, aprenderá que pode confiar em mim. Tudo que peço é uma chance de mostrar a ela que posso amá-la. Amor é um poder que produz amor. Acredito nisso. Estou vivendo isso.

Esperando todo o resto

Maddy encontrou os olhos de Joe Finnigan quando ele entrou no estúdio de dança para o ensaio da peça. Fazia quatro dias desde a última vez que ela o tinha visto e apenas poucas horas desde que trocaram e-mails, mas para ela tinha parecido um piscar de olhos.

Joe acenou para Maddy, um pouco mais que o abrir e fechar de dedos. Ela foi cuidadosa em não dizer ou fazer nada que os denunciasse. Durante todo o ensaio, porém, sentiu-se como se estivesse amarrada a Joe por finos fios invisíveis. Cada movimento dele, por menor que fosse, a arrastava.

O ensaio transcorreu mais rapidamente que antes, e logo chegaram ao Ato Dois. Naquele estágio da peça, a família Bliss e seus convidados experimentavam um jogo chamado "De Certa Maneira". Maddy repetiu as poucas falas com muitos olhares tímidos para Joe a fim de contextualizar o que aconteceria mais tarde na peça.

— É Simon que me leva ao jardim — explicou para o Sr. Pico. — Então precisa existir alguma coisa entre eles.

Joe estava se divertindo bastante e devolvia seus olhares nervosos como se estivesse progressivamente encantado. Enquanto os demais tentavam fazer com que Jackie esgrimasse "com as palavras" e Jackie estava com muita vergonha para fazer o mesmo, Joe pegou Maddy por um braço e afagou-lhe a mão. Por um momento breve, Maddy encontrou seus olhos e deixou que vissem a felicidade que estava transbordando dentro dela.

Quando o ensaio terminou, Joe disse a Maddy:

— Você é muito boa, sabia?

— Me pergunto por quê — disse Maddy.

Mas lá estava Gemma: pálida, amável e muda. Então Maddy acenou delicadamente para Joe e foi embora com Grace.

— O que deu em você? — perguntou Grace, assim que estavam do lado de fora. — Você estava dando em cima de Joe.

— Não, não estava. Achei que fui bem discreta.

— Não, Maddy. Errado. Aquilo não foi comedido. Foi "venha e me pegue, garoto".

— Foi você que me disse para tentar.

— Sim, eu sei. — Grace a estava estudando com curiosidade. — Alguma coisa aconteceu, não é?

— Talvez.

A verdade era que Maddy estava louca para contar a alguém e, já que fora Grace a primeira a encorajá-la em relação a Joe, parecia injusto que ficasse de fora.

— É segredo, tudo bem? — disse Maddy.

— Claro que é segredo. Quem você acha que sou?

— Joe tem me enviado e-mails.

— O quê!?

— Não devo comentar nada na escola, por causa de Gemma.

— O que ele diz nos e-mails?

— Apenas bobeiras até agora.

— Que tipo de bobeiras?

— Ah, sobre Cyril, o camelo que fica do lado de fora de nossa loja. Sobre nada, na verdade. Mas é segredo e ele quem começou. Então viu, você estava certa.

— Bem, bem. Muito bem, Maddy. Um romance secreto. — Grace continuou a olhá-la atentamente, como se houvesse mais coisas que Maddy não estivesse contando. — E por que exatamente isso tem que ser um segredo?

— Porque ele não quer machucar Gemma.

— Você quer dizer que ele não quer perder Gemma.

— Não. Joe só está sendo sensível.

— Maddy, ele seria sensível se terminasse com Gemma antes de começar com você.

— Bem, ele não começou nada comigo. Nada de verdade. São só alguns e-mails amigáveis.

— Talvez ele não queira terminar com Gemma.

— O que quer dizer?

— Talvez Joe queira ficar com Gemma para o sexo e com você para falar as bobeiras.

— Isso é horrível Grace! Joe não é assim.

— Talvez seja.

— Bem, não acredito nisso.

— Espero que esteja certa — disse Grace. — Mas meu conselho é que você não vá muito fundo até descobrir o que realmente está acontecendo. Os garotos não são como a gente. Aprenda isso comigo.

Tendo revelado a Grace o segredo, Maddy sabia que devia contá-lo a Cath também. A resposta de Cath foi muito mais gratificante.

— Mad! Meu Deus! Isso é tão romântico! Você deve estar nas nuvens! Meu Deus! Eu te disse, não disse? Admita que eu disse. Preciso ganhar algo com isso. Você conseguiu seu sonho juvenil de amor. Eu me contento em estar certa.

— Sim. Você estava certa.

— E-mails secretos! É como num filme. Você precisará ter encontros secretos em cemitérios solitários. Então, o quanto você gosta dele de um a dez?

— A gente nem começou nada.

— E daí? Me dê uma nota.

— Seis.

— Mentirosa. Isso é besteira.

— Talvez sete.

— Me olhe nos olhos.

— Tudo bem. Nove.

— Agora sim.

— Grace acha que ele não está falando sério e que eu não deveria ficar muito animada.

— Rá! Inveja! — exclamou Cath.

— Imaginei.

— Grace sempre foi a preferida dos garotos. Não consegue aceitar que Joe queira você e não ela.

— Mas foi ela que me encorajou a começar isso.

— Ela nunca achou que Joe morderia a isca.

— Você acha possível Joe me querer como companhia e Gemma para o sexo?

— Não. Não acho. E, de qualquer forma, tudo que ele precisa é trepar com você. Aposto milhões que você seria mais divertida na cama que Gemma Page.

Maddy riu alto. Cath não poderia ter dito algo melhor.

— Estamos longe disso — disse ela.

— Mesmo assim, é melhor você se prevenir.

— Ai, Deus. Você acha?

— Imagine que Joe apareça uma noite e que vocês comecem a se pegar. Tem certeza absoluta de que não o deixaria ir até o final?

— Sim. Não. Ai, Deus. Não sei.

— Você não pode deixar ele decidir. Garotos nunca pensam nessas coisas.

— Como você sabe?

— De onde acha que vêm todas as adolescentes grávidas?

— Você está prevenida?

— Fala sério, Maddy. Este é meu contraceptivo. — Ela apontou para o rosto.

— Ah, cale a boca, Cath. Até parece. Mas eu te amo mesmo assim.

* * *

Havia outro e-mail de Joe esperando por Maddy em casa.

Eu não deveria ter te olhado tanto. Gemma ficou desconfiada. Odeio que tudo precise ser um segredo. Vou ajeitar as coisas logo, prometo. Então poderemos nos encontrar devidamente. E todo o resto.

Maddy leu o e-mail várias vezes. Queria ligar para Grace e falar: "Eu te disse." Mas estava com medo de que ela encontrasse uma nova maneira de empatar sua felicidade; e, de qualquer forma, era muito cedo para dividir com os outros. Ela queria guardar só para si por um tempo.

Foram as últimas palavras que a intoxicaram: quatro palavras que diziam nada e tudo de uma só vez; quatro palavras que eram tanto discretas quanto ardentes. Ela deitou na cama recordando cada movimento de Joe enquanto estavam ensaiando naquela tarde: o jeito como seu rosto singular e sorridente a tinha procurado; o jeito que tinha falado, mesmo sem palavras. Maddy tinha sentido sua presença em todos os cantos do grande espaço. Ele a fez estremecer.

Maddy respondeu o e-mail:

Hoje foi divertido. É como se estivéssemos em um jogo em que somente nós soubéssemos as regras. Que é o que acontece na peça, se você parar para pensar. Então estamos participando de um jogo enquanto participamos de um jogo. Pablo gostaria disso. Ainda assim, estou esperando todo o resto...

Seus dedos estavam tremendo enquanto digitava as palavras. Para Maddy, pareciam uma declaração clara de amor, tão transparente quanto se tivesse escrito: "Sou sua, faça o que quiser comigo." Mas ele tinha ofertado as palavras primeiro, então ela sentiu-se segura.

Ouviu a porta bater no andar de baixo, então a voz alta e clara de Imo. Maddy saltou de uma vez, ansiosa para ver Imo novamente. Havia questões nas quais precisava de seu conselho.

— Você devia ter visto a praia! — dizia Imo para a mãe delas, quando Maddy veio chacoalhando pelas escadas.

— Eu já vi, querida. É uma praia famosa.

— Não, você devia ter visto! Quilômetros e quilômetros de areia vazia. Quilômetros e quilômetros de céu. Milhares e milhares de pássaros pousados nos pântanos ao pôr do sol. Era como estar em um filme.

— Estava em um filme — disse a Sra. Fisher. — Aquele com Gwyneth Paltrow.

Assim que Maddy conseguiu a atenção de Imo somente para si, disse:

— Vamos passear perto do rio.

— Ah, é assim, é?

O passeio no rio era o lugar favorito para trocarem segredos. Uma trilha cinzenta saía do lado da casa delas e seguia as curvas do rio em campo aberto. Sempre havia alguns transeuntes com seus cachorros, raramente mais e dois ou três, então o caminho era seguro e secreto.

O rio estava cheio, com água marrom e opaca correndo rápida depois das recentes chuv Dois cisnes estavam na margem oposta, observando-as passar desaprovação. A luz da noite iluminava a parte inferior da nuvem baixa no horizonte. Os campos estavam ficando cor de palha.

Maddy queria contar a Imo como estava feliz, como, mesmo com o dia terminando e o ano se esvaindo, ela se sentia como se um pequeno mundo estivesse nascendo. Nada havia acontecido entre ela e Joe, apenas alguns olhares, mas ele estava lá, no futuro bem recente, esperando.

Mas Imo tinha seus próprios segredos para revelar.

— Alex e eu decidimos que seria melhor se déssemos espaço um ao outro. A verdade é que eu sabia que nunca seria sério com ele.

— Não, você não sabia. Você só esqueceu.

— O que eu esqueci?

— Você dizia que Alex não era como os outros, que era mais calmo e verdadeiro. Dizia que estava cansada de sair para as boates e que Alex era como um adulto.

— Dizia? — Imo parecia genuinamente surpresa. — Bem, de qualquer forma, talvez eu ainda não estivesse muito pronta para crescer. Tenho apenas 20 anos. E conheci outra pessoa.

— Eu sabia! Então, quem é ele?

— Não é ninguém que você conheça, e ainda é cedo para isso. Mas ele é incrivelmente lindo, um pouco selvagem, imprevisível e... ah, tão sexy. Ele é tão sexy.

— E solteiro? E a fim de você?

— Como você sabe? Ele não é casado, com certeza, mas duvido que seja mais sozinho do que quer ser.

— Qual o nome dele?

— Leo.

Maddy soul assim que ouviu o nome.

— Não é Leo Finnigan, é? — perguntou.

— Sim. Como sabe?

— Eu o con' ci. O irmão Joe está um ano à minha frer no égio.

— Você o conheceu?

— Ele e Joe estiveram na loja. Perguntou se eu estava à venda.

— Esse é Leo. Ele é tão malvado.

— Até onde você foi com ele?

— Ele estava em uma festa em Norfolk. Flertou comigo escandalosamente durante todo o final de semana. Mas é claro que eu tinha Alex perambulando ao redor. Agora que tudo está resolvido, posso deixar de ser a Srta. Virtuosa. Embora ache que isso o deixe excitado.

— Escute, Imo. Se eu te disser uma coisa...

Mas Imo não tinha terminado a própria história ainda.

— Tenho duas semanas antes de voltar à faculdade — disse a irmã. — Então, não importa o quão malvado ele seja, não pode partir muito meu coração, pode? Sabia que Leo tem seu próprio apartamento na High Street?

— Isso mesmo. — Joe tinha dito. — Ele tem o próprio apartamento.

— Em cima do Caffè Nero. Muito conveniente, querida.

— Mas por que ele não mora em casa?

— Leo tem 22 anos, Mad. Está ocupado procurando emprego e coisas assim. Quase ficou maluco morando em casa. Então, a mamãe querida, que o adora, decidiu alugar um apartamento para ele. Assim, o filhinho não foi embora para viver na grande e malvada Londres e nunca mais vê-la de novo.

— Era por isso que estavam comprando mobília.

— Leo diz que tudo de que precisa é uma geladeira para a bebida e uma cama para as gatinhas. Ele é superpoliticamente incorreto. Que bom que só tenho duas semanas aqui.

— Posso te contar meu segredo agora?

— Achei que estávamos falando sobre mim e Leo.

— É sobre o irmão de Leo, Joe.

— O que tem ele?

— Meio que estou tendo uma coisa com ele.

— Mentira!

— Tudo que fizemos até agora foi trocar e-mails. Ele tem uma Alex fêmea que precisa dispensar antes que possamos aparecer em público.

— Isso é surreal! Você e Joe Finnigan! Ele é tão lindo quanto Leo?

— Ele é diferente. Tipo mais gentil. Leo me assustou. Joe não é nem um pouco assustador. Ele é bem seguro de si mesmo, como Leo. Mas é todo solícito e sorridente.

— Meu Deus, Mad, isso está ficando praticamente incestuoso.

— Não vai contar para ninguém, certo? Nem para Leo. Joe está sendo bem correto quanto a isso. Não está traindo ninguém.

— Assim como eu. Tenho sido muito correta com Alex. Mas não demora muito. Quando ele vai fazer isso?

— Não sei. Realmente não me importo. Estou adorando esse tempo intermediário. Estou tão feliz.

— Olhe só para você. — Imo sorriu para Maddy afetuosamente e a apertou em um abraço de irmã. — Nunca a vi assim antes.

— Nunca fiquei assim antes.

— Então acha que pode acontecer?

— Pode.

— E está pronta para isso, Mad? Você não quer engravidar.

— De jeito nenhum.

— Você não pode confiar no garoto. Sabe disso?

— Não acho que Joe faria alguma coisa idiota — defendeu Maddy.

— Ele é um garoto, não é?

— Nem todos os garotos são iguais.

— Sim, eles são. Nenhum garoto engravida. É diferente para eles.

— Então o que você faz? Carrega camisinhas na bolsa?

— Não suporto camisinha! Verdadeiras assassinas da paixão. Tomo pílula desde que tenho 15 anos.

— Ah.

— Vá se consultar com a Dra. Ransom. Ela vai te orientar. E não deixe para cima da hora. Demora alguns dias antes que comece a fazer efeito. Ah! Vai reduzir suas espinhas.

Com esse conselho direto, Imo sentiu que tinha resolvido a vida sexual da irmã caçula e podia retornar a conversar sobre Leo e a festa na casa de Norfolk. Tempos atrás, Maddy teria ficado sedenta por cada detalhe, mas agora ela mal ouvia uma palavra. Fora golpeada pelo pressuposto casual de Imo de que deveria estar "preparada". Era bem fácil marcar uma consulta com a médica da família, mas, com essa simples decisão, surgia uma multidão de emoções confusas: excitação, orgulho, medo, tudo atiçado pela perspectiva da própria vida sexual. Até o termo "vida sexual" soava diferente para ela agora, porque tinha ganhado uma cara, um corpo, um nome. Significava "sexo com Joe".

Como seria fazer amor com Joe? Ela tentou imaginar, sem focar muito nos detalhes físicos. Nada de sexo de "Amy, a coelhinha" para Maddy. Em vez disso, deixou-se pensar nisso como uma extensão do toque, como uma forma mais íntima de proximidade, em que seus corpos fundiam-se e Maddy não soubesse mais onde ela terminava e ele começava. Sim, ela gostava disso. Ela se abraçou enquanto andava, fingindo que seus braços eram os braços de Joe. Sentiu um arrepio de gratidão e ternura. Sentiu o corpo desejar a coisa real.

Tudo era inteiramente novo para Maddy. Ela havia comentado, em conversas bobas com as amigas, sobre fotos de bandas de garotos nas revistas. Tinha sonhado acordada sobre como seria estar na cama, nua, com algum garoto desconhecido. Mas era tudo uma brincadeira. Em suas fantasias, a emoção mais extraordinária era ser escolhida pelo garoto dos sonhos, muito mais que os prazeres por vir. Mesmo com Joe, a investida maior tinha partido dele e não dela. Ele me quer, ele me quer, era a música de seu coração.

Mas agora havia algo a mais. Durante todos os ensaios, ela observara Joe, detendo-se em cada detalhe de seu físico: as pernas desengonçadas, as mãos de dedos longos, os antebraços, cobertos por pequenos pelos negros, os ombros fortes, o lugar onde o pescoço encontrava aquele emaranhado de cabelo preto — não completamente preto, castanho bem escuro, a julgar pelas sobrancelhas —, e seus olhos claros, azul-esverdeados e cristalinos, concentrados ao encontrarem os dela, transbordando de risada silenciosa, e então sua boca, uma boca forte, uma boca bonita, uma boca pela qual queria ser beijada, uma boca que ela queria beijar...

— Mad?

— O quê?

— Você acha que eu deveria ou não?

Elas estavam quase em casa. Maddy não tinha a menor ideia do que Imo estava falando.

— Você não vai prestar nenhuma atenção em nada do que eu disser — argumentou Maddy. — Só está falando em voz alta para descobrir o que você mesma acha.

— Na realidade isso é bem verdade. — confessou Imo. — Vou responder sim. Na verdade, já o fiz. Só não quero apressar as coisas.

— As coisas vão acontecer quando tiverem que acontecer, apressando-as ou não.

— Você ficou tão sábia de repente. Deve ser o amor.

Maddy ligou para o Centro Médico e pediu para marcar uma consulta com a Dra. Ransom. Perguntaram se poderia ser às 17 horas na quinta-feira. Era mais cedo do que esperava. Ela achou que tinha dito "sim" antes que tivesse tempo de pensar sobre o assunto. Por alguns minutos depois de terminar a ligação, sentou--se em silêncio em seu quarto, olhando para o nada. Quando saiu do transe, percebeu que estava fitando Bunby, o coelho de pano que era seu companheiro mais próximo desde que conseguia se lembrar. Os pequenos olhos castanhos de miçanga pareciam fixos nela com reprovação. Uma de suas orelhas bem desgastadas estava dobrada para trás da cabeça, fazendo com que parecesse bêbado.

— Tudo bem, Bunby — disse ela, pegando-o e abraçando-o apertado. — Nunca amarei alguém tanto quanto você.

Na cama àquela noite, ela abriu *A arte de amar* e leu algumas passagens que Rich havia marcado a lápis. Uma em particular prendeu sua atenção.

"Amar", escreveu o autor, "é a penetração ativa da outra pessoa, onde minha curiosidade é sossegada pela união... No ato de amar, de se entregar, no ato de penetrar a outra pessoa, eu me encontro, me descubro, nos descubro, descubro o homem."

Mesmo tendo sido escritas por homem e para homens, essas linhas tiveram um efeito forte em Maddy. Ela entendeu que diziam que, através do ato do amor físico, encontraria paz. As infinitas perguntas sem resposta iriam acabar: Quem sou eu? Por que estou viva? Que direito tenho à felicidade? No lugar delas, viria a simples porém imensa certeza: sou feita para amar e ser amada.

Ligou para Cath.

— Ainda está acordada?

— Não — respondeu Cath. — Estou dormindo.

— É realmente verdade, Cath.

— O que é realmente verdade?

— Estou apaixonada.

— Eu notei, na verdade.

— Só precisava contar para alguém.

— Tudo bem, querida. Você pode dizer de novo se quiser.

— Estou apaixonada.

Rich escreve uma carta para Grace

— Quando você vai colocar as lâmpadas na casa de bonecas? — perguntou Kitty para Rich. — Porque você falou que poderia fazer isso, mesmo que eu não acreditasse.

Era típico de Kitty: um pedido ligado a uma crítica.

— Logo — prometeu Rich.

— Antes do aniversário da vovó?

O octogésimo aniversário da avó era daqui a menos de duas semanas e estava se tornando um divisor de águas, como o Natal ou as férias de verão. Qualquer coisa que fosse discutida em família era agora datada como antes ou depois do aniversário da avó: especificamente, qualquer coisa que pedissem para a mãe de Rich fazer era adiada para depois do aniversário da avó. A Sra. Ross era a organizadora da festa. Ela também estava ensaiando as crianças do Passos Minúsculos para cantarem uma canção surpresa especial para o aniversário da avó. Era improvável que fosse uma surpresa muito grande já que toda manhã, havia dias, a casa tinha sido preenchida com os trilados relutantes, acompanhados do piano da Sra. Ross.

Eu te amo
De montão e um beijinho
De montão e um beijinho
E um abraço ao redor do pescoço...

A canção de *Garotos e garotas* era uma das favoritas da avó. Sua comemoração seria cheia de cantorias antigas.

— Onde todos vão sentar? — A Sra. Ross estava preocupada. — Quem vai servir tudo?

Seriam quase vinte convidados na espaçosa sala da frente, que era onde ficava a creche nas manhãs de semana.

— Não teria como trazer um amigo, Rich? Ajudaria poder contar com mais algumas mãos. Estarei ao piano na maior parte do tempo.

Rich perguntou ao amigo Max se este queria ajudar. Max recusou.

— Não vou conhecer ninguém, não sou bom em servir e, de qualquer forma, não sou uma garota bonita. Meu pai diz que dá para notar se a festa será boa se tiver garçonetes bonitas.

— Não conheço nenhuma garota bonita.

— Você conhece Grace.

— Ah, claro. — Quase disse "esse é o melhor momento", mas não tinha contado a Max sobre a cena atrás da cabana do campo esportivo. Era muito íntimo e ambíguo. — Não consigo imaginar Grace servindo rolinhos de salsicha para meus tios e tias.

— Talvez ela salte do bolo de biquíni.

— Você já viu Grace de biquíni?

— Não. Você já?

Rich balançou a cabeça, mas curtiu a cena imaginária. Era suficientemente irreal para ser inofensiva. Ele e Max tinham uma regra tácita de que o assunto "meninas" e "sexo" era para ser tratado como uma piada ou como uma espécie de teoria.

Foi nesse espírito que Rich apresentou a Max *A arte de amar*.

Estavam sentados na melancolia acortinada do quarto de Rich, ouvindo *Blood on the tracks* na vitrola.

— "O amor não é o resultado da satisfação sexual adequada," — leu Rich do extrato copiado em seu diário. — "Mas a felicidade sexual, mesmo o conhecimento da chamada técnica sexual, é resultado do amor."

— Leia mais uma vez — pediu Max.

Rich repetiu a passagem.

— Tudo bem, entendi agora — disse Max. — É besteira.

— Talvez não seja.

— Escute, bobão. — Max começou a pular na cama de Rich com o entusiasmo da convicção. — Qualquer garota que me dê satisfação sexual consegue meu amor. Cem por cento garantido, sem perguntas.

— Você não sabe.

— Tudo bem, não sei. Eu sinto. Meu corpo sente. Amor é paixão. Paixão é sexo. As pessoas só falam em amor porque estão desesperadas por sexo e ainda não o fizeram.

— Se você está assim tão desesperado, pode bater uma punheta sempre que quiser.

— Não é a mesma coisa. Não é a mesma coisa mesmo.

— Não vejo por que não. Se não quer ser incomodado com amor, por que se importar com outra pessoa? Arranque o homem ou a garota da questão. Vá direto para o orgasmo.

Rich achou a ideia bastante engraçada.

— Tudo que posso dizer — começou Max, com ênfase vagarosa — é que, se uma trepada não for melhor que uma punheta, ficarei extremamente desapontado. Séculos de propagandas se provarão enganosos. Seria o suficiente para me fazer perder a fé na humanidade.

— Claro que é melhor — disse Rich. — Tem que ser melhor. Como ir ao cinema com um amigo é melhor que ir sozinho. E falar com você agora é melhor que falar sozinho.

— Ah, besteira tudo isso — exclamou Max. — Sexo não é sobre conversa. É sobre corpos, nudez e sentir a excitação e... essa não...

Max, aquele pequeno elfo com rosto amassado e orelhas de abano, abraçou os joelhos contra o peito e balançou-se para a frente e para trás na cama. Deveria ser engraçado em seu desespero, mas Rich não viu nenhum motivo para rir. Ele compartilhava da ânsia de Max e também teria gemido alto ao lado dele na cama se fosse um pouco menos inibido.

Mais tarde, depois de Max ter ido embora e após o jantar, Rich achou que não conseguiria concentrar-se no dever de casa. Repentinamente, sentiu que precisava sair um pouco.

— Estou indo ao bosque — gritou para a mãe.

Pedalou a curta distância para fora da cidade e deixou a bicicleta acorrentada em uma cerca no final da trilha da fazenda. A trilha, profundamente esburacada por tratores, subia em direção a um denso bosque de faias que cobria o lado norte da colina. Àquela hora da noite, o bosque estava sombrio e cheio do denso aroma de folhas verdes. Os pés de Rich chapinhavam no chão molhado após o período de chuva, e os galhos baixos de ambos os lados do caminho o acertavam enquanto passava.

Ele conhecia bem o caminho do bosque. Tinha andado sozinho ali na primavera, quando as folhas desabrochavam, e também no auge do verão, quando os feixes brilhantes da luz do sol salpicavam os frutos das faias sob os pés. Agora, no meio de setembro, as noites chegavam mais cedo, e a floresta tinha envelhecido e ficado menos impetuosa. As cores suaves na luz desvanecida combinavam com seu humor.

Finalmente sozinho, permitiu-se pensar no amor, em sexo e em Grace, principalmente em Grace. Max estava totalmente errado, disso Rich sabia. Amor não era somente sexo. Quando Rich pensava em Grace, a maior felicidade vinha ao imaginar o momento em que os olhos dela encontravam os dele e ela não desviava o olhar; quando ela o deixava pegar suas mãos; quando ela inclinava-se para que ele pudesse colocar os braços ao redor de seu corpo esbelto. Suas fantasias não precisavam se aventurar além. Seu coração batia demais simplesmente com o sonho de seu toque.

Depois havia o sonho das palavras. Ele não oferecia nem esperava grandes conversas de amor. O que significava de qualquer forma? Em sua fantasia, era suficiente que ela lhe dissesse: "Eu gostaria de vê-lo no intervalo do almoço." Se fosse além disso, era apenas para tê-la conversando com ele sobre o que a fazia tão infeliz, para que pudesse consolá-la. Rich queria que Grace o visse como a única pessoa que a entendia de verdade. Ele não tinha confiança em si mesmo como um sedutor, mas sabia que poderia confortá-la, esperando se aproximar através da bondade.

Isso, percebeu trilhando o caminho em direção ao bosque, era o que Max não entendia. Proximidade é o que todos nós queremos. Sexo também, em tempo, mas só porque é o tipo mais íntimo de proximidade. Ele tinha muito mais medo de ficar sozinho que de continuar virgem. Além do mais — ele se tocou disso de repente e corou —, a proximidade é segura. Proximidade é manejável. Sexo é assustador. Faça errado, e não há onde se esconder. Todo mundo entende que é tão natural quanto respirar, mas dá para respirar vestido. Para o sexo, você precisa tirar as roupas *enquanto ela está assistindo*. Quanto à fase seguinte, a passagem da nudez para o sexo, onde estava o manual? A situação prestava-se a momentos de ridículo. E se ele passasse pelo ridículo de seu pênis, tão insistentemente agressivo em momentos inadequados, murchar do nada, impedindo que o tão esperado ato sexual tivesse lugar depois de tudo? E aí?

Estou nervoso em relação ao sexo, falou a si mesmo. Nada incomum aí. Quero a segurança da proximidade. Portanto, quero a zona sem falhas do amor. É um começo.

No topo da colina arborizada, onde a trilha emergia através de um portão quebrado no pico em que as ovelhas pastavam, havia um celeiro destruído. O celeiro tinha sido construído na encosta, a parede dos fundos feita de pedras marteladas no solo calcário. As outras paredes, antes tábuas polidas, tinham apodrecido, deixando a estrutura de madeira em pé como um andaime. O telhado desaparecera completamente. Numa das pontas dessa estrutura abandonada crescia um freixo, dentro das paredes, com seus galhos curvados acima e folhas cinza-esverdeadas formando um segundo telhado. Abaixo desta copa, as folhas de muitos outonos tinham sido sopradas do bosque de faias e amontoadas contra a parede remanescente, acumulando-se em uma cama macia e protegida. Rich ia ali às vezes com seus livros, deitava na luz salpicada, lia e sonhava.

O crepúsculo adentrava na noite quando o garoto chegou à árvore do celeiro, e ele mal conseguia enxergar a toca sob os ramos do freixo. Rich gostava da escuridão protegida. Ficou por um tempo na quietude, olhando para as vigas negras contra o céu que desaparecia. Um dia, pensou consigo mesmo, virei aqui com Grace.

Mais tarde, escreveu em seu diário:

> Apaixonar-se significa pensar em alguém o tempo todo. Apaixonar-se significa querer a felicidade do outro mais que a própria. Apaixonar-se significa querer que alguém te conheça como você realmente é. Então estou apaixonado por Grace. Então aqui está a grande pergunta: Grace poderia apaixonar-se por mim algum dia? Resposta honesta: improvável. Resposta mais honesta ainda: só digo a mim mesmo que isso não acontecerá para me proteger da rejeição. Resposta final usando a droga da verdade: se Grace nunca me amar, o resto de minha vida será triste, solitário e inútil.

Durante o café da manhã, a mãe de Rich perguntou.

— Você não conhece nenhuma garota legal que poderia ajudar na festa da vovó?

— Ele conhece Grace Carey — respondeu Kitty. — Ela é uma garota legal.

Rich lançou um olhar mortal para a irmã.

— Você acha que ela nos ajudaria? — Quis saber a mãe. — Acho que podemos pagar.

— Não seja boba, mamãe.

O dinheiro estava curto, mesmo sem pagar aos amigos aquilo que deviam fazer por amizade. Só que Grace não era exatamente uma amiga.

— Ela podia cantar "Bushel and a Peck" com as crianças do Passos Minúsculos — sugeriu Kitty.

— Ah, ela canta?

— Não, mãe. Kitty só está sendo idiota como de costume.

No entanto, a ideia se enraizou na mente de Rich. Ele tinha que avançar com Grace: algo mais que falar no intervalo, porém menos que um encontro de verdade. Por que não perguntar se ela toparia ajudar na festa do octogésimo aniversário da vovó? Seria público e nada ameaçador, nenhum encontro, mas, ao mesmo tempo, pessoal. Ela talvez achasse que seria divertido.

Por outro lado, talvez risse na cara dele.

Essa era a dificuldade que ele enfrentava ao fazer qualquer movimento que exigisse uma resposta de Grace. A chance de ser abertamente rejeitado o aterrorizava. Ele conseguia imaginar tão vividamente a expressão em seu rosto enquanto ela tentava achar um jeito de lhe dizer que estava vivendo uma fantasia. O pensamento desses momentos antes de ela falar as palavras fazia seu rosto corar e o suor brotar na testa. O que precisava era de um jeito de fazer a proposta e receber a resposta indiretamente.

Rich não podia pedir que Maddy Fisher agisse como pombo--correio novamente. Ele não podia mandar um torpedo porque não tinha um celular. Mas podia escrever uma carta para Grace.

Quanto mais considerava a ideia, mais gostava dela. Ninguém mais escrevia cartas. O ato de registrar palavras em um papel tinha uma novidade excêntrica. Grace acharia incomum, mas não incompreensível. Depois, tendo lido a carta, ela poderia respondê-la do mesmo modo, e, se fosse uma rejeição, ele receberia o golpe na privacidade do próprio quarto.

Então Rich sentou-se e escreveu uma carta para Grace. Era um simples pedido de ajuda, e não um convite.

Minha mãe me perguntou se eu conhecia alguma garota que estaria disposta a ajudar e pensei em você. Será uma festa estranha, cheia de crianças minúsculas e de velhotes, mas acho que será divertido. Imagino que esteja ocupada nesse dia...

Isso era para conceder-lhe uma saída...

Mas, se não, talvez você topasse vir e dar uma força. Será às 13 horas no sábado. Escreva-me um bilhete dizendo se poderá ou não.

Então, teve outra ideia. Tirou uma segunda folha de papel e escreveu "Vaticano, Roma".

Querida Srta. Carey,
Cumprimentos do papa. Imagino que esteja pensando se vai à festa da avó do Rich. Você nunca conheceu a avó de Rich. Você mal conhece Rich. E daí? A Terra talvez seja destruída por um meteorito amanhã. Viva agora! Diga sim à vida!
Foi assim que consegui me tornar papa.
Sua Santidade,
Bento XVI.

Rich foi à escola no dia seguinte com as duas cartas em um único envelope, que levava dentro da mochila. Ele viu Grace duas vezes antes do almoço, ambas a distância, mas faltou-lhe coragem. Então, esbarrou em Maddy Fisher e sua amiga Cath Freeman, e testou a ideia nelas, sem dizer para quem era a carta.

— Uma carta do papa?

Maddy explodiu numa gargalhada.

— Acha que o papa é um erro? — perguntou Rich. — Acha que seria melhor se viesse do arcebispo de Canterbury? Ou de Bob Geldof?

Cath percebeu que Rich estava tirando sarro de si mesmo. Ela começou a rir com Maddy.

Maddy declarou:

— Você é realmente estranho.

Cath falou:

— Eu iria amar receber uma carta assim.

— Iria? — perguntou Rich.

— Deus, sim. Imagine! Fico empolgada quando recebo spam.

— Você recebe spam? — perguntou Maddy.

— Bem, na verdade não. Meus pais recebem. Eles apagam, mas eu os resgato e abro. Isso é triste?

— É triste, Cath.

Rich sentiu-se encorajado. Perguntou:

— Então concordamos em entregar as cartas?

Maddy hesitou. Ela sabia para quem iriam.

— Ela talvez não entenda do mesmo jeito que nós.

— Se a pessoa não entender — disse Cath —, ela não merece.

— Talvez pense que você é um doido varrido.

— Não me importo em ser um doido varrido — disse Rich. — Só não quero ser patético.

— Não, isso não é patético. Mandar uma carta do papa para alguém não é patético mesmo.

Maddy começou a rir de novo e animou Cath. Rich estava grato.

De repente, percebeu que a própria Grace estava se aproximando deles.

— Qual é a piada? — perguntou Grace.

Maddy e Cath ficaram em silêncio e olharam para Rich. Ele ficou com o rosto cor-de-rosa. Um som ressoante encheu seus ouvidos. Ele tirou o envelope da mochila, empurrou-o para as mãos surpresas de Grace, virou-se e foi embora. Rich não correu, mas apenas graças a uma suprema força de vontade.

Foi para a sala de inglês, esperando encontrá-la vazia, querendo ficar sozinho. Estava completamente trêmulo.

O Sr. Pico estava sentado à mesa do professor.

Ele vislumbrou Rich enquanto entrava. Por uma fração de segundo, Rich flagrou em seu rosto uma expressão de desolação. Então, o professor tirou os óculos e os limpou. Quando os colocou de volta, seu jeito irônico habitual havia retornado.

— Sedento para aprender mais, Rich?

— Não, senhor. Desculpe-me. Pensei que a sala estivesse vazia.

— E está. — Ele se ergueu e guardou os livros. — Estou de saída. Como sem dúvida sabe, é uma regra da escola que um funcionário nunca deva ficar sozinho em uma sala com apenas um aluno.

— Não — disse Rich. — Não sabia disso.

— Não confiam mais em adultos com crianças. A criança moderna não tem o conceito de autocontrole.

Assim falando, o professor saiu.

Rich sentou-se na carteira, abriu sua cópia de *A Tempestade* e fingiu estudar. Tentou não pensar em Grace lendo sua carta, nem mais nada. Ele sentiu a tremedeira no fundo do estômago e a boca secar.

Idiota, idiota, idiota, disse a si mesmo.

Mas as outras tinham rido. Se Grace risse estaria tudo bem. Ela talvez risse.

Ria por favor, Grace.

Maddy vai ao médico

— Ei, adivinha só, Joe! — disse Maddy para Joe Finnigan, adotando um tom de voz leve e casual. — Seu irmão está saindo com minha irmã.

— Desde quando?

— Bem, talvez não estejam exatamente saindo. Mas ficaram séculos no telefone ontem à noite.

— Diga a ela para não confiar nele — avisou Joe. — Leo é um *bad boy*.

Maddy, Joe e Grace estavam no estúdio de dança esperando que o ensaio começasse. O Sr. Pico estava atrasado. Todo o elenco estava presente, mas, pela primeira vez, não havia sinal de Gemma.

— O que aconteceu com Gemma? — perguntou Grace.

— Hospital — esclareceu Joe. — Ela vai faltar por uns dois dias.

— Pobre Gemma — comentou Maddy. — Nada sério, espero.

Joe encontrou os olhos de Maddy.

— Nada de mais — falou ele. — Ela ficará bem.

Para Maddy isso era como se estivesse dizendo "nós ficaremos bem".

— Que bom então — disse ela.

Um garotinho apareceu na porta, sem fôlego. Haviam-no enviado com uma mensagem da sala dos professores. O Sr. Pico não poderia vir. O ensaio estava cancelado.

Maddy moveu-se lentamente enquanto o grupo se dispersava, meio que esperando que Joe fosse ir devagar também. Mas ele gritou:

— Tenho que ir! — E saiu galopando.

Maddy andou de volta para o prédio do ensino médio com Grace.

— Então, o que você acha que aconteceu com Gemma? — perguntou Grace.

— Não tenho ideia.

— Joe se esquivou ao dizer, percebeu?

— Acho que sim.

— E o que está rolando entre Leo e sua irmã?

— Eles se conheceram durante alguma coisa em Norfolk.

— Muito bem. — Uma ponta de rancor surgiu na voz de Grace. — Imo e Leo. Você e Joe. Vocês poderiam fazer um casamento duplo.

Ao final das aulas, Maddy separou-se das amigas fora da estação, como de costume, e partiu para casa pela trilha do rio. Uma vez fora de vista, movimentou-se mais devagar e, finalmente, sentou-se em um banco na beira do rio. Tinha tempo para matar. Em pouco menos de uma hora, tinha um compromisso no Centro Médico.

Agora que a consulta estava próxima, viu-se olhando melancolicamente para trás, para os últimos dias. Percebeu que amara o sigilo, a falta de palavras, a troca de olhares e os e-mails que a esperavam quando chegava em casa. Agora, embora nada tivesse mudado com Joe, sentiu que a primeira fase inocente chegava ao fim. Gemma estava fora. Joe estaria livre para falar abertamente. E, depois da consulta com a médica, um novo mundo de possibilidades se abriria.

Maddy não estava ansiosa com a consulta. Ficava tímida ao falar sobre problemas pessoais e enjoada em relação aos detalhes físicos. Também não conseguia evitar se sentir supersticiosa quanto a isso. Até agora, não tinha precisado de contraceptivos. Para ela, tomar pílula era como se fosse se arrumar para uma festa para a qual não tinha sido convidada. Ela não gostava do jeito como isso tornava o sexo um ato premeditado. Queria que fosse repentino e íntimo, tão íntimo que você o sentisse, mas nunca o visse bem. Ela queria que ele a varresse como uma tempestade de verão, deixando-a com vertigens e sem ar: um ato autoconsciente, sem distância. Precisava ser selvagem e libertador, ou seria ridículo.

Observou os cisnes circulando no rio. Os cisnes ficavam com os parceiros para sempre. Animais não precisavam de contraceptivos, apenas se multiplicavam. Tinha aparecido recentemente na TV uma mulher com 14 filhos. Tão distante de Amy, a coelhinha. Sexo não era uma única coisa, vinha até você em diferentes formas. Era pornografia, nascimento e amor.

Talvez a pílula acabe com suas espinhas.

Ela enfim se levantou do banco e, lentamente, retornou à cidade pela trilha do rio. E se encontrasse algum conhecido no Centro Médico? Melhor ter uma desculpa. Uma erupção nas costas, nada muito sério, mas que seria sensato que o médico desse uma olhada. Nada demais.

Fora isso que Joe dissera sobre a visita de Gemma ao hospital: nada demais.

A fachada de vidro e gastos tijolos vermelhos do Centro Médico estava agora diante dela. Estranho como os novos prédios sempre acabavam parecendo mais desgastados que os antigos. Uma placa na parede dizia que tinha sido inaugurado pela princesa Michael de Kent em 1977. Há mais de trinta anos. O desfile de lojas ao lado era vitoriano, envelhecendo com orgulho.

Uma amiga de sua mãe subiu na calçada em sua direção, carregando uma sacola bojuda da Tesco.

— Oi, Maddy. Fazendo compras?

— Apenas esperando uma amiga — disse Maddy, corando.

— Como está a escola?

— Nada mal.

— Diga a sua mãe que vou dar uma ligada. Não a vejo há séculos.

Ela seguiu seu caminho. Maddy olhou para os dois lados da rua, checando se havia outras testemunhas. Então, entrou pelas portas de vidro.

Estava adiantada. A recepcionista pegou seu nome e pediu que sentasse. Ela se posicionou ao lado de outra meia dúzia de pessoas, ninguém que conhecesse. Pegou uma revista e virou as páginas distraidamente. Então, começou a ler os avisos na parede da frente. "Fique à vontade para amamentar no local", dizia um. Outro mostrava um bebê de óculos escuros com um balão de diálogos escrito: "Se liga, mamãe! Fraldas de pano são legais." Havia propagandas de massagens para bebês e da Escola de Natação Pequenos Guris. Ouviu um gemido suave e, olhando ao redor, viu atrás de si uma jovem mãe com um bebê no colo. A jovem sorriu, evidentemente acreditando que ela e Maddy eram companheiras, mulheres enfrentando o estabelecimento médico juntas.

Maddy sentiu-se uma fraude. As outras estavam ali para manter a vida. Já ela queria frustrar a vida, enganar o corpo com uma infertilidade artificial.

O bebê começou a chorar. O sorriso da mãe apagou-se e foi substituído por um olhar de cansaço.

Ainda não, pensou Maddy. Só tenho 17 anos. Há muito tempo para bebês.

A ideia de ter um filho a apavorou. Para Maddy, parecia um tipo de piada cósmica: o sexo, a celebração derradeira da vida, gerava, como armadilha, bebês que eram o assassinato derradeiro de toda a vida social. Não que ela fosse baladeira. Apenas sentia que merecia mais alguns anos como centro das atenções antes de virar mãe.

— Madeleine Fisher, sala três, por favor.

Seu nome completo soou estranho. Sentiu o coração tamborilar. Ela desceu a passagem em direção à sala três. Quando foi a última vez que estivera ali? Provavelmente nas férias da primavera, por conta daquela tosse que não tinha fim.

— Entre, Maddy. Sente-se.

A porta fechou-se atrás dela, empurrada por uma mola forte. A Dra. Hilary Ransom sorriu atrás de sua mesa, com a massa de cachos brancos saltando sobre o rechonchudo rosto vermelho. Ela devia ter bem mais de 50 anos, mas ostentava o jeito jovial de uma colegial.

— Como vai? — Continuou.

Maddy sentia-se bastante incapaz de confessar por que decidira aparecer. De certa maneira, naquela sala de paredes brancas, sob o olhar maternal da mulher com seios grandes, parecia indecente falar de contracepção.

— Você parece bastante bem, devo dizer. É um assunto pessoal?

— Sim — disse Maddy. Ela podia sentir-se cravando as unhas nas palmas das mãos.

— Bem, vamos ver. O que poderia ser? Seja o que for, é tudo confidencial. Ninguém mais precisa saber. Mas precisamos progredir, você sabe.

Ela riu alegremente, como em compensação por apressá-la.

Maddy abaixou o rosto para as próprias mãos.

— É sobre a pílula — disse, ainda focando seus dedos. — Pensei que talvez eu devesse estar considerando isso.

A Dra. Ransom não parecia nada surpresa.

— A pílula. Ce-er-to. Comecei a imaginar se você tinha vindo me contar que estava grávida.

Ela começou a digitar em seu computador.

— Vamos responder algumas perguntas rápidas.

Ela perguntou a Maddy se ela fumava, se teve alguma doença séria ou algum histórico de doença familiar. Perguntou sobre sua menstruação. Então, no mesmo tom jovial, perguntou a Maddy o que ela sabia da história sexual do parceiro.

— É que estou pensando mais à frente, na verdade — disse Maddy, sentindo-se uma fraude. — Não tenho exatamente um parceiro. Ainda não.

— Pensando à frente. Garota esperta. Então, imagino que saiba tudo sobre DSTs.

— Sim.

Maddy lembrou-se das palestras escolares sobre doenças sexualmente transmissíveis. Havia muitas delas. Sim, ela sabia tudo sobre DSTs, mas o que se podia fazer? Perguntar a um garoto no meio do amasso se ele tinha algum tipo de infecção? Algumas pessoas nem sabiam que estavam doentes, aparentemente. As estatísticas eram assustadoras: um percentual enorme de adolescentes contraíra clamídia, herpes e condiloma genital. Iam todos terminar inférteis. E, ainda assim, a vida continuava. Era como fumar. Fumar podia matar, mas ninguém conhecia alguém que realmente tivesse morrido por conta do tabaco.

— É mais seguro usar camisinha se você não tem certeza.

— Sim.

— A pílula não protege das DSTs.

Novamente a Dra. Ransom riu, fazendo o peito subir e descer.

— Tire o casaco. Vamos checar sua pressão arterial.

Maddy sentiu a braçadeira de borracha apertar seu braço.

— Sem problemas aqui. — A doutora voltou para sua mesa. — Certo. Vamos ver, sim? Qual seria a melhor para você? Ela estudou os dados digitalizados na tela. — Pílulas diferentes servem a pessoas diferentes. É bem pessoal. Você vai começar com uma e ver como se sai. Parece bom?

— Sim — disse Maddy.

— Efeitos colaterais. Tenho que te atualizar sobre os efeitos colaterais. Aqui vamos. Mudanças de humor, ganho de peso, sensibilidade nos seios, náuseas, dores de cabeça.

— Ah.

— Não significa que terá todos de uma vez. — Outra risada alegre. — Ou que terá algum. Mas, se tiver, podemos tentar outra coisa.

— Existe alguma coisa sem efeitos colaterais?

A Dra. Ransom olhou para ela com afeição maternal.

— Não, meu amor. Mas, normalmente, não há nada com o que se preocupar.

Ela imprimiu uma prescrição, assinou-a e a pôs na mesa entre elas, mantendo uma das mãos sobre o papel.

— Tome uma pílula todos os dias. Todos os dias, lembre-se. Se parar de tomar a pílula, você não estará mais protegida. Há 21 pílulas em cada cartela. Comece no primeiro dia da menstruação. Tome a pílula por 21 dias, no mesmo horário todos os dias. Depois, faça um intervalo de sete dias. É quando sua menstruação virá.

Ela levantou a mão para liberar a prescrição.

— Dão para três meses — disse a médica. — Volte para me ver antes de acabarem.

Maddy pegou a folha de papel.

— A bula dirá que a pílula só fará efeito após sete dias.

— Sete dias! — exclamou Maddy.

— Para ser honesta, você estará protegida a partir do primeiro dia. Mas eu te aconselho a não ir com muita pressa. Se um garoto te disser que não pode esperar, diga: "Até parece!" — Ela riu. — "Até parece!", fale a ele. Se você vale a pena, vale a pena esperar por você. E sabe o que mais? É um bom contraceptivo. Apenas diga: "Até parece!"

Maddy se esforçou ao máximo para sorrir. Parecia indelicado não compartilhar a generosa onda de bom humor da Dra. Ransom. Mas a verdade era que Maddy se sentia como se nada disso tivesse qualquer coisa a ver com ela. Alguma outra pessoa com o mesmo nome estava pedindo a pílula e sendo alertada sobre sífilis e gonorreia, mudanças de humor, náusea e dores de cabeça. Alguma outra pessoa teria que se lembrar de tomar 21 pílulas, seguidas de sete dias de intervalo. A verdadeira Maddy, a que estava apaixonada por Joe Finnigan, permanecia intocada. Deixe a outra pessoa fazer os planos e temer as consequências. Maddy estava embarcando em uma aventura chamada amor, uma jornada do corpo e do coração que a levaria a terras desconhecidas.

O amor preenchia seus pensamentos e sonhos. O amor era novo, o amor era uma revelação, o amor era mágico. Tinha o poder de transformar sua vida. A transformação já havia começado.

A outra pessoa, prática e calculista, foi do centro médico à farmácia e recebeu, após uma espera agonizante, uma sacola de papel contendo uma caixa pequena. A farmacêutica, presumivelmente, sabia para que eram as pílulas, mas não parecia interessada. Maddy enfiou o pacote na bolsa e foi embora sem dizer uma palavra.

A caixa era branca com uma faixa verde. Dentro, havia uma bula e três tiras verdes de pílulas, com um dia impresso sob cada, e uma linha de setas grossas, pretas, correndo de uma para a seguinte no sentido horário. Para o caso de você não saber que terça-feira vinha depois da segunda. As pílulas, dentro de suas bolhas de plástico transparente, eram pequenas e amareladas.

Ela abriu a bula.

"Tente tomar Microgynon 30 junto a uma tarefa diária", leu. "Tome após escovar os dentes, por exemplo."

Ela precisava tomar a primeira pílula no primeiro dia da menstruação. Quando seria? Tentou lembrar há quanto tempo fora seu último período. O máximo que conseguia lembrar era que tinha sido havia mais ou menos uma semana.

Ela guardou a caixa branca e verde no porta-joias indiano e o escondeu sob a pequena almofada onde ficavam seus melhores brincos e colares. O pai tinha dado a ela o porta-joias no seu décimo segundo aniversário. Ficava em cima da cômoda, com as contas de vidro vermelho e azul brilhando à luz filtrada pela janela.

Depois de toda tensão de ir ao médico, um certo anticlímax se seguiu. Nada iria mudar por, pelo menos, uma semana. Gemma ficar fora durante dois dias não seria, afinal de contas, uma oportunidade de ouro. Uma vez que Gemma retornasse, eles teriam que esperar até Joe encontrar o momento certo para terminar com ela. Enquanto isso, tinham os e-mails.

Ela abriu o laptop. Havia uma mensagem de Joe.

Sua irmã está realmente saindo com Leo? Se estiver, avise a ela para ter cuidado. Leo é instável e pode ficar realmente mau.

Maddy ficou intrigada. Ela não se surpreendeu em saber que Leo era perigoso. Era parte de seu charme. Mas estava surpresa que Joe escolhesse se envolver nos casos do irmão. Ela queria acreditar que isso era um sinal de seus sentimentos por ela, mas, se fosse isso, por que não dizer? Enquanto estava modelando o pensamento, seu laptop apitou, e lá estava Joe novamente.

Sei que não deveria interferir, mas Imo é sua irmã. Leo não é flor que se cheire. Ele machuca as garotas. Na verdade, só estou pensando em você. Não me culpe pelo que Leo fizer a sua irmã. Não sou de jeito nenhum como Leo. Desculpe por estar divagando. Está tarde, e tenho esse sentimento idiota de que você me entende.

Maddy respondeu o e-mail logo.

Também tenho esse sentimento. É estranho porque não nos conhecemos realmente. Encontrarei um jeito de alertar Imo. Já é seguro eu e você nos falarmos?

Joe respondeu:

Ainda não. Estou preocupado com Gemma. Quero que ela fique melhor antes de dizer alguma coisa. Não sou como Leo, não curto magoar garotas.

Maddy estava decepcionada, mas sabia que ele estava certo. Isso a fez amá-lo mais. Estava se comportando respeitosamente. Uma voz bem baixinha sussurrou para ela que, se ele fosse respeitoso de verdade, não estaria sequer enviando e-mails para ela até ter terminado com Gemma; mas Joe era apenas humano. Isso também fazia parte do que ela amava nele.

Então, tudo ia se desenrolar mais lentamente do que tinha imaginado de início. Nenhum mal nisso. Gemma sairia do hospital no dia seguinte ou depois. Digamos então que levasse três semanas para se curar completamente. Então Joe poderia dizer a ela que estava acabado. Outra semana para o bem da decência. Eram quatro, talvez cinco semanas. Até lá, ela estaria quase na segunda cartela de pílulas. Parecia bom e seguro. Talvez fosse tudo por uma boa razão.

Ela se aconchegou a Bunby naquela noite, sussurrando em sua orelha mole.

— Você vai gostar de Joe, Bunby. Sei que vai. Não ficará com ciúme. Mesmo se eu começar a amá-lo muito, nunca deixarei de te amar.

Aberração gay

— Sente-se, Richard — falou o Sr. Jury. — Que maravilha que esteja aqui.

Rich estava ali porque o tinham mandado. Ele sentou-se e, apertando as mãos entre os joelhos, fixou o olhar no tapete diante dele. Era um modelo moderno com vermelhos e laranja brilhantes, e representava exatamente o estilo bem-humorado e enérgico do diretor.

— Estamos a caminho! — declarava o diretor nas reuniões. — Estamos indo rápido! — E uma outra, já famosa: — Beacon arrasa!

Agora, o Sr. Jury disse:

— O que acontece em Vegas fica em Vegas.

— Sim, senhor.

— Isso é somente entre nós.

Rich não tinha ideia de por que tinha sido convocado. Ele relanceou os olhos e encontrou o diretor acenando com o cabelo de esfregão, sorrindo. Com sons leves e desconcertantes, ele acariciava a superfície de sua mesa com as palmas das mãos. O diretor tinha orgulho do apelido, o Fúria, e fora citado uma vez no jornal local como "fogos de artifício": sempre efervescente, sempre em movimento, sempre a ponto de uma erupção de entusiasmo. Como todo aluno da escola, Rich o achava extremamente embaraçoso.

— Então, como está indo, Rich? Preparado para as provas?

— Espero que sim, senhor.

— Esperamos bons resultados. Principalmente em inglês. Paul Pico aposta muito em você.

— Dou o melhor de mim, senhor.

— Você se dá bem com o estilo de ensinar de Paul?

— Sim, senhor.

— Só pergunto porque nem todo mundo se dá. Alguns alunos o acham... qual a palavra?... excêntrico. Nem sempre totalmente focado, talvez? Percebi que existem alguns alunos que não entendem o que ele quer.

Rich não disse nada. Percebeu que estava sendo convidado a criticar o Sr. Pico e não gostou disso.

— Percebo que não é seu caso — sugeriu o diretor.

— Ele é o melhor professor da escola — disse Rich.

— O melhor? Grande elogio. Fale-me mais.

Relutantemente, Rich elaborou:

— Ele está interessado em nós. Está interessado em como desenvolvemos nossas ideias. Como damos sentido às nossas vidas. Como é estar vivo. — Ele parou, franzindo as sobrancelhas, concluindo que suas palavras eram muito fracas e sem substância para expressar os pensamentos. — Alguns não gostam dele simplesmente porque tudo o que querem é que os passe nas provas idiotas.

— Ah, sim. As provas idiotas. — O Sr. Jury bateu na mesa. — Se pudéssemos, pelo menos, acabar com essas provas idiotas para sempre. Mas não podemos. Fato da vida, Richard. Realidade persistente.

— Sim, senhor.

— Você diz que o Sr. Pico está "interessado em nós". Foram suas palavras, acho. Como ele manifesta esse interesse?

O Sr. Jury falou com uma neutralidade cuidadosa, mas o garoto percebeu a armadilha. Rich se lembrou de como o Sr. Pico tinha deixado a sala de aula vazia assim que ele entrou.

— É o jeito como ele nos ensina — disse Rich. — Ele nos faz discutir sobre poemas.

— Que tipo de discussão?

— Sobre o que os poemas significam para nós. — Sua irritação estava crescendo e virando raiva. — O que fazer com os poemas. Por que os poetas os escrevem.

O diretor percebeu silenciosamente sua agressão, e Rich arrependeu-se silenciosamente por ela.

— Me contaram que você escreveu sobre um poema recentemente. — O diretor olhou para baixo, para algumas anotações. — Alguma coisa sobre amor e querer ser magoado?

— Não — negou Rich, sentindo o rosto corar. — Escrevi sobre sonhos e estar acordado. Como é melhor amar nos sonhos que não amar de forma alguma.

— Nada sobre dor?

— Estar acordado dói.

— Bem, Paul Pico certamente parece concordar. Ele escolheu seu trabalho.

— Sim.

Rich percebeu o rumo da conversa, mas se sentia impotente para desviá-lo.

— Não me entenda mal, Rich. Tenho a melhor das opiniões sobre Paul como professor. Não tenho problemas com sua excentricidade. O que o fizer feliz, como dizem. Mas também tenho deveres da pastoral.

Rich não disse nada.

— Tem alguma coisa que você sente que eu deveria saber?

Muitas respostas possíveis percorreram a mente agitada de Rich. Você deveria saber que essa escola inteira não ensina nada de útil a ninguém, com a única exceção do Sr. Pico. Deveria saber que a maioria das pessoas é idiota, vingativa e tem a mente suja. Deveria saber que todo mundo imita o jeito como você balança os braços e ri de seu penteado.

— Não, senhor — respondeu, no entanto.

— Você diria que o Sr. Pico é seu amigo?

— Ele é meu professor.

119

— Mas você o encontra fora da escola.

— Não, senhor.

— Numa cafeteria? Numa livraria?

Deus do céu, pensou Rich. Em que tipo de estado de sítio vivo? Todo mundo delata tudo.

— Foi por acaso. Só aconteceu uma vez.

— E o Sr. Pico te emprestou um livro.

— Sim. Ele é meu professor.

— Era um livro relacionado ao programa de estudos, então?

— O Sr. Pico não ensina somente o que está no programa de estudos.

— Então que tipo de livro ele te emprestou?

— Um livro.

— Tudo bem. Um livro. Que livro?

— Um livro sobre psicologia.

— Que também poderia ser descrito como um manual de sexo?

— Não. Não poderia. Quem falou isso?

O diretor levantou as mãos, de forma apaziguadora, e fez gestos de "estou recuando" em face da resposta furiosa de Rich. Então, disse:

— Tudo bem, tudo bem. Eu precisava perguntar.

— Leia-o o senhor mesmo. Chama-se *A arte de amar*. É de Erich Fromm. Ele é um psicólogo.

— Lerei. Vou ler. Desculpe-me, Rich. Não quis te chatear.

— É idiota — disse Rich. — As pessoas inventam coisas idiotas sobre o Sr. Pico. É tudo inventado. Não o entendem, então riem dele. É tão idiota.

— Mas você o entende?

— Não. Ele é meu professor. Eu aprendo com ele.

— E deveria.

O diretor levantou-se da cadeira e andou em direção à janela. Ele ficou lá, levantando e abaixando nas pontas dos pés, de costas para Rich, balançando os braços.

— Porém, coisas foram ditas — comentou o diretor. — Acusações foram feitas.

Agora ele vai me dizer que o Sr. Pico é gay, pensou Rich. Ele gastara tanta energia nos últimos meses, resistindo à calúnia, ao insulto barato, ao rótulo automático para qualquer um que não se adaptava, que nunca havia considerado realmente o que isso significaria se fosse verdade.

— Eu mesmo não estou fazendo nenhuma acusação. — O diretor puxou os cotovelos para trás e espremeu as omoplatas, como se estivesse se alongando para algum tipo de esporte de contato. — A vida pessoal de Paul é assunto dele. Mas deve permanecer pessoal. Não concorda?

— Sim, senhor.

— Imagine se seu professor estivesse se aproveitando da posição dele. — Ele virou-se, terminando os exercícios, pronto para a ação. — Aproveitando-se da necessidade de aprovação de seus alunos. Eu teria que agir, não teria?

— Sim, senhor. Mas ele não está. Quem disse isso?

— O que me contaram, me contaram em segredo. Tenho que respeitar os segredos, Rich. Você entende isso. Assim como respeito os seus.

— Mas o senhor está fazendo todas essas perguntas.

— O que vou fazer? Ignorar os boatos?

— As pessoas dizem qualquer coisa. Não se importam.

— Mas eu me importo. Sou pago para me importar. Eu me importo com meus professores. Eu me importo com toda a família Beacon.

Às vezes eles eram uma família, às vezes um time, às vezes uma comunidade. Rich nunca havia percebido antes o quanto se ressentia da maneira casual e arrogante em que se presumia que ele pertencia a Beacon. Era um colégio. Só isso.

— A batata quente fica por aqui, Rich. Não vou passar a batata quente... — Por um glorioso momento ele quase disse: "Não vou passar a batata quente para a frente." Mas se conteve a tempo. — Tenho que dar minha cara à tapa. Deixe que eles batam se quiserem. Aceitei esse emprego para fazer diferença. Às vezes, há escolhas difíceis. Se eu estiver errado, serei o primeiro a dar o braço a torcer. Digo a cada um de vocês: se acreditarem em mim, vou acreditar em vocês. Beacon está avançando, Rich. Não há como nos parar agora.

Inadvertidamente, o diretor tinha caído em um de seus discursos de reunião. Rich não via necessidade de responder. Seguiu-se um silêncio curto.

O Sr. Jury retornou à mesa.

— Bem, bem. Obrigado por sua franqueza. Obrigado pela confiança. Volte sempre. Minha porta está sempre aberta.

Essa era a deixa para Rich sair.

Uma vez fora do escritório do diretor, Rich teve uma sensação quase física de asco. A estupidez e crueldade daquilo tudo o deixou enjoado. Enquanto saía do prédio administrativo para o pátio principal, notou que estava lotado de grupos de adolescentes cochichando. Eram fofoqueiros como esses que espalhavam boatos sobre o Sr. Pico. De repente, Rich percebeu que os odiava. Ele odiava a escola. Com que direito esses imbecis se atreviam a julgar o Sr. Pico? A vida deles era tão maravilhosa? O som que faziam alcançou seus ouvidos como o balido de ovelhas. Só porque estavam em rebanho, pensavam que estavam a salvo do desprezo, do fracasso e da dor.

São todos perdedores, gritou Rich em sua cabeça. Você todos vão sofrer. Ninguém está a salvo no final. Ninguém vence.

Ele lançou-se para o meio da turba, caminhando para a paz e a tranquilidade da biblioteca. E lá na frente, cruzando o gramado careca em um caminho no qual se encontrariam a menos que ele se virasse, estava Grace Carey.

Sua raiva evaporou. Ela ainda não o havia visto. Ela ainda tinha tempo para manobras evasivas. Mas, então, talvez ela pensasse que ele estava com medo de encontrá-la. Melhor deixar o encontro casual acontecer. Mantenha-se tranquilo, troque algumas palavras sem significado, siga em frente.

O encontro com o diretor foi esquecido. O mal feito ao Sr. Pico deslizou para o passado. O que ele deveria dizer a Grace? Nada pesado. Um aceno ou um cumprimento enquanto passavam um pelo outro. Ele poderia sacar algo pela aparência da garota, mas ela não deveria sentir-se pressionada por ele. Sem carência.

Ele manteve o trajeto. Fez uma expressão que esperava ser um sorriso suave. Não olhava para Grace. Os pensamentos estavam em outro lugar.

A garota tinha parado. Agora o encarava.

— Oi — cumprimentou ele.

Rich também parou, mais perto dela do que era sua intenção.

— Tudo bem? — perguntou ele.

— Sua aberraçãozinha de merda — falou Grace.

— Desculpe?

— Como você ousa me escrever cartas assim? Nem te conheço...

— Só pensei...

— Não quero fazer parte de seus joguinhos doentios, tudo bem?

— Não é um jogo. — Rich mal sabia o que estava dizendo. — Não é para ser um jogo.

— Não ligo a mínima para o que é — sussurrou Grace, com verdadeiro veneno na voz. — Apenas fique longe de mim. E não fale com minhas amigas sobre mim. Sua aberração gay.

Ela foi embora. Rich permaneceu onde estava, imóvel, em choque.

Outros alunos passaram por ele, muitos vestindo roupas de ginástica, seguindo para os campos esportivos. Rich ouviu gritos e risadas. Ninguém prestou atenção nele.

Não estou aqui, pensou. Sou invisível.

Um homem ouve o que quer ouvir e descarta o resto.

Alguém em um planeta distante em uma galáxia esquecida tinha chamado outra pessoa de aberração gay. Outra pessoa estava sofrendo. Isso tudo estava acontecendo a anos-luz de distância. A dor viajava lentamente. Quando chegasse no aqui e agora, teria sido havia muito esquecida.

— Rich!

Vozes do planeta distante. Pessoas chamando nomes. Pessoas empurrando pessoas, querendo causar sofrimento, mas ninguém sente nada de verdade. Pressão e movimento talvez, mas não dor.

— Rich!

Maddy Fisher estava na frente dele, tocando seu braço. Esperando uma resposta.

— Rich!

Seu rosto amigável, sorrindo, preocupado.

— Você está bem?

— Estou bem.

— Você não está bem mesmo.

— Não estou?

Vozes ecoando no espaço. Palavras sem significado. À deriva no sono de vigília.

— Eu te vi com Grace. Estava tentando te encontrar. Queria dizer para não se incomodar com ela. Eu queria te poupar do aborrecimento.

Aborrecimento. Também conhecido como humilhação. Dor. Coração partido. O som de palavras que você não vai esquecer pelo resto da vida.

Deixe para lá. Deixe tudo para lá. Deslizar no sono.

— Eu não estava procurando por ela — falou alguém. — Nós apenas nos esbarramos.

— Ela foi horrível? Ela pode ser uma tremenda vaca. Eu ia te alertar.

— Ah, bem.

O que acontece acontece. Grandes olhos fitando com preocupação. Alguém quer chorar. Alguém quer conforto, gentileza, amor. Mas não aqui. Não agora.

— Grace tem estado estranha ultimamente. — Maddy Fischer tentando amenizar a dor. Um ato distante de misericórdia. — Está toda confusa. Você mesmo disse isso. Ela é um pouco solitária.

— Sim.

— Pelo menos você tentou.

— Sim.

Uma sensação de ferroada semiacordou alguém de seu pseudossono. Uma nova vergonha.

— Todo mundo sabe?

— Apenas eu, Cath e Grace.

— Ela vai se divertir contando para todo mundo.

— Acho que não. Não acho que ela... Tenho certeza de que não falará sobre isso.

Sensibilizado pela dor, Rich ouviu o que Maddy não disse: suas atenções para Grace a envergonhavam. Grace nunca iria querer ser associada a uma aberração gay.

A necessidade mais profunda do homem é a necessidade de superar a separação, de deixar a prisão da solidão.

Boa tentativa, Erich. Mais fácil dizer que fazer. O mundo inteiro é agora a prisão de minha solidão. Posso tentar sair, mas para onde vou?

— Cath achou sua carta ótima. Eu também.

Então Grace a tinha mostrado para elas. Todas deram boas risadas. Uma carta de uma aberração gay.

— Era muito gentil e engraçada. Nós duas achamos.

— Mas ela não.

— Grace vive no próprio planeta.

Como eu: Vivo em meu planeta. Podíamos ter compartilhado uma galáxia. Podíamos ter sido estrelas.

A própria Cath agora vinha correndo para se juntar a eles. Parecia diferente. Rich demorou um tempo para entender que as duas estavam usando roupa de ginástica.

— Rich falou com Grace — disse Maddy.

— Ai, Deus! — exclamou Cath, virando os olhos para Rich. — Como ela estava?

— A vaca de sempre — respondeu Maddy.

— Grace vale sozinha por todas as vacas da Inglaterra — disse Cath. — Quer saber, Rich? Você está melhor sem ela. Grace só pensa em Grace. Não acho que seja capaz de amar ninguém. Além de si mesma. Você está melhor sem ela.

— Talvez — disse Rich.

Mas ele não queria ouvir isso. Não queria ouvir nada. Cath tinha boa intenção, mas não fazia ideia. Ninguém fazia ideia. Somente ele e Grace. Claro que Grace era capaz de amar. Ela simplesmente tinha escolhido não amá-lo. Por que amaria? O que havia ali para amar? Rejeitando-o, Grace não fizera nada para se tornar menos desejável. Pelo contrário. Isso provava que era exigente. Ninguém gostava de ser chamado de aberração gay, mas olhe pelo ponto de vista de Grace. Não era uma descrição ruim. E, de qualquer forma, o que ele deveria fazer? Parar de sonhar com o amor dela, se considerar um tolo só porque fora rejeitado? Um perdedor, sim. Seu amor não era retribuído, não. Mas não um tolo. Amar Grace era tão natural quanto escolher a luz em vez da escuridão.

Mas agora a escuridão.

— Cath está certa — disse Maddy. — Ela não te faria feliz.

— Nem ninguém — concordou Cath. — Nem a ela mesma.

— Eu gostaria que ela fosse feliz — falou Rich.

—Ah, Rich! Você não gostaria! Preferia que ela aparecesse com manchas amarelas gordurosas!

Ele sacudiu a cabeça. Elas não entendiam. Não tinha por que tentar explicar.

— Olhe, temos que ir — disse Maddy. — Você vai ficar bem?

— Eu estou bem.

— Certo. Nos vemos por aí.

As duas correram juntas, o capuz das roupas de ginástica pulando nas costas. O pátio principal estava deserto agora. Rich tinha perdido a noção do dia e da hora, e não fazia ideia de onde deveria estar. Possivelmente, não deveria estar em lugar algum. Se fosse isso mesmo, já havia chegado.

Uma vez, havia muito tempo, ele tivera uma dissertação de história para entregar. Fora até a biblioteca escrever sobre a Guerra Fria.

Entrou no prédio e encontrou um lugar num canto distante, onde ninguém o veria. Ninguém estava olhando para ele. Ninguém veio. Nem ele nem ninguém olhou pela janela e pensou em qualquer coisa.

Em casa ele disse a Kitty:

— Grace e eu conversamos e não vai funcionar.

— Por que não?

— Somos muito diferentes.

— Diferentes como?

— Eu gosto dela, mas ela não gosta de mim.

Kitty riu. Depois ficou indignada.

— Como ela pode não gostar de você? Ela teria sorte de ter você. Qual o problema dela? É idiota, por acaso?

— Bem, tenho que colocar as lâmpadas em sua casa de bonecas.

— O que isso tem a ver com o fato da Grace não gostar de você?

— Nada.

Mas os dois sabiam que ele queria ajudar Kitty porque estava muito infeliz.

Mentiras sobre Leo

Maddy sentiu pena de Rich, mas o esqueceu assim que ele saiu de sua vista. A mente estava tomada pelo próximo encontro com Joe. Depois da aula, haveria um ensaio da peça; Joe estaria lá, e Gemma, não. Pela primeira vez, poderiam trocar algumas palavras verdadeiras.

Maddy esperava muito pouco. Nada como um beijo. Nem mesmo um toque. Tudo viria em boa hora. Mas esperava ser capaz de falar um pouco mais livremente sobre o que estava acontecendo entre eles, olhar nos olhos de Joe e dizer "penso em você o tempo todo", sentir o calor de seu sorriso em resposta: era tudo para ela. Ansiava pelo momento que seus olhos poderiam encontrar-se sem ter que se desviar.

Nos vestiários depois dos jogos, ela e Cath cochicharam sobre Joe. Cath era agora uma parceira total no romance secreto de Maddy.

— Essa é sua chance — constatou Cath. — Gemma está fora. Agora é hora de atacar.

— Eu não ataco.

— Então o envolva.

— Envolver? Como faço isso?

— Olhe nos olhos dele. Não diga nada. Não sorria. Apenas o magnetize. Então, bem lentamente, abra os lábios.

Maddy soltou uma gargalhada.

— Não posso fazer isso!

— Eu não estou dizendo para mostrar a língua ou algo vulgar. Apenas abra os lábios. — Cath demonstrou. — Enquanto se faz de bonita.

Acabou que Maddy não teve a oportunidade de tentar porque o ensaio da peça nunca aconteceu. O aviso apareceu no quadro principal no pátio oval dizendo que a produção havia sido cancelada "devido a circunstâncias imprevistas". Maddy estava extremamente desapontada. Onde encontraria Joe agora? Ela meio que esperava que ele viesse procurá-la nas áreas da escola onde seria mais provável encontrá-la, mas Joe não procurou. Então, quando o dia de aulas estava chegando ao fim, assim como a semana, decidiu procurar por ele.

A última aula do dia de Joe seria de economia. Isso significava que ele estaria no edifício Allen. De lá, voltaria pelo pátio principal se quisesse se juntar aos amigos ou direto pelo Cercado, para sair da escola pelo portão da Dewsbury Road. Sem jamais admitir isto para si mesma, Maddy tinha acumulado uma grande quantidade de informações sobre a rotina de Joe na escola.

Para onde ir? O único lugar seguro era perto das portas do lado de fora do edifício Allen. Mas Maddy não tinha uma boa razão para estar ali, e isso faria com que suas intenções ficassem muito óbvias. Ela poderia passar despercebida nas proximidades do pátio principal, durante a correria do fim da aula, mas... e se ele fosse pelo Cercado? Sua única opção real era ficar nos portões. As pessoas frequentemente paravam ali para esperar os amigos que estavam atrasados saindo das aulas ou dos treinos. A caminhada para a cidade era um momento social.

Maddy recrutou Cath para esperar nos portões com ela. Sentia-se menos perseguidora com uma amiga do lado.

— E se ele já tiver ido embora? — perguntou Cath. — Ou sair pelo portão da Victoria Road? Ou ficar até mais tarde nos treinos ou algo assim?

— Ou tiver um ataque do coração e morrer?

— Deus do céu! — exclamou Cath. — Temos muito com o que nos preocupar.

— Se ele não aparecer em meia hora, esquecemos isso.

Ele apareceu. As duas o viram ao mesmo tempo, aproximando-se com uma multidão de amigos, caminhando com seu passo solto, sem nenhuma preocupação no mundo. Cath cutucou Maddy, e Maddy quase guinchou.

Elas conseguiam ouvir as vozes do grupo. Estavam conversando sobre assistir a um filme.

— Não vou perder meu tempo com esse lixo — disse Joe alegremente.

— Você é um punheteiro, Joe.

Eles estavam bem perto agora. Joe viu Maddy.

— Maddy Fisher! — gritou ele. Sem embaraço, sem tentar esconder nada. Apenas aquele sorriso largo e o nome dela em seus lábios.

— Ah, oi Joe. — Muito casual, nada planejado.

— Então, o que houve com Pablo?

— Não sei.

— Parece que não teremos nosso momento de glória.

— E eu lá, esperando que um olheiro de Hollywood me descobrisse.

Seus olhos encontraram-se. O olhar súbito e intenso de Joe a alcançou.

— Seu dia vai chegar — disse ele.

O bando de garotos estava se afastando. Joe parecia prestes a segui-los. Maddy tomou uma rápida decisão.

— Joe — falou ela. — Sobre minha irmã, Imo. Eu vou vê-la esta tarde.

— Tudo bem — disse Joe.

— Você vem? — gritaram seus amigos.

— Já vou — gritou ele de volta.

— E vou transmitir a mensagem — disse Maddy. Ela não conseguia pensar em nada mais importante para dizer.

— Faça isso — respondeu Joe.

Um sorriso, um aceno, e ele correu para alcançar os amigos.

Maddy e Cath seguiram mais lentamente pela Dewsbury Road, passando pelas casas semisseparadas pelos graciosos jardins frontais.

— Joe parecia feliz em ver você — disse Cath.

— Ele estava estranho.

Maddy estava intrigada com o comportamento de Joe. Ele poderia ter dito tão mais.

— Ele não estava estranho — disse Cath. — Só estava disfarçando.

— Você acha?

— É muito público. Qualquer um poderia ver.

— Mas Gemma está fora.

— E daí? Não te ocorreu que os amigos dele conhecem Gemma? Você sabe como são os garotos. Tudo o que ele tem que fazer é andar com você por trinta segundos e todos ficarão em cima dele, dizendo: "Aaaaa! Está a fim de Maddy, Joe? Quer trepar com ela, Joe?"

Maddy corou.

— Eles não falam assim.

— Ah sim, eles falam. Aprenda comigo, Mad. Eles só falam sobre uma coisa. E futebol.

Maddy não discutiu. A explicação de Cath a agradou porque parecia plausível e porque significava que tudo estava bem. E Joe tinha dito "seu dia vai chegar".

A Sra. Fisher estava sentada à mesa da cozinha, cercada por livros de contabilidade e faturas, digitando no laptop da loja.

— Seu pai telefonou — avisou, quando Maddy entrou. — Ele vem para casa semana que vem. Sexta-feira.

— Isso é ótimo!

— Preciso botar as contas em dia para que ele possa ver como as coisas estão. Seu pai vive dizendo que não há razão para se preocupar.

— É porque você sempre se preocupa, mãe.

— Sim, eu sei. Mas, às vezes, há realmente algo com o que se preocupar. Você lê os jornais. Sabe que estamos em recessão.

— Na verdade, não leio os jornais. Não essas partes, pelo menos. São muito deprimentes.

— Bem, nunca esteve tão ruim.

— Sério?

— Sim, sério.

Maddy sentou à mesa e olhou austeramente nos olhos cansados da mãe.

— Vamos lá, mãe. Pare de me assustar. Nós vamos falir? Teremos que vender tudo?

— Espero darmos um jeito de alguma forma. Mike vive dizendo que ficaremos bem.

Maddy estava aliviada. Ela confiava mais na intuição do pai para os negócios do que na da mãe.

— Faça uma xícara de chá para mim, querida — pediu a Sra. Fisher.

— Claro.

Maddy levantou-se e encheu a chaleira elétrica.

— Sem muita água. Não precisa ferver o que não precisamos.

Maddy derrubou um pouco de água na pia e iniciou a fervura da água.

Imo apareceu.

— Papai está voltando — informou Maddy.

— Sim, eu sei. Se estiver fazendo chá, faça um para mim.

— Não há água suficiente na chaleira.

— Por que não?

— Mamãe está economizando dinheiro. Só vou ferver o suficiente para uma xícara.

— Qual seu problema, mãe? É a menopausa?

— Temos que reduzir nossos gastos de alguma forma, querida. Os negócios estão muito devagar.

— Daremos um jeito. Sempre damos.

Imo não costumava alimentar preocupações. Maddy achou injusto com a mãe.

— Parece que estamos em recessão — disse ela

— Bem, o que papai diz?

Como Maddy, Imo tinha fé no pai.

— Ele está na China — disse a Sra. Fisher.

— Sim, mãe. Nós sabemos. Mas, suposta, mesmo estando na China, ele sabe o que está acontecendo aqui.

— Acho que as coisas devem parecer bastante diferentes quando se está longe. Foi o que falei a ele. Seu pai diz que tudo vai se resolver.

— Então pronto. Anime-se, mãe. Isso talvez nunca aconteça.

Antigamente, esse tipo de consolo teria enfurecido a mãe. Agora sua mente estava de volta às contas, e ela não respondeu. Maddy achou que Imo estava sendo insensível.

— É fácil para você dizer para não nos preocuparmos. Você não faz nada pelos negócios. Só é sustentada pela mamãe e pelo papai.

— Você também.

— Eu estou na escola.

— E eu na faculdade.

— Então deveríamos ser um pouco mais compreensivas se mamãe estiver preocupada com dinheiro.

— Ela sempre está preocupada com dinheiro. Tudo bem, se temos menos, gastamos menos. Por mim tudo bem. O que quer que eu faça, Maddy? Viva de ar?

— Apenas seja mais compreensiva.

— Eu sou compreensiva.

— Então tem me enganado esse tempo todo.

— Por favor, garotas — disse a mãe. — Estou tentando trabalhar.

Mas Imo estava irritada agora.

— Sabe qual seu problema, Maddy? Está na hora de você arranjar um namorado.

— Espero que eu faça isso melhor que você, quando chegar a hora.

— Só com muita sorte.

— Ah, é? E Leo? Ele é instável.

— O quê?

— Ele é furada. Ele é mau. Ele machuca garotas.

— Do que você está falando?

Maddy não pretendia que isso tivesse saído daquela forma, mas agora estava feito. Imo ficou chocada.

— O que Leo tem a ver com você? — perguntou ela. — Você não sabe nada sobre ele.

— O irmão dele sabe.

— Joe?

— Sim, Joe.

— Joe está te dizendo toda essa besteira sobre Leo?

— Sim.

— Não acredito em você.

— Então não acredite. Eu não ligo. Ele só me disse para te ajudar.

Imo olhou para ela, tremendo de raiva. Mas queria saber os detalhes.

— Então, o que Joe falou?

— Falou que Leo é instável, mau e que gosta de magoar as garotas.

— Isso é besteira.

— Tudo bem. É besteira. Você é quem sabe.

— Fique longe — disse Imo. — Fique longe de meus relacionamentos. Cuide da própria vida.

Ela subiu para o quarto, irada. Maddy ficou na cozinha, com o coração acelerado, quase tão agitado quanto Imo. Ela sabia que tinha feito aquilo da maneira errada, na hora errada, mas Imo sempre causava esse efeito nela.

A mãe parecia não ter assimilado nada, além da perturbação de seu trabalho.

— Preferia que não discutissem na cozinha, Maddy.

— Bem, por que você faz as contas na cozinha, mãe?

— Ah, eu não sei — respondeu a mãe. — Sinto que nada pode realmente dar muito errado na cozinha.

Maddy não tinha resposta para isso porque sentia o mesmo.

— Tudo bem se eu comer alguma coisa?

— Sirva-se, querida.

Ela preparou para si uma tigela de aveia com xarope dourado. Tinha acabado de sentar para comê-la quando Imo reapareceu.

— Liguei para Leo — disse ela. — É tudo mentira.

— Ele disse que Joe está mentindo?

— Não, claro que não. Leo disse que você está mentindo. Disse que Joe nunca falaria coisas como essas sobre ele.

— Eu estou mentindo? — Maddy parecia muito estupefata para protestar.

— Leo disse que você está provavelmente sob o efeito de hormônios e precisando de um bom trato.

Maddy corou de vergonha e raiva.

— Basta, Imo — disse a Sra. Fisher.

— Diga a Maddy para parar de espalhar mentiras sobre meus namorados, então.

— Eu estava tentando te *ajudar*.

— Não vejo como inventar mentiras me ajuda — retrucou Imo.

— Joe me enviou um e-mail. Está tudo lá. Posso te mostrar.

— Não, obrigada. Tenho coisas melhores para fazer.

Ela saiu novamente.

Maddy teve vontade de explodir em lágrimas.

— Ela terá esquecido tudo isso amanhã — disse a mãe. — Você sabe como Imo é. Ela é como o pai: ambos só pensam no que está na frente no momento. Isso é a fonte da força deles, na realidade.

— Do que está falando, mamãe?

— Bem, eu me preocupo mais com coisas que ainda não aconteceram. Mike nunca faz isso.

— Se quer saber, acho que Imo apenas é totalmente egocêntrica.

Maddy se tocou depois que Leo consultaria Joe e iria querer saber por que o irmão vinha contando histórias sobre ele. Joe devia ser alertado. Correu para o quarto e mandou um e-mail.

Contei a Imo o que você falou sobre Leo e ela não acreditou em mim. Ela ligou para Leo. Seu irmão disse que é tudo mentira. Achei que devesse saber. Espero que não tenha te colocado numa furada.

Ela sentou-se ao lado do laptop esperando que Joe respondesse, mas nenhuma resposta chegou. Então, ela lembrou-se de que ele ia ver um filme com os amigos. Voltou para a cozinha e achou o jornal local. A maioria das exibições do início da noite terminava antes das 20 horas. Depois, provavelmente, Joe iria comer com os amigos ou para um bar. Não estaria em casa para checar os e-mails antes das 22 horas ou mais. Talvez sequer recebesse sua mensagem até o dia seguinte.

Maddy não podia esperar até o dia seguinte. Precisava saber que Joe estava do lado dela contra Imo e Leo. Queria que ele lhe dissesse que não era culpa dela. Queria fazer contato.

Posso ir ao cinema.

O pensamento saltou em sua cabeça. Ela sabia onde ele estava e mais ou menos que horas sairia. Se quisesse, poderia ir até lá. Poderia levá-lo para um canto. Eles poderiam trocar umas breves palavras.

Ela queria.

O que os amigos dele pensariam? Ela poderia inventar algo sobre os ensaios da peça se precisasse. Mas o fato é que Maddy não se importava mais com o que os amigos de Joe pensavam. Ela precisava ver Joe, apenas por um tempo. Precisava saber que estava tudo bem entre eles.

— Vou sair, mãe. Não vou demorar.

— E o jantar?

— Como alguma coisa mais tarde. Não se preocupe comigo.

— Não gosto que saia sozinha à noite, Maddy.

— Só vou dar um pulo na Cath. E ainda está claro

A noite caía enquanto Maddy andava a pequena distância até a cidade. O cinema ficava no final da High Street: um prédio de 1930, com colunas na fachada, afastado do tráfego por uma calçada larga. Em tempos mais recentes, a câmara municipal tinha plantado duas pequenas árvores na calçada e colocado dois bancos de ferro de frente para a rua. As lojas já estavam fechadas, e os únicos sinais de vida vinham do bar do lado oposto e do balcão de *kebab* para viagem na parte mais baixa da rua.

Maddy sentou-se em um dos bancos. Sentiu uma umidade. Levantou-se. Havia uma lata de coca-cola ao lado e uma poça do refrigerante derramado no banco. Ela estava usando uma calça jeans azul. Foi até uma vitrine escura de uma loja de cartões e, virando-se, examinou a mancha molhada. Estava completamente visível, como um detalhe escuro na parte de trás da calça. Parecia exatamente como se ela tivesse feito xixi.

— Ótimo. Maravilha.

Uma sensação de desamparo a invadiu. Estava tudo dando errado. Como ela iria explicar a Joe por que estava esperando por ele do lado de fora do cinema, com xixi espalhado pelo traseiro? Não tinha tempo de voltar para casa e trocar de roupa.

Ela ainda poderia desistir. Mas o céu estava ficando escuro. Ele não ia notar a parte molhada, não se ela estivesse olhando para ele. E, se estivessem conversando, teriam que se olhar. E era por isso que estava ali: Maddy estava ali para alertá-lo sobre a possibilidade de Leo estar zangado com ele. Nada como a simples verdade.

Posicionou-se com as costas viradas para um dos bancos, de frente para as portas do cinema, e esperou o filme de Joe terminar. Era estranho pensar que ele estava ali exatamente agora e que não tinha ideia de que ela estava do lado de fora. Maddy seguiu o movimento lento dos ponteiros do relógio no salão iluminado.

Então, pessoas começaram a sair. Maddy fez de tudo para parecer relaxada e casual. Seu plano era fazer contato visual e então chamar Joe até onde estava. Daquele jeito, seus amigos não iriam ouvir o que ela dissesse.

Pessoas saíam em grupos de dois e três, rindo, conversando. Afastavam-se em direção ao estacionamento e mais vinham atrás. Não havia sinal de Joe. Então, uma grande multidão saiu, e ela não conseguia ter certeza se ele estava em algum lugar no meio ou não. Maddy acompanhou a multidão com os olhos, virando enquanto passavam, a fim de avistar aqueles que estavam do outro lado. A maioria era composta de garotos, mas eles não pareciam com Joe e os amigos. Estava ficando mais escuro.

— Maddy Fisher!

Ela se virou. Ali estava Joe, sorrindo para ela.

— O que aconteceu com sua bunda?

Ao lado de Joe, segurando sua mão, estava Gemma Page.

— Ah, nada — respondeu Maddy.

— Esse filme é realmente ruim — disse-lhe Joe. — No caso de você estar pensando em vê-lo.

— Eu gostei — falou Gemma.

— Você gosta de tudo. — Ele sorriu para Maddy. — Gemma não tem nenhum pensamento crítico.

— Não, realmente não tenho — concordou Gemma, nada ofendida. — Gosto da maioria das coisas.

— Você vem, Joe? — chamaram seus amigos, já atravessando a rua.

— Te vejo na segunda — disse Joe para Maddy. Gemma sorriu para ela. Ele e Gemma foram embora.

Maddy ficou do lado de fora do cinema até a última multidão sair, escoar. Sentiu frio.

Lentamente, pegou o caminho de volta para casa. Nada fazia sentido.

O que Gemma estava fazendo ali?

Não foi surpresa Joe não ter dito nada quando a viu. O que ele poderia dizer com Gemma bem ao lado? Mas Gemma não devia estar no hospital?

Ela repassou na memória novamente o breve encontro, analisando-o atrás de pistas. Joe tinha sido bem rude com Gemma, quase como se estivesse dizendo a Maddy: "Preferia estar vendo um filme com você." Ele tinha dito "te vejo na segunda". Esse era seu jeito de avisar que encontrariam um tempo na semana seguinte para conversar abertamente? Ela repetiu o jeito como ele dissera "o que aconteceu com sua bunda?". Joe rira como se estivesse dizendo: "Eu realmente gosto de sua bunda."

Então talvez não tivesse sido tão desastroso, afinal de contas.

Naquela noite, depois de ter ido para a cama, finalmente chegou um e-mail de Joe.

Temos que conversar. Encontre-me amanhã, às 10 da manhã no lago do Victoria Park.

Ele devia ter enviado a mensagem com pressa. Mas era o suficiente. Eles finalmente conseguiriam conversar direito.

Ela podia dormir agora.

Apenas um pouco de diversão

Desde o momento em que entrou no parque, Maddy começou a procurar por Joe. Era sábado de manhã, e havia várias outras pessoas no pequeno espaço, trilhando seus caminhos sinuosos, sentadas nos inúmeros bancos. Ela passou apressada pelas massas enfileiradas de azaleias e pelo coreto abandonado, em direção ao lago no coração do parque.

Havia bancos intercalados ao redor de todo o lago, e, em cada um, apenas uma pessoa. Era engraçado e triste ao mesmo tempo como cada um queria um banco para si. Mas então Maddy pensou, eu também quero um só meu, onde Joe possa juntar-se a mim. Talvez todos estejam esperando aqueles que amam.

Pombos voaram e mergulharam numa algazarra repentina. Patos vieram gingando para fora da água rasa, apunhalando-se pelo pão dilacerado e pelos biscoitos jogados em seu caminho pelos observadores solitários nos bancos. Ocasionalmente, uma gaivota aparecia grasnando para levar um pedaço de comida.

Maddy caminhou em volta do lago rodeado de árvores e não encontrou Joe. Ela chegara antes.

Uma mulher de meia-idade, que estava alimentando os pássaros com um saco da Waitrose, acabava de ficar sem suprimentos. Os pombos e os pássaros a abandonaram imediatamente. A mulher levantou-se do banco e foi embora se arrastando.

Maddy pegou o lugar dela.

Como os animais são cruéis, pensou. Nem fingem que amam. Alimente-os, e eles vêm até você. Não ofereça nada, e eles vão embora. E, ainda sim, pessoas solitárias voltam dia após dia, com mais pão em suas sacolas de plástico, desejando que os pássaros lembrem-se delas, esperando que, daquela vez, o tumulto agradecido transforme-se em amor.

Seu celular bipou. Uma mensagem de texto de Cath: "Kd vc?" Maddy checou a hora em seu telefone. Passava das 10. Onde estava Joe?

— Maddy?

Ela pulou, olhou ao redor. Era Grace.

— Ah, oi, Grace.

— Estava tentando te encontrar.

— Na verdade, agora não é uma boa hora — disse Maddy rapidamente. — Vou me encontrar com alguém aqui.

— Sim, eu sei — falou Grace. — Você veio se encontrar com Joe.

Maddy a fitou.

— Como você sabe?

— Ele me disse.

— Não entendo — comentou Maddy.

— Joe vinha. De verdade. Mas, no último momento, disse que não conseguiria te encarar. Então eu falei que alguém precisava aparecer para te contar. Joe disse que não conseguiria. Então eu vim.

Maddy sentou-se no banco. Sentiu-se fraca.

— Contar o quê?

— Realmente sinto muito, Mad. Nunca quis que isso tomasse essa proporção. Mas não é justo levar adiante. Como falei para Joe, é melhor parar antes que chegue muito longe. Joe disse que era só um pouco de diversão e que nenhum mal havia sido feito, mas mesmo assim.

— Só um pouco de diversão?

— Fizemos isso para que Gemma não descobrisse sobre Joe e eu.

Maddy ouviu um som pulsante nos ouvidos. Tudo estava ficando difuso diante de seus olhos.

Grace continuou falando:

— Gemma estava ficando muito atenta. Não acredite na atuação daquela loira burra. Gemma sabe das coisas. Então, quisemos dar a ela outra pessoa para observar. E você estava flertando um pouco com Joe. Não era nada sério, então sabíamos que Gemma não descobriria nada.

Maddy cavou as unhas em suas palmas.

— O que você quer dizer com Joe e você?

— Nós estamos saindo.

Joe e Grace. Não era possível.

— Como? Onde? — perguntou Maddy.

— Onde ninguém nos vê. Na maioria das vezes na casa de Leo. Ele geralmente está fora.

Joe e Grace na casa de Leo. Nas tardes depois da escola. Uma geladeira para as bebidas, uma cama para as gatinhas.

— Só pensei que devíamos te contar antes que você entrasse de cabeça. Tudo bem, contanto que seja somente um pouco de brincadeira inofensiva. Joe vivia dizendo para mim: "Para de se preocupar, Maddy é legal, é uma grande garota, só estamos dando umas risadas." Mas eu argumentava: "Maddy é minha amiga. Temos que parar."

Maddy sentiu-se enjoada. Não como se quisesse vomitar, mas como a tonteira que precede o ato.

— Há quanto tempo isso vem acontecendo?

— Ah... semanas. Desde o verão.

Semanas. O amante secreto de Grace. Ela assistira a filmes pornôs com ele?

— Então todos aqueles e-mails... Eram só pelas risadas?

— Bem, e para manter o flerte acontecendo. Assim Gemma não suspeitaria de mim.

— Joe não estava falando sério neles?

— Não sei o que diziam. Ele me falou que não tinha nada de sério neles. Quero dizer, nenhuma declaração de amor selvagem ou algo assim. Disse que estava tomando cuidado para você não criar expectativas.

Maddy não respondeu nada.

— Era isso, Maddy? Era tudo bobagem, não era?

— Sim. Bobagem.

Ela não conseguia evitar. Lágrimas começaram a cair.

— Ah, Deus. Você realmente se importa, não é?

Maddy não conseguia falar.

— Ah, inferno! — exclamou Grace. — Que vaca idiota eu sou. É tudo culpa minha.

Ela sentou-se no banco ao lado de Maddy.

— Foi ideia de Joe — disse ela —, mas eu nunca deveria ter concordado. Só estava pensando em como manter nosso segredo. Me desculpe, Mad. Realmente te magoei, não foi?

Maddy deu de ombros enquanto chorava.

— Você realmente se envolveu? — perguntou Grace.

Maddy balançou a cabeça. Ela puxou um lenço e bateu levemente nos olhos.

— Ah, Deus. Sou tão inútil. Agora você vai me odiar para sempre. Eu não a culpo. Posso pegar um lenço emprestado?

Maddy lhe entregou um lenço. Grace também tinha lágrimas nos olhos.

— Pelo menos confessei tudo antes que as coisas saíssem do controle. Quero dizer, nada realmente aconteceu, aconteceu?

— Não — respondeu Maddy.

— Não é como seu coração estivesse partido ou algo assim.

— Não — confirmou Maddy.

Ela observou os patos no lago, tentando não pensar sobre a mágoa. Querendo não acessar a infelicidade que a esperava. Os patos rodeavam sem parar, e iam de um lado ao outro do lago. Por quê? Toda aquela energia, tudo por nada.

— Maddy, não tenho o direito de pedir isso. Mas você vai guardar nosso segredo?

— O quê?

— Sobre Joe e eu.

— Sim. Claro.

— É só que não queremos que Gemma saiba.

Gemma, que estava ao lado de Joe quando saíam do cinema na noite passada. Gemma, que deveria estar no hospital. O que havia com Gemma?

— Eu não entendo — disse Maddy. — Por que Joe simplesmente não larga Gemma?

— Ele quer — respondeu Grace.

— Então por que não larga? Faça-me o favor.

— Não é tão fácil.

— Tudo bem, Gemma não vai gostar. Mas vai acontecer de qualquer forma.

— Sim — disse Grace. Falou hesitantemente, como se houvesse mais.

— Se quer minha opinião — falou Maddy —, Joe está se comportando muito mal. Ele deveria agir da forma certa com Gemma. — Sua voz subiu ao encontrar essa válvula de escape para a própria raiva. — O que ele acha que está fazendo, deixando a menina continuar acreditando que ele a ama? Tudo é um jogo para ele? Não acredito que Joe possa não se importar com nada, ser tão egoísta e... e... tão idiota.

— Você está certa — disse Grace. — Claro. Só que é mais complicado que isso.

— Como mais complicado?

— Bem, eu não deveria contar para ninguém.

— Então não me conte. Eu não ligo. Que diferença faz, de qualquer forma? Vocês estão bem, não estão? Vocês têm o que querem.

Lágrimas brotaram nos olhos de Grace mais uma vez.

— Eu sabia que isso aconteceria — falou ela. — Sabia que você acabaria me odiando.

— Eu não te odeio — disse Maddy, sentindo a raiva rasgando-a por dentro. — Não odeio ninguém. Só acho que é tudo horrível, idiota e errado.

— Desculpe — disse Grace. — Preciso de outro lenço.

— Arranje os próprios lenços!

Grace deu um pequeno suspiro. Maddy se levantou. Tudo tinha ficado insuportável. Precisava sair.

Ela teria ido embora imediatamente, mas Grace agarrou-lhe o pulso e não o soltou.

— Por favor, Maddy.

Ela começou a soluçar.

Quem está triste aqui?, pensou Maddy. Mas ela não livrou a mão do aperto desesperado de Grace.

— Nós éramos realmente amigas, Maddy. Por favor. Preciso de amigos.

A situação estava ficando ridícula. Grace era a vencedora ali, agora e sempre. Grace era aquela que os garotos queriam. Mas ela precisava de Maddy também.

— Amigas não fazem o que você fez, Grace. Nem mesmo por diversão. Não o que você fez comigo. Não o que está fazendo com Gemma.

— Se você soubesse.

— Soubesse o quê? Continue. Vai me dizer que Gemma tem câncer terminal?

— Não. Não é câncer.

— Então, o que é?

— Jura que não contará a ninguém?

— Certo, certo. Não vou.

Grace soltou sua mão e assoou o nariz com o lenço antigo. Então, olhou para Maddy com os olhos brilhando, mais deslumbrante que nunca.

— Ela está grávida.

— Ah — Maddy franziu as sobrancelhas. Isso mudava tudo. Isso não é mais sobre mim, pensou. — O que ela vai fazer?

— Joe quer que ela aborte. E ela quer abortar. Principalmente porque sabe que é o que Joe quer e deseja agradá-lo. Mas, se Joe dissesse que vai terminar com ela... você sabe, Gemma não é como parece, ela é bastante esperta e manipuladora. Se descobrisse que Joe quer deixá-la, iria em frente e teria o bebê. Só para fazê-lo ficar.

Maddy fez um grande esforço para entender.

— Ele vai continuar sendo bom com ela para que faça um aborto?

— Sim. E como ele diz, será melhor para Gemma também. Ela não deveria ter um bebê aos 18 anos. Não sozinha.

— Mas ela não está sozinha.

— Ela ficará.

De um jeito louco, aquilo começava a fazer sentido.

— Você realmente acha que ela teria o bebê mesmo se soubesse que Joe quer terminar com ela?

— Vamos lá, Maddy. Você sabe como funciona. É o truque mais antigo do mundo.

— Então Joe tem que continuar fingindo.

— Ela quase concordou. Nós pensamos que tinha concordado, mas depois Gemma hesitou. Joe está se esforçando.

— Meu Deus. Pobre Gemma.

— Não sinta pena dela. Como acha que ela ficou grávida, em primeiro lugar? Ela está tentando armar para Joe. Ele está tentando escapar. Não pode culpá-lo por isso.

— Não. Acho que não.

— Mas você percebe como é importante que não conte a ninguém.

— Sim.

— Percebe isso agora?

— Sim.

— Ainda me odeia?

— Um pouco.

— Bem, eu mereço.

Ela fitou Maddy com seus olhos grandes e lindos nadando em lágrimas, com um pequeno sorriso suplicante e esperançoso nos lábios, como um filhotinho perdido.

— Você é mesmo uma vaca, Grace.

— Eu sei.

Grace ficou de pé, percebendo que Maddy amolecia, e, de repente, estavam uma nos braços da outra. Abraçaram-se, soluçaram e sentiram as lágrimas de uma nas bochechas da outra até Maddy arrancar seu último lenço e elas o compartilharem.

— Seja boa para ele — pediu Maddy. — Mesmo que ele seja um merda de coração de pedra.

— Você não vai nos entregar? Não até que isso esteja resolvido?

— Não vou entregar vocês.

Elas andaram de volta pelo parque juntas.

— Eu te prometo, Mad — disse Grace. — Um dia vamos rir disso juntas, você e eu.

— E chorar.

— Você tem sido incrível. É uma pessoa tão especial.

— A-hã. Diga isso a Joe.

Mais uma vez sozinha, Maddy achou que lentamente absorvia a nova realidade revelada por Grace. Algumas coisas que não faziam sentido antes, agora se encaixavam. Grace, que parecia estar sozinha, tinha um namorado, no final das contas. E Joe, que parecia tão ansioso em seus e-mails, mas não tanto quando se encontravam, estava apenas brincando com ela.

Era difícil aguentar. Tão difícil. Não apenas a perda de Joe. O sentimento de ter bancado a idiota.

Ela olhou de novo os e-mails de Joe. Releu através de lágrimas as frases que a tinham feito tão feliz.

Não mude na escola.

Odeio que tudo precise ser um segredo.

Tenho esse sentimento idiota de que você me entende.

Claro que tudo isso não acrescentava nada. Ela percebia agora. Era o mistério que tinha deixado tudo excitante.

Apenas um jogo para Joe. Ele nunca quisera partir seu coração. Um jogo cruel, talvez. Agora ela teria que fingir que tudo tinha significado muito pouco para ela. Seu próprio orgulho pedia isso. Ninguém sabia que ela se apaixonara por Joe. Apenas Cath e Grace. Então, pelo menos, sua vergonha não seria pública. Ficaria apenas o desgosto.

Maddy decidiu mandar um último e-mail a Joe. Se ele escolhera pensar que tudo tinha sido um jogo, não queria dar-lhe a satisfação de pensar que ela fora enganada. Teria que continuar a vê-lo diariamente até o próximo verão. Era uma questão de amor-próprio. Escreveu:

Acho que esse é o último de nossos e-mails secretos. Foi divertido, mas tudo que é bom acaba. Pelo menos ainda tenho Cyril.

Ela enviou e esperou por um tempo por uma resposta, mas nenhuma veio. Isso a magoou. Teria mostrado generosidade da parte dele terminar o pequeno flerte deles com um comentário amigável. Mas Joe permaneceu em silêncio.

Nosso pequeno flerte.

Maddy sentiu a dor crescendo dentro dela. Enrolou-se na cama e abraçou Bunby apertado. Sozinha, não precisava de orgulho. Agora vinha a grande e sufocante onda de pesar.

Ah, Joe. Eu teria te dado tudo. Demorou tanto tempo para eu te achar. Como pode ter ido embora tão rapidamente?

Ela pensou nos dias que viriam e pareceu-lhe impossível sobreviver a eles. Por que acordar de manhã? Por que abrir as cortinas? Por que comer? Por que respirar?

Ficarei na cama, no calor e no escuro, até desaparecer no nada. Tudo o que resta agora é esquecer. Não existe nenhum Joe. Não existe nenhuma Maddy. Essa garota soluçando na cama vai logo silenciar.

Quero morrer.

Maddy sentiu uma ponta de alegria com esse pensamento. Deixe tudo terminar. Sem mais luta. Durma e nunca volte.

Ah, Joe, eu poderia ter te amado tanto.

Rich vai à guerra

Ao chegar à escola, Rich encontrou todos ouriçados com o mais recente boato. O Sr. Pico havia sido demitido. Então, veio outro boato, desmentindo o primeiro. Ele não havia sido demitido, mas o Sr. Jury o denunciara para a polícia. Tinha sido apontado como pedófilo. Fora flagrado baixando fotos de crianças. A polícia estava a caminho. O Sr. Pico estava preso. Tinha fugido do país.

Ninguém sabia exatamente o que estava acontecendo, mas acreditava-se em todos os boatos. Tudo o que Rich conseguia saber com certeza era que o Sr. Pico não tinha ido à escola naquele dia.

Rich não perdeu tempo em defender o Sr. Pico. Identificou os difamadores sorridentes como seus próprios inimigos. Ele e seu professor eram aliados na adversidade, sob o ataque do mesmo exército de mediocridade conformista.

Rich precisava de alguém para brigar, para amenizar seu orgulho ferido. Ele decidiu que essa era sua guerra.

— Você está louco — disse Max. — Todo mundo sabe que Pablo é gay.

— Então por que ele deveria ser demitido?

— Como vou saber? Talvez ele tenha se exposto na biblioteca. Apenas fique longe disso, tudo bem? Você não quer todo mundo dizendo que você também é gay.

— Você quer dizer que não quero ser chamado de aberração gay?

— De jeito nenhum.

— E se eu for uma aberração gay?

— Mas você não é. Deus do céu, espero que não seja. Você é?

— Talvez.

Max deu um salto teatral para trás.

— Você não é. Está tentando me enganar. Você gosta de Grace Carey. Não dá para ser gay e gostar de Grace Carey.

— Posso ser bissexual.

— O que é isso, Rich? Você está todo diferente.

— Valeu, Max. Você percebeu. Diferente é bom.

— A-hã, tudo bem. Mas não *tão* diferente assim.

— Tipo, não gay?

— Absoluta e definitivamente não gay.

— Sabe o que penso, Max? Você tem tanto medo da homossexualidade que acho que deve ser gay.

Max ficou calado.

— Eu só estava brincando — disse Rich.

— Como vou saber se sou gay? — perguntou Max, olhando ao redor, nervoso.

— Como vai saber? Ou você gosta de fazer aquilo com garotas ou gosta de fazer aquilo com garotos. Não é ciência aeroespacial.

— Simplesmente gosto de fazer aquilo — disse Max. — Ou gostaria, se eu fizesse.

Os dois começaram a rir. Esse era o território deles. Os virgens rebeldes.

Depois disso, Rich contou a Max como Grace o tinha chamado de aberração gay. Sua fantasia estava agora oficialmente acabada.

— Só não me diga de todas as formas que estou melhor sem ela, tudo bem? Ela ainda é a garota dos meus sonhos.

— Nada gay, então.

— É uma questão de orgulho. Já viu uma parada do Orgulho Gay? É fantástica. Eles estão tão orgulhosos. Você pensa, uau!

Não preciso ser igual a todo mundo. Posso ser diferente e ter orgulho disso.

— Então você quer o orgulho gay, mas sem a parte de ser gay?

— Exatamente.

— Ainda assim, esse esquema de apoio a Pablo é realmente caído.

— Então não vai se juntar a mim?

— Nem fodendo.

— Você deveria ser meu amigo.

— Eu? Amigo? Você é uma aberração gay. Nem sequer te conheço.

— Sou uma rocha. Sou uma ilha.

Rich roubou folhas de cartolina azul e um pote de tinta vermelha do Passos Minúsculos e fez um cartaz com quase 1 metro de largura. Escreveu em letras de fonte flamejante e irregular.

APOIE O SR. PICO. ASSINE A PETIÇÃO AGORA.

A petição era um caderno de exercícios novo e vazio. Rich escreveu no topo da primeira página:

Segue abaixo-assinado para exigir a reintegração de Paul Pico ao posto na Academia Beacon.

Depois, rabiscou sua própria assinatura pouco convincente na linha abaixo.

Rich chegou à escola carregando o cartaz enrolado, tomando cuidado para evitar contato visual com qualquer um. Calculou que a notícia já devia ter se espalhado. Todo mundo saberia como ele tinha sido humilhado por Grace Carey. Percebia pela visão periférica que as pessoas estavam apontando para ele e trocando olhares divertidos. Ele estava pronto para isso. Planejava dar a eles mais um motivo para rir.

Ele desenrolou o cartaz e o prendeu no grande quadro de avisos no pátio principal, sobrepondo-o às listas de times e aos avisos dos próximos eventos.

APOIE O SR. PICO. ASSINE A PETIÇÃO AGORA.

Uma pequena multidão se formou.

— Apoiar o Sr. Pico? Para quê?

— Eles o demitiram.

— Por quê?

— Não sei — respondeu Rich.

— Ele deve ter feito alguma coisa.

— Ele é gay — afirmou um.

— Então deveria ser demitido — disse outro.

— Por quê? — questionou Rich. — Que diferença faz se ele for gay?

— Não quero que ele me apalpe.

A multidão riu.

— Por que ele te apalparia? — insistiu Rich. — Os professores héteros não apalpam as garotas.

— Tente ficar perto do Sr. Bolton — sugeriu uma garota.

— Tudo bem — disse Rich. — Demitam todos os professores.

A multidão estava crescendo.

— Os gays te passam AIDS.

— Ele não vai te tocar, Patrick. Tudo bem?

— Você é gay, Rich?

— Vê se cresce — apelou para a multidão em geral. — Se algum de vocês concordar comigo que o Sr. Pico é um ótimo professor, assine a petição.

Ele viu Maddy Fisher ao fundo da multidão com sua amiga Cath Freeman. As duas sabiam de sua vergonha. Ele evitou os olhos de ambas.

— O Sr. Pico é o melhor professor que temos — disse para a multidão. — Se todos assinarmos a petição, talvez não o demitam.

— Quantas assinaturas já tem?

— Acabei de começar.

Ninguém se adiantou para assinar.

— Quanto Pablo te pagou?

— Ele nem sabe que estou fazendo isso — respondeu Rich.

— Então por que você está fazendo isso, Rich? Por amor?

Isso provocou uma grande risada. Rich prosseguiu.

— Apoie o Sr. Pico! — gritou. — Assine a petição!

— Rich é gay! — Veio uma voz do fundo.

Outra grande risada.

— Claro, claro — disse Rich. — Vão em frente e riam. Do que estão com medo?

— Eu não estou com medo — gritou a voz atrevida ao fundo. — Não ligo se Pablo for demitido. Mas isso é porque não sou gay.

Outra risada.

Então, finalmente, havia alguém atravessando a multidão, tentando alcançar o livro de exercícios. Era Cath Freeman.

— Eu assino — disse ela. — Acho que ele é um bom professor.

— Ótimo — disse Rich. — Quem é o próximo?

Ninguém mais veio para a frente. Um silêncio caíra sobre a multidão.

O Sr. Jury estava se aproximando.

Ele parou diante do quadro de avisos e leu o cartaz de Rich em silêncio.

— Explique, por favor.

— É para apoiar o Sr. Pico, senhor — disse Rich.

— Apoiá-lo em que sentido?

— Para que ele não seja demitido, senhor.

— O Sr. Pico não foi demitido. Apenas uma pessoa pode demiti-lo, e essa pessoa sou eu. Então, se fosse o caso, eu deveria saber, não acha?

— Sim, senhor.

— Não tenho intenções de demitir o Sr. Pico. Então podem tirar esse cartaz daí e ir para as aulas.

— Sim, senhor.

— Não sou contra a liberdade de expressão dos alunos. Não há censura nesta escola. Mas, da próxima vez, dê-se ao trabalho de conferir os fatos.

— Sim, senhor. — Rich começou a tirar o cartaz. — Mas, senhor, por que o Sr. Pico não está dando aula?

— Ele pediu licença. Por questões pessoais.

Esse era o final da batalha de Rich. A petição nunca conseguiria mais de dois nomes. O cartaz terminou numa lixeira da escola.

Durante todo o restante do dia, Rich ficou intrigado. Agora que sua causa desmoronava, percebeu-se à deriva. Suas reservas de coragem não eram mais necessárias, seu momento sob os holofotes já se tornara matéria para piadas. Percebeu que desejara, de certa maneira, partilhar do martírio do Sr. Pico. Em vez disso, sequer fora perseguido: apenas largado de lado em sua tolice.

A menos que o Sr. Jury estivesse mentindo.

Rich refletiu sobre aquele pensamento assim que emergiu à superfície de sua mente. Talvez o inimigo estivesse vivo e muito bem, mas envolvido em um jogo mais profundo. Por que o Sr. Pico teria pedido a licença? Certamente, parecia mais como se houvesse sido colocado em uma situação impossível. Será que tirar licença não era um eufemismo para ser demitido?

A única maneira de saber era conversando com o próprio Sr. Pico. Mas onde estava ele? Repentinamente, Rich deu-se conta de que queria muito encontrar o professor. Queria entender por que deixara a escola. Mais que isso: queria conversar com ele. Queria conversar sobre poesia, amor, perda e solidão. Coisas com as quais se importava. Quem, por ali, chegara mais perto da compreensão daqueles assuntos?

Comendo sonhos

No seu caminho para casa depois da escola, Rich parou na loja da casa de bonecas. Era a loja favorita da irmã, Kitty. Era estranho estar ali sem ela. O encanto apaixonado de Kitty pelos pequenos itens domésticos e sua consternação com os altos preços sempre emprestavam à visita intensa emoção. Rich fingia ser impaciente com as mudanças de ideia intermináveis da menina, o esforço para escolher entre uma miniatura de cesta de frutas ou uma miniatura de uma estante de livros, mas, secretamente, ele também ficava na dúvida. A cesta de frutas deveria ficar na cozinha, mas a cozinha já estava lotada de mobília. Os livros poderiam ficar na sala de jantar, que, na realidade, deveria virar um escritório. Mas as frutas eram tão bonitas, tão coloridas, e ficariam tão bem na mesa da cozinha.

Ele perguntou sobre as lâmpadas para a casa de bonecas. O preço o chocou. Seguiu-se uma breve relutância e, no final das contas, ele comprou lâmpadas para três cômodos, assim como o kit para conectá-las às fontes. Os demais cômodos teriam que esperar.

Saindo pela East Street com as compras numa sacola de papel, encontrou Maddy Fisher. Ela também estava segurando uma sacola de papel.

— Oi, Rich — cumprimentou ela. — O que está fazendo?

— Comprando lâmpadas para casa de bonecas — disse Rich.

— Comprei um sonho.

Rich imediatamente quis um. A padaria ficava ali perto. Ele pegou o troco para ver se poderia comprar.

— Vou pegar um também — disse ele.

Maddy o esperou do lado de fora. Quando ele saiu, começaram a descer a East Street juntos.

— Quando você vai comer o seu? — perguntou Maddy.

— Agora.

— Onde?

— No parque, talvez.

— Que tal perto do rio?

— Tudo bem.

Ela nunca perguntou a Rich se queria comer o sonho com ela. O rio ficava fora do caminho do garoto. Mas ele estava feliz com a companhia.

Sentaram-se lado a lado no banco do rio e pegaram os sonhos. Por um momento, os dois seguiram o mesmo instinto, seguraram seus doces açucarados diante dos olhos e não os morderam.

— Estava querendo isso o dia todo — disse Maddy.

— O melhor do sonho — falou Rich — é que ele é sempre tão bom quanto se espera.

— Melhor.

Comeram em silêncio, parando somente para lamber os farelos de açúcar dos lábios e dedos. Maddy terminou primeiro.

— Eu entendo por que as pessoas ficam obesas — disse ela. — Por mais que as coisas estejam ruins, comer faz você se sentir bem.

— Estou começando a gostar menos do meu.

— A primeira mordida é a melhor. Sério, eu não devia ter comido o meu todo.

— Eu não deveria comer o meu todo. Mas vou.

Ela o observou forçar o último pedaço.

— Queria não ter comido agora?

— Sim — disse ele.

Havia algo de fácil e amigável em sentar ali com Maddy, dividindo avidez e remorso.

— Desculpe por não ter assinado a petição — pediu ela.

— Não importa. Aparentemente Pablo não foi demitido, no final das contas. Então acabei parecendo um idiota, como sempre.

— Você não parecia idiota. Parecia desafiador. E corajoso.

— Para ser honesto, Maddy, não me importo como pareço. Desisti.

— Também passei por um período difícil. Fui uma completa idiota.

— Aposto que você não anunciou isso para a escola inteira.

— Não.

— Sou estúpido a esse ponto.

— Não foi estupidez. Foi sua forma de dizer: "Olhe, eu ainda estou de pé. Você não me derrubou."

Rich a olhou, surpreso.

— Sim — disse ele. — Está certa.

— Quanto a mim, fui derrubada. Não sou boa em revidar.

— O que aconteceu?

— Não quero falar sobre isso. Desculpe. Você se importa?

— Não me importo. Mas te digo uma coisa. Aposto que ninguém te chamou de aberração gay.

— Não. Mas é certo que sou uma perdedora.

— Então somos dois. Deveríamos abriu um clube. Poderíamos ter uma camiseta.

Maddy sorriu.

— Por que você estava comprando lâmpadas para casa de bonecas?

— Para a casa de bonecas de Kitty. Minha irmã.

— Uma casa de bonecas com lâmpadas! Uau! Tipo, pequenas lâmpadas penduradas no teto?

Rich pegou o pacote e mostrou a ela.

— Queria ter um irmão para fazer coisas assim. Tudo que tenho é uma irmã, e ela nunca faz nada por ninguém a não ser por si mesma.

— Tinha prometido a Kitty que faria isso havia séculos. Engraçado como fazer de sua vida uma bagunça completa e se sentir um total perdedor finalmente te obriga a agir.

— Não acho que seja engraçado. Faz muito sentido para mim. Ser magoado te deixa sensível. Você começa a pensar sobre a forma como outras pessoas podem estar sofrendo.

— E, além disso, você quer sentir que não é totalmente inútil.

— E quando vai montar as lâmpadas da casa de bonecas?

— Assim que chegar em casa. Tenho que me ocupar ou vou ficar ruminando.

— Eu fico.

— Vou tocar todos os meus álbuns dos Beach Boys, um atrás do outro, e fingir que estou surfando na Califórnia nos anos 1960.

— Por quê?

— Acho que se chama escapismo.

— Ah, escapismo. Quero escapar. Posso ir e olhar? Só um pouco.

— Claro.

— Não estou com muita vontade de ir para casa. Minha irmã e eu discutimos. Não quero que ela comece a discutir comigo de novo.

Maddy telefonou para a mãe para dizer que chegaria mais tarde. Depois, ela e Rich andaram pelas arborizadas ruas residenciais em direção à casa dele. Lá, como prometido, Rich tocou Beach Boys na vitrola do quarto enquanto deitava de bruços no chão do lado de fora, encaixando as luzes minúsculas na casa de bonecas.

Kitty e a Sra. Ross tinham saído. A avó estava dormindo. O Sr. Ross trabalhava no escritório. Ele apareceu uma vez, pedindo a Rich para abaixar o volume, foi apresentado a Maddy e se retirou novamente.

— Ele está escrevendo sobre Esparta — disse Rich.

O encaixe da iluminação era complicado e um trabalho difícil. Pedia concentração total de Rich. Devido a isso e aos Beach Boys, havia pouca oportunidade de conversa. Maddy estava contente de sentar de pernas cruzadas no chão, as costas contra a balaustrada, e flutuar nas harmonias de um simples mundo ensolarado.

Wouldn't it be nice to live together
In the Kind of world where we belong

Rich achou tão agradável a presença de Maddy que quase se esqueceu de que ela estava ali. As conexões das lâmpadas eram mais complicadas do que ele esperava. Havia uma fita de metal que precisava ser presa na parte de trás da casa de bonecas, pequenas tomadas que tinham que ser marteladas através da fita, e pequenos buracos a ser perfurados para que os fios conectores fossem dos quartos com as luzes para as tomadas.

Kitty e a Sra. Ross voltaram para casa, e ele ainda estava longe de terminar. A irmã ficou louca de alegria.

— Eu te amo, eu te amo, eu te amo! — gritou, beijando-o, enquanto estava deitado no chão. — Você é o melhor irmão que já tive!

— Eu sou Maddy — apresentou-se. Rich não se lembrou de fazer isso. — Rich disse que eu podia vir e assistir.

— Quero assistir também — disse Kitty. — Só que eu estava nadando e agora estou morrendo de fome.

Quando as luzes da casa de bonecas estavam finalmente funcionando, toda a família se reuniu para admirar. A avó foi convocada de seu quarto, onde tinha adormecido em frente à televisão. Harry Ross veio de Esparta. Kitty recebeu a honra de apertar o interruptor.

Na cozinha da casa de bonecas, no quarto principal e no quarto das crianças, as luzes acenderam. A família, que observava, suspirou e aplaudiu. As luzes minúsculas transformaram os quartos. De repente, pareceu que a casa era habitada por pessoas reais que iriam entrar pela porta a qualquer momento e começar a se servir de xícaras de chá.

— Eu amei! — gritou Kitty. — Amei tanto que quero morrer!

— Muito muito — disse a avó.

Maddy também estava encantada.

— Agora você tem que fazer os outros quartos, Rich.

— Fiquei sem dinheiro.

— Dê o dinheiro a ele, mãe, dê o dinheiro a ele — gritou Kitty. — Temos que fazer os outros quartos. Temos que fazer ou eu morro.

— Muita morte por aqui — disse o pai. — Modere seus desejos, Kitty.

— Não consigo — respondeu Kitty. — Estou muito feliz.

Rich trocou um olhar com Maddy e soube que ela estava pensando o mesmo que ele: como seria bom ficar radiante tão facilmente.

O clube dos perdedores

Maddy temia contar tudo a Cath, mas era preciso. Cath era sua cúmplice naquele caso de amor. Naquele ex-caso de amor.

Cath surtou.

— Você tem que matá-la! Estou falando sério. Você tem que esmagar a carinha bonita de Grace numa poça de sangue.

— Não bato em pessoas, Cath.

— Agora é a hora de começar.

— Quase desejo fazer isso.

— Essa é simplesmente a pior coisa que já ouvi. — Cath continuou a sacudir a cabeça. — Isso é tão perverso! Sabia que Grace podia ser má, mas isso é o fim. Como puderam fazer isso com você?

— Acho que pensaram que era só um pouco de diversão.

— Diversão? O amor não é engraçado!

— Eles não sabiam disso.

— Não pode defendê-los, Mad. Eles são monstros. São demônios.

— Só levei tudo um pouco a sério demais — disse Maddy. — É minha culpa, na verdade.

— Besteira, Maddy Fisher. Não seja tão nobre.

— Eu não sou nobre — respondeu Maddy. — Sou infeliz.

— Ah, Deus! Por favor, não chore! Vou começar a chorar. E meu nariz vai escorrer.

Elas se abraçaram, e Maddy esforçou-se para não chorar.

— Eu o amava — confessou ela. — Ainda o amo, na verdade. Não consigo evitar. E eu não o culpo por amar Grace. Ela é tão linda.

— Ela é uma vaca — disse Cath.

Quanto mais Cath ficava sabendo sobre o que os dois tinham feito, mais enfurecida ficava.

— Você tem que impedi-los, Maddy. O que estão fazendo com Gemma é ainda pior que o que fizeram com você.

— Grace diz que é para o bem de Gemma, no final.

— Ela não se importa com Gemma. Só se importa com ela mesma. Acho que você deveria contar a Gemma.

— Ah, não. Não posso.

— Por que não?

— Bem, por causa de Joe.

— Você não deve nada a ele, Mad.

— Sei disso. Mas mesmo assim.

Era difícil explicar os sentimentos a Cath. Maddy sentia que era a única culpada por tudo, porque tinha se permitido acreditar que Joe a amava. Ela queria tanto que fosse verdade. Isso, por si só, deveria tê-la alertado. As coisas que realmente se quer nunca se tornam verdade. Não no mundo real. Mas ela havia se deixado acreditar no amor de Joe e agora merecia toda a infelicidade que sentia.

— Tudo bem, então — disse Cath. — Vou contar a ela.

— Não! Você não pode!

— Não podemos deixá-los continuar com seu pequeno esquema venenoso.

— Apenas esqueça, Cath. Esqueça isso. Não quero nunca mais ter que pensar em nenhum dos dois. Por favor.

— E Grace? Como devo me portar com ela?

— Apenas não fale sobre isso. Por mim.

— Estou cheia de Grace. Não posso te prometer isso agora.

— Sim, tudo bem. Mas não faça com que isso seja sobre mim.

Cath se esforçou para ser uma amiga leal, mas achou difícil.

— Você não quer puni-los, Mad? Não quer magoá-los?

— Não. Só quero me esconder.

— Eles é que deviam se esconder. Os dois deveriam ser colocados num saco e jogados no rio.

Esta conversa aconteceu em uma sala de aula vazia, onde as duas deveriam estar colocando os deveres de casa em dia. Maddy sentia-se incapaz de trabalhar. Desde a catástrofe, não tinha feito nada além de dormir ou chorar, exceto comer sonhos e assistir a Rich trabalhar na casa de bonecas.

Ela viu Rich novamente na escola. Ele lhe contou que tinha rastreado onde o Sr. Pico se escondera. Ele não tinha ido a lugar algum e não estava se escondendo. Estava em casa.

— Sabe a rua que leva até o campo de golfe? Há uma bifurcação com uma pista que vai para a esquerda por entre as árvores. Ele mora na pequena casa logo depois da bifurcação. Uma que parece ter sobrancelhas.

Assim que ele disse isso, Maddy soube a que casa se referia. As duas janelas no piso superior eram cobertas com telhas pontiagudas que cortavam a linha do telhado como sobrancelhas. Era uma ex-casinha de fazenda muito bonita.

— Pensei numa desculpa para ligar para ele — falou Rich. — Tenho que devolver o livro que me emprestou.

— Ah, sim. Ainda estou com ele.

— Poderia trazê-lo para a escola amanhã?

— Sim, claro. Por que quer entrar em contato com ele?

— Para ver se está bem. Ver se ele realmente não foi demitido. Aposto que aquele Jury esquisito mentiu para mim.

Joe Finnigan passou. Maddy abaixou a cabeça.

— Maddy Fisher! — gritou, enquanto passava, dando seu aceno alegre simplesmente como se nada tivesse acontecido.

Maddy corou, mas Rich pareceu não perceber. Estava seguindo a figura de Joe com os olhos.

— Esse Joe Finnigan — disse ele. — Parece sempre ter acabado de acordar de um sono bastante agradável, repleto de sonhos bastante agradáveis.

— Sim, parece — disse Maddy, agora olhando também para o distante Joe. — É uma boa descrição.

Cath se juntou a eles, mancando. Estava com uma bolha atrás do calcanhar direito.

Rich agradeceu por assinar a petição.

— Quantas assinaturas conseguiu no final?

— Duas.

— Você quer dizer que dobrei a petição?

— Pois é.

Todos riram.

— Odiei o jeito como todos ridicularizaram o que você estava fazendo — disse Cath. — E eu não ligo para o que eles acham de mim, de qualquer forma.

— Você pode se juntar ao nosso clube — falou Rich. — Nós vamos fazer camisetas com PERDEDOR escrito.

— Tem que ser realmente exclusiva — disse Maddy. — Não queremos qualquer um usando.

— Certamente não — concordou Rich. — Apenas perdedores genuínos e certificados.

Max Heilbron juntou-se a eles. Estava comendo um pacote de biscoitos.

— Eu ofereceria — disse ele —, mas quero todos para mim.

— E, além disso, você precisa se alimentar — falou Cath.

— Os melhores perfumes estão nos menores frascos — retorquiu Max.

— Então, você não pode entrar no clube. Pode, Rich?

— Sim, acho que Max pode entrar.

— Que clube?

— O clube dos perdedores — respondeu Maddy. — É exclusivo. Teremos uma camiseta.

— Quer saber? — disse Rich. — Acho que deveríamos ter dois níveis no clube. Membros normais teriam camisetas dizendo PERDEDOR. Mas os verdadeiros perdedores top teriam camisetas com ABERRAÇÃO GAY escrito.

— Tipo um cartão dourado.

— Ou primeira classe.

— Agora, um minuto aqui, pessoal — disse Max. — Entendo por que eu e Rich contamos como perdedores. Mas por que Maddy é uma perdedora?

— Notei que você não me mencionou — falou Cath.

— Confie em mim — disse Maddy. — Sou uma perdedora.

— Tem certeza de que não está só dizendo isso para me impressionar?

— Ei! Ei! — exclamou Cath. — Tudo isso está ficando fora de controle. Vamos voltar ao início, pessoal. Como identificar um perdedor. — Ela apontou para o próprio rosto. — Cara feia. — Ela apontou para Max. — Esquisitinho.

— Que gentil — falou Max, ofendido.

— Os outros são só impostores cheios de autopiedade.

Enquanto estivesse fazendo piada sobre sua tristeza, Maddy conseguia lidar com ela. Mas, logo que retomava a rotina da escola, a tristeza aumentava, estourava seus limites e ameaçava afogá-la. Todos os lugares públicos da escola eram áreas perigosas: ela não queria encontrar Joe nem Grace. Mesmo quando não estavam em nenhum lugar onde pudesse vê-los, seus espíritos pairavam sobre as salas de aula e a biblioteca, pelo pavilhão desportivo e no refeitório. Ela encontrou sua cópia de *Hay Fever* enquanto remexia na mochila, e repentinamente enxergou, com uma clareza insuportável, o Joe que ela amara tanto, sentado no estúdio de dança, com o livro na mão, dizendo suas falas com um sorriso fácil. E lá estava Grace respondendo "Anormais, Simon... é isso o que somos. Anormais." E todo mundo ria.

Voltar para casa também a lembrava de Joe. Ali, do lado de fora da loja, ficava Cyril, o camelo, que sempre fora seu amigo. Mas agora ele pertencia a Joe e às memórias que lhe causavam dor. Uma vez do lado de dentro, havia Imo, que estava saindo com o irmão de Joe e que ainda não tinha perdoado Maddy pelas coisas ruins que falara sobre Leo. Mais uma semana e o período da faculdade recomeçaria e Imo estaria longe, pelo menos.

— Não sei por que você contou todas aquelas mentiras — disse Imo. — Leo conversou com Joe, e ele não sabe nada sobre isso. Nada mesmo. Não entendo. O que você tem contra Leo?

— Esquece, tá bem? Não importa.

— Mas por que você fez isso?

— Não sei. Simplesmente fiz. Me deixe em paz.

Ela desenterrou a cópia de *A arte de amar*, mas não leu mais. Quem precisava da arte quando não havia ninguém para amar? Ela levou o livro para a escola no dia seguinte e devolveu-o a Rich.

— Você se entendeu com ele? — perguntou Rich.

— Só li algumas páginas. É um pouco teórico demais para mim.

— Eu o achava muito bom, mas agora não consigo lembrar o porquê.

— Quando vai visitar o Sr. Pico?

— Não sei. Talvez hoje.

— Diga a ele que todos nós sentimos muito que a peça tenha sido cancelada.

No momento, Maddy não sentia absolutamente nada. Teria sido impossível ensaiar com Joe e Grace, agora que tudo mudara.

— Quer saber de uma coisa? — disse Rich. — É um pouco complicado para mim... visitar Pablo, com toda essa coisa de ser gay rolando. Mas, se você fosse também, seria diferente.

— Tipo sendo sua dama de companhia?

— É, algo assim.

— Bem, acho que posso ir.

Maddy não estava muito interessada em ver o Sr. Pico, mas começava a perceber que gostava de sair com Rich. De alguma forma, provavelmente porque também tinha sido magoado por Grace, ele era a única pessoa que não a irritava. Mesmo Cath conseguia ser irritante porque continuava com muita raiva do que tinha acontecido.

— Olhe para eles! — sibilava para Maddy, sempre que Grace ou Joe passavam. — Eles não têm vergonha! Vamos cuspir neles!

Sendo assim, Maddy concordou em ser a dama de companhia de Rich e visitar o Sr. Pico. Seria mais algumas horas longe do sorriso compassivo de Cyril.

O segredo do Sr. Pico

No caminho para a casa do Sr. Pico, eles conversaram sobre seus filmes favoritos. Em uma concessão à honestidade, Maddy admitiu que ainda amava *A noviça rebelde*. Rich confessou que, para ele, o melhor filme do mundo tinha sido *Era uma vez no Oeste*. Ele explicou a longa sequência de abertura, que envolvia um trem.

— Por que é tão bom? — perguntou Maddy.

— É incrível. Espere para ver. A música é ótima também. Tudo que Ennio Morricone já escreveu é ótimo. É lírico e estranho ao mesmo tempo. Como Philip Larkin. Conhece os poemas de Larkin?

— Na verdade, não.

— Larkin é um dos meus deuses.

Ele citou de cabeça:

"Estranho não saber nada, nunca ter certeza
Do que é verdade, certo ou real"

Maddy não se importava que Rich conhecesse coisas que ela não conhecia. Ele não era uma ameaça para ela; apenas um garoto estranho com quem achava fácil conversar, talvez porque os dois tivessem sido feridos na mesma guerra. De certa maneira, Rich existia fora de seu mundo social, então Maddy não se incomodava com a opinião que ele tinha dela, e nunca se perguntava qual sua opinião sobre ele. Gostava do fato de Rich ter todos esses gostos excêntricos, mesmo porque Morricone, Larkin e os Beach

Boys não tinham feito parte de sua vida até então, e, por isso, não desencadeavam lembranças dolorosas.

— Você realmente lê poesia, Rich? Quero dizer, outras que não sejam para a escola?

— Sim.

— Por quê?

— Coloca em palavras aquilo que você sente. — E então disse, após uma pausa: — Se eu achasse que todo mundo que já existiu fosse como os idiotas da escola, eu me mataria.

— Por que você quer ser diferente de todo mundo?

— Por que eu iria querer ser como eles? Só falam sobre futebol e carros. Tudo que querem são tetas e bebida.

Maddy riu.

— E você não?

— Bem, não é que eu fosse reclamar. Mas é isso? É o mais longe que seus sonhos conseguem chegar?

— Ainda assim, Rich, você realmente deveria ter um celular.

— O que isso tem a ver com tudo?

— Não pode simplesmente viver no próprio mundo.

— Sim, posso. E, de qualquer forma, não sou só eu. Tenho Philip Larkin, Bob Dylan, Janis Joplin e William Blake.

— Mas estão todos mortos.

— Dylan não está morto.

— Você é estranho.

— Obrigado. Vou considerar como um elogio.

Estavam subindo a rua em direção ao campo de golfe. Agora, chegavam à casa onde diziam morar o Sr. Pico.

Rich aproximou-se da porta e, então, hesitou.

— Acha que ele vai se importar?

— Não acho que ele esteja em casa — disse Maddy.

Todas as cortinas estavam fechadas.

— Talvez tenha cometido suicídio — sugeriu Rich.

— Deus do céu, Rich! Não diga uma coisa dessas.

— Não quero tropeçar em seu cadáver em decomposição. Fico enjoado com coisas assim.

— Sério.

Maddy bateu à porta.

— Você lê muitos livros — disse ela. — Ser diferente, tudo bem. Ser uma aberração, não.

— Nem ser comum — retorquiu Rich, irritado.

— Não sou comum. Está dizendo que sou comum?

— O que em você não é comum?

— Bem, estou aqui com você, para começar.

— Verdade. Ainda há esperanças.

Veio, do outro lado da porta, um som de pés se arrastando. Uma voz zangada gritou:

— Quem é?

— Sou eu, senhor — disse Rich. — Trouxe seu livro de volta.

— Eu quem? Que livro?

— Richard Ross, senhor. O livro de Eric Fromm.

Houve silêncio, depois o som do ferrolho sendo destrancado. A porta se abriu revelando o Sr. Pico com o que parecia uma camisola. Ele os fitou com os olhos piscando através das lentes grossas.

Ele apontou um dedo acusador para Maddy.

— Tem mais alguém.

— Maddy veio comigo porque...

Rich não conseguia pensar numa boa razão para Maddy estar ali, além da razão verdadeira, então deixou que a frase desaparecesse gradualmente.

— Eu queria ter certeza de que o senhor estava bem — disse Maddy.

— Ah — balbuciou o Sr. Pico. Ele franziu as sobrancelhas para Maddy. — E eu estou bem?

— Sim — respondeu Maddy. — Acho.

— Não é uma camisola, sabem. É um *djellaba*. Os homens usam isso no Marrocos. Perfeitamente normal.

— Sim, senhor — disse Rich.

O Sr. Pico olhou para eles em silêncio por um tempo.

— Bem, é melhor vocês entrarem — falou.

Seguiram-no até uma entrada minúscula. Ele fechou a porta, colocando o ferrolho. Rich encontrou os olhos de Maddy: será que haviam caído em algum tipo de armadilha?

O Sr. Pico os levou para o que já fora uma sala de estar. Ali, na escuridão das cortinas fechadas, estava uma poltrona única, com uma lâmpada de leitura poderosa inclinando-se sobre ela, e uma mesa ao lado. Em cima desta, havia uma garrafa de vinho, um copo e duas vasilhas. Uma vasilha continha azeitonas, e a outra, caroços. O restante da sala estava completamente lotado com pilhas de livros e revistas. Algumas pilhas eram baixas, com não mais que quatro ou cinco livros; mas outras eram grandes torres escoradas, paredes de livros alcançando o teto, apoiadas por montes de revistas amontoadas, a maioria edições de *The New York Review of Book*.

O Sr. Pico permaneceu parado na sala, com a testa franzida e repentinamente ciente de suas limitações.

—Temo que não haja realmente nenhum lugar para vocês sentarem — disse.

— Sim, há — falou Maddy. — Podemos fazer bancos de revistas.

Ela escolheu uma pilha de revistas de uma altura adequada e sentou-se.

— Podem mesmo. Vocês me achariam muito rude se eu me sentasse na minha cadeira de sempre?

— Claro que não. Esta é sua casa.

Rich ouvia Maddy surpreso. Ela estava lidando com as coisas tão bem.

O Sr. Pico sentou-se em sua cadeira. Rich seguiu o exemplo de Maddy e tomou assento em uma pilha de *New York Reviews*.

— Imagino que isso soe ridículo para vocês — disse o Sr. Pico —, mas acho que um dos maiores prazeres em um mundo contrariamente insatisfatório é sentar-se em uma cadeira confortável.

Ele estendeu a mão para pegar uma azeitona, comeu-a e transferiu discretamente o caroço de sua boca para a tigela.

— Gostariam de uma azeitona?

Os dois sacudiram a cabeça.

— Então vieram se certificar de que eu estava bem, certo? Acho bastante cívico da parte de vocês. Houve uma época em que teriam chamado isso de ato cristão. A preocupação com os outros agora é vista como função do Estado. Sim, estou bem.

O professor sorriu para eles e acenou com a cabeça, fazendo-os entender que tinha decidido ficar satisfeito com a visita deles.

— Ninguém informou por que o senhor foi embora — disse Rich. — O senhor vai voltar?

— Não. Não vou voltar.

— Rich começou uma petição — disse Maddy. — Para apoiar o senhor.

— É mesmo? Quantas assinaturas conseguiu?

— Não muitas — respondeu Rich. — O diretor me deteve. Ele disse que o senhor pediu uma licença por razões pessoais.

— Isso é perfeitamente verdade.

— Ah. — Rich não conseguia esconder o desapontamento.

— Achei que o Sr. Jury estivesse somente contando uma mentira para me fazer parar.

— Você não tem uma boa opinião sobre o Sr. Jury?

— Acho que ele é um verme repugnante.

— É um pouco grosseiro. — Mas seus olhos brilharam de divertimento. — Ele fez o que pôde para tolerar minhas excentricidades. Nunca me pediu para ir embora. Mas também não insistiu para que eu ficasse.

— Queria que o senhor voltasse — falou Rich. — E Maddy também.

— Sim, eu quero — concordou Maddy.

O Sr. Pico suspirou.

— Existem dificuldades — disse ele. — Houve reclamações. Parece que meus métodos de ensino não são apreciados. E houve sugestões de que sou um perigo para os alunos. — Ele sacudiu a cabeça tristemente. — Tudo muito doloroso.

— Mas é absurdo — reclamou Rich.

— É. Mas, como Sócrates aprendeu, estar certo não é suficiente. Às vezes, os delírios da multidão são muito poderosos para ser superados. Também, vocês sabem, todos queremos ser queridos.

— O senhor é querido.

— Quantas assinaturas você conseguiu?

— Eu teria conseguido mais se tivesse continuado.

— O Sr. Pico está certo, Rich — disse Maddy. — A maioria da turma não te entende, senhor. Eles o acham estranho.

— Isso é um eufemismo, Maddy?

— Como é, senhor?

— Está dizendo que eles acham que sou gay.

Maddy hesitou. Depois disse:

— Sim, senhor.

— Já que vocês se deram ao trabalho de me contatar para devolver meu livro — ele bateu no livro em seu colo —, o mínimo que posso fazer é satisfazer a curiosidade de vocês. Por favor, preparem suas jovens mentes para um choque. O que veem diante de vocês é um homem sem sentimentos sexuais por qualquer gênero. Sou gay? Não faço ideia. Tive afeições fortes em minha vida por jovens. Mas interesse sexual, não. Sou tão neutro quanto um gato castrado.

Ele sorriu para os dois e comeu outra azeitona.

— Certo — disse Rich.

Houve silêncio.

— Sim, eu sei — disse o Sr. Pico. — É tudo muito constrangedor. Viola algo fundamental na natureza humana. Mas aí está. Tenho certeza de que sentem muita pena de mim. Minha deformidade vem com um custo, claro. Vivo sozinho. Sou sozinho. Mas fora isso, devo pedir que acreditem que, do meu jeito, vivo uma vida rica, variada e gratificante.

— Imagino — falou Maddy — que isso o permita realizar outras coisas. — Ela olhou ao redor da sala cheia de livros. — Como ler.

— Como ler, certamente — disse o Sr. Pico. — E ler, você sabe, é a melhor "outra coisa" que existe. Ler é o mundo inteiro.

— Mas o senhor deveria continuar ensinando — insistiu Rich.

— Quantas assinaturas, Rich?

— Isso não significa nada.

— Prefiro ensinar para aqueles que querem ser ensinados. Por que eu deveria impor minhas excentricidades àqueles que não veem nenhum benefício nelas? Tenho que encontrar o lugar onde me encaixo.

— Quero ser ensinado pelo senhor.

— Eu também — disse Maddy.

— Tudo bem — falou o Sr. Pico. — Aqui estamos. Quem precisa de escola?

Ele pegou a garrafa de vinho e encheu seu copo. Estava prestes a levá-lo aos lábios quando se lembrou dos convidados.

— O que estou pensando? É assim que se vê a força do hábito de se estar sozinho. Deixou-me mal-educado. Aceitam um copo de vinho branco?

— Sim, obrigada — disse Maddy.

— Pode ser — respondeu Rich. — Obrigado.

O Sr. Pico saiu da sala em busca de copos. Rich e Maddy falaram aos sussurros:

— É o primeiro professor que já me ofereceu uma bebida — disse Maddy.

— Não estamos na escola agora.

— Ele é amável.

— E um pouco triste — disse Rich.

O Sr. Pico voltou e encheu mais dois copos. Levantou o seu para brindar.

— Às outras coisas.

Depois de alguns goles de vinho, os três se soltaram. Rich saiu da sua pilha de revistas, que tinha começado a fazer suas costas doerem, e sentou-se no chão encostado à porta. Maddy se rearranjou sentando de pernas cruzadas. O Sr. Pico abriu o livro que Rich tinha devolvido a ele, e virou as páginas, procurando por uma passagem específica.

— Espero que tenha sentido um gostinho do quão radical Fromm pode ser — disse. Leu em voz alta: — "Enquanto um está conscientemente com medo de não ser amado, o medo real, embora geralmente inconsciente, é o de amar."

Ele abaixou o livro e os examinou.

— Interessante, não?

— Mas não tenho medo de amar — disse Maddy. — Só estou com medo de não ser correspondida.

— Você não acha que amor gera amor?

— Não. Não mesmo.

— Nem eu — disse Rich. — Diria que é o oposto. Amar alguém faz com que eles não queiram amar você.

— Ah, querido — falou o Sr. Pico. — Então como esse negócio de amor é conduzido?

Conversaram sobre amor e livros até a garrafa de vinho acabar. O Sr. Pico não lhes ofereceu mais.

— No auge dos rumores sobre mim — comentou ele —, talvez vocês não devessem ser vistos ficando aqui por muito tempo.

Eles apertaram sua mão estendida e agradeceram. O professor os levou à porta da frente.

— Devo visitar o sul, provavelmente — disse. — Sinto a necessidade de luz do sol.

O ferrolho fechou deslizando na porta atrás deles. Rich e Maddy voltaram para a rua em silêncio. Quando viraram no final da High Street, Maddy olhou para trás, para a encosta e a pequena casa.

— Acho-o incrível — disse ela. — Queria ter prestado mais atenção em suas aulas.

— Ele é o único professor de verdade que já tive.

A experiência compartilhada da sala excêntrica do Sr. Pico, seu vinho e sua conversa os fizeram sentir-se estranhamente íntimos.

— Foi engraçado o que ele falou sobre o amor — disse Maddy. — Sobre as pessoas terem medo de amar.

— Concordo com você — falou Rich. — Tenho mais medo de não ser amado.

— Você ainda pensa em Grace?

— Às vezes.

— Você a odeia?

— Não.

— Você ainda a ama?

— De certo modo. — Ele soou envergonhado. — Sei que é patético.

— Não. Eu entendo. Exatamente.

Maddy estava pensando em como, apesar de tudo, ela ainda pensava em Joe e ele ainda lhe parecia perfeito.

— Eu me interessei por alguém e não deu certo — confessou ela. — Mas não consigo parar de pensar nele.

— Quem era?

— Joe Finnigan.

— Ah, bem. Não estou surpreso que tenha se interessado por ele. Ele é para cima, se entende o que quero dizer.

— Sim, sei o que quer dizer.

Maddy sentiu-se agradecida por Rich entender sobre Joe. Claro que ele não sabia nada sobre o jeito terrível como Joe a tinha tratado, ou que a própria amada Grace era a namorada secreta dele. Mesmo assim, Rich foi generoso em relação a Joe, quando poderia ter sido maldoso.

— Não era nada de mais — disse ela.

— Nunca fui além do estágio platônico, na verdade.

— Nem eu — disse Maddy. — Ah, Deus. Por que tudo isso tem que ser tão difícil?

Eles chegaram à bifurcação no caminho.

— Escute, Mad — disse Rich —, você se lembra da festa de minha avó, sobre a qual escrevi naquelas cartas estúpidas para Grace?

— Lembro a parte do papa.

— Minha mãe quer que eu consiga alguém para ajudar a servir as comidas e bebidas. Estava pensando se você faria isso.

— Não vejo por que não. Quando é?

— Hora do almoço, sábado.

— Sim, tudo bem.

— Ótimo.

Depois, enquanto ia embora, Maddy perguntou:

— E não vou receber uma carta do papa também?

Maddy tem pensamentos monstruosos

A volta do pai de Maddy da China não foi um sucesso. Talvez ela alimentasse altas expectativas. Maddy chegou da escola e o encontrou sentado na cadeira entalhada com o apoio de braço quebrado: pernas esticadas, olhos fechados. Ele parecia mais magro e pálido do que ela se lembrava. Seu primeiro pensamento foi: "Não conheço esse homem." Ele ficara fora durante dois meses, não tanto tempo assim, na verdade. Mas, daquela vez, o retorno parecia incompleto.

— Pai! Você voltou!

Ele esticou-se com esforço e abriu os olhos.

— Maddy. Como está minha pequena Madkin?

Ela o beijou e puxou uma cadeira para perto a fim de se sentar de frente para ele.

— Você deve estar sofrendo tanto com o fuso horário. Está se sentindo terrível?

— Quase tão mal quanto pareço. Não consigo ficar acordado.

— Que bom que está de volta, pai. Nada tem graça sem você.

Ele sempre parecera jovem para Maddy, jovem para um pai, mas agora parecia velho. Talvez não tanto pela aparência, porém mais pelo jeito, seu jeito leve de não levar a sério os problemas da vida. O dar de ombros sorridente que, de alguma forma, fazia Maddy sentir como se nada pudesse dar errado. Mas sua vivacidade o tinha abandonado agora.

Imo havia saído com os amigos. Maddy fez o que pôde para transformar a noite em uma celebração, mas seu pai estava cansado e a mãe não estava no clima.

— Jen me deu a alegre notícia — disse ele. — Parece que estamos falidos.

— Eu não disse isso — argumentou a mãe de Maddy. — Contei que estamos quase falidos. Até onde consigo compreender.

— Nas palavras de Buda — ele sorriu para Maddy, as pálpebras caindo de cansaço —, isso também vai passar.

— Tudo o que sei sobre Buda — disse sua esposa — é que você comprou dois Budas de pedra que custaram mais de mil libras só de frete e que ainda não foram vendidos.

— Pega leve, mãe — defendeu Maddy. — Papai acabou de voltar.

— Todas as coisas têm solução — falou o pai.

Com isso, ele se levantou da mesa e fez uma saudação irônica.

— Câmbio e desligo. Vejo todos de manhã. Amanhã é um novo dia.

Maddy foi deixada sozinha com a mãe.

— Está tão ruim assim, mãe?

— Ah, imagino que não. Só que é verdade que todas as coisas têm solução, mas sou eu quem tem que solucioná-las. E não vejo mais como conseguirei isso.

— Não será mais fácil agora que papai está em casa?

A mãe de Maddy fitou-a em silêncio por um tempo.

— Espero que sim — disse.

Maddy retirou-se cedo para o quarto. Sozinha ali, os pensamentos foram do pai para Joe. O problema dos homens era que pareciam preguiçosos. Faziam como achavam melhor no momento. Joe tinha um problema com Gemma e pensava que encontraria uma saída elegante para simplesmente prosseguir. Era apenas um jogo, nada sério, tirando o fato de ele nunca ter tido o trabalho de pensar como seria para ela. Não, Joe simplesmente assumira que ela também levaria numa boa. Não era o pior crime do mundo, apenas imprudente, descuidado.

Sem amor.

Garotos não amam.

A simples verdade atingiu Maddy com a força de uma revelação. Garotos não eram equipados para amar. É por isso que as meninas nunca conseguiam se acertar com eles. Acreditam que eles têm a habilidade de amar quando, na maioria das vezes, escolhem não ter. Mas e se simplesmente não conseguissem?

Isso explicaria por que só querem saber de sexo. Sexo é a única coisa relacionada a amor que conhecem. Conseguem compreender o sexo. Conseguem sentir. É algo que acontece a eles sem que precisem ter o trabalho de conhecer qualquer coisa sobre a outra pessoa. Esta pode ser Amy, a coelhinha, eles não ligam. Não precisam de nomes ou rostos. Sexo é amor sem a complicação da outra pessoa. Sexo é amor sem amor.

Ela ligou para Cath.

— Oi, querida. Estou tendo pensamentos monstruosos. Acho que é bem possível que esteja surtando.

— Uau! Isso é tão legal! Você acha que teremos que te internar?

— Por que será que sempre fui tão preconceituosa em relação a drogas pesadas?

— Mad, isso é tão selvagem! Vamos virar viciadas em heroína, ficar dependentes e morrer num banheiro?

— É *isso*, Cath. É *isso* mesmo. Autodestruição. Eu me identifico com isso.

— Ou podíamos furtar lojas e ser presas. É um pedido de ajuda bem conhecido.

— Ou podíamos simplesmente pedir ajuda.

— Ah, Mad. Posso ouvir seu chamado. O que aconteceu?

— Não sei. Papai voltou para casa. Acho que pensei que ele seria capaz de fazer tudo ficar bem, mas não pode.

— Não conte com os homens, Mads.

— Mas não é porque os homens são maus. Eles não são. Só não estão nem aí. Esse é meu pensamento monstruoso. É por isso que o amor nunca funciona. Os garotos não ligam.

— O quê? Nenhum garoto?

— Nenhum.

— Você não acha que algum talvez seja legal?

— Não conheço um único que seja remotamente legal.

— E Rich?

— Rich é diferente. Ele é meu amigo. Como você é minha amiga. Amigos são basicamente mulheres.

— Então Rich é mulher.

— Mais ou menos. Você sabe o que quero dizer.

— Só que ele é, na verdade, homem.

— Sim, mas você não pensa em transar com Rich.

— Não. Acho que não.

— De qualquer forma, os garotos não se importam realmente, então não vejo por que deveria me importar. Posso transar com quem quiser e nunca nem ver o rosto dele.

— Sério? — Cath soou intrigada, mas incrédula. — Com um total estranho?

— Quanto mais estranho melhor. Desse jeito será só pelo sexo. Desse jeito, o fato de ele não ligar não vai me atingir, porque eu também não estarei nem aí.

As ideias vinham enquanto as palavras se formavam. Era tão libertador conversar com Cath, porque ela podia dizer coisas que talvez não quisesse de verdade, só para saber como soavam.

— Se é só pelo sexo, é melhor que o sexo valha a pena — disse Cath. — Se tudo o que você quer é foder, é melhor que seja uma boa foda.

Sempre confie em Cath para abaixar o nível da conversa e torná-la mais suja.

— Talvez tudo que eu queira seja foder. — Era divertido dizer as palavras, mas, mesmo quando as dizia, Maddy sabia que não era verdade. — Maldito Joe Finnigan. É tudo culpa dele.

— E de Grace.

— Eu poderia me tornar freira, em vez disso.

— Ou lésbica.

— Qual o objetivo de virar lésbica? Nunca entendi. Garotas são amigas. O grande lance dos amigos é que você não confunde as coisas com sexo.

— Quer saber, Mad? Todas essas coisas que está dizendo, são coisas que penso toda hora.

— São?

— Ser eu é diferente de ser você.

— Então você passa o tempo inteiro com raiva e triste, como se toda a sua vida não tivesse sentido e o mundo ficasse pior a cada dia?

— O tempo inteiro.

— Deus do céu, Cath. Eu não sabia. Achava que era tudo, tipo, uma piada.

— Não. Na verdade não.

— Você deveria ser minha melhor amiga, e eu não sabia. Isso é terrível. Isso é o que Joe fez comigo. Ele achou que era só um pouco de diversão. Venho me comportando como um garoto. Talvez eu seja um garoto.

— Então. Isso é complicado.

Preparando-se para dormir aquela noite, Maddy achou que sua menstruação tinha descido. Todo mês, ela a pegava de surpresa. Outras pessoas tinham cólicas, mudanças de humor ou simplesmente sentiam em seus corpos, mas Maddy nunca sentira nada. Ela era grata por isso, mas ainda se sentia, de alguma forma, surpreendida por seu corpo, como se ele tivesse os próprios planos e não visse necessidade em consultá-la.

Então, ela precisava tomar uma decisão. Se fosse tomar a pílula, aquela era a hora de começar.

Ela tirou a caixa branca e verde do esconderijo e a olhou, como se sua visão fosse, de alguma forma, dar um foco aos pensamentos. Outrora, naquela época distante e perdida em que visitara o centro de saúde e obtivera a prescrição, tudo fora por causa de Joe Finnigan. Ela corou, mesmo sozinha no quarto. Outrora, a caixa branca e verde prometera a proximidade definitiva com Joe. Mas eles sequer se beijaram.

Não havia por que começar a tomar as pílulas, então. Devia deixá-las até existir alguma possibilidade de ação. Em um futuro inimaginável, com algum garoto inimaginável.

Por outro lado, se essa oportunidade aparecesse, seria estranho ter que esperar semanas antes de agir. Às vezes, você só precisa prender a respiração e pular. Além disso, tomar a pílula iria limpar sua pele e regularizar sua menstruação. O que haveria para se preocupar além de mudanças de humor, ganho de peso, sensibilidade mamária, náusea e dores de cabeça?

Como Cath diria, é complicado.

Maddy tirou uma cartela verde de pílulas. Havia 21 pequenos comprimidos amarelos e 21 bolhas com dias. Então, sete dias de intervalo. Na terra da contracepção, cada mês durava 28 dias, como se todo mês fosse fevereiro. Uma vez começando, seria preciso continuar tomando-as ou não funcionariam. Imagine tomar uma pílula toda noite por um ano e então esquecer. Na manhã seguinte, você está grávida. Isso é tão brutal. Tão implacável. Quem imaginaria que todas aquelas pílulas ingeridas seriam ineficazes? Esqueça apenas uma e todas as que já tomou viram perda de tempo. Seria de se imaginar que elas viriam com um sistema que permitiria certa confusão de vez em quando. Ou seja, agora haveria algo mais para se preocupar no futuro próximo, juntamente aos namorados, exames, crises financeiras, aquecimento global e a falta de significado da vida.

De qualquer forma, a ideia toda a fez sentir-se uma fraude. Pior, uma piada. Olhe para Maddy, toda pronta para o rock and roll, e ninguém está tocando. Sério, qual o objetivo?

E, ainda, o tempo todo ela sabia, no fundo, que faria isso. Era seu pequeno ato de fé no futuro. Alguma superstição não provada sussurrou que tomar a pílula iria mudá-la. Seu corpo saberia que poderia seguir sem consequências e se comportaria diferente. Talvez até ficasse sexy. Os garotos sentiriam isso. Como um táxi com os faróis acesos. E quem sabe? Talvez um dia, Joe lhe enviasse outro e-mail.

Maddy tirou a primeira pílula de sua bolha e a engoliu com a água da caneca de escovar dente.

Ali estava. Ela havia começado.

A vida seria diferente de agora em diante.

A festa de 80 anos de vovó

— Você está muito bonito, Richard — disse o tio-avô Freddy, parado como uma vareta na pequena sala de estar. — Vejo que está admirando meu terno. Espero que esteja se perguntando quanto custou. Alfaiataria como esta custa 2 mil libras pelo menos, né? Tente adivinhar de novo!

— Não sei realmente quanto custa um terno — disse Rich.

— Foram só 350 libras! Que tal? Ficou sem ar, não? — Ele abaixou a voz para um sussurro. — Hong Kong. Pela internet. Aí está, contei.

O tio-avô Freddy alisou as lapelas do paletó cinza-claro com as mãos brancas e balançou a cabeça para Rich. Estava com 70 e muitos anos, era alto, esguio, distinto.

— Vou revelar o segredo de meu sucesso, Richard. Você já é um jovem rapaz. Precisa saber das coisas. Talvez queira escrevê-las. Três pequenas palavras. Postura. Alfaiataria. E silêncio.

Ele levantou o queixo e arregalou os olhos, mirando Rich com um olhar afiado, sem pestanejar.

— Obrigado — disse Rich.

— Fique ereto. Use ternos bem cortados. E não diga nada. Você vai dominar o mundo. Olhe só para mim. Eu me aposentei em um regime de pensão de dois terços de meu último salário como vice-presidente de Relações Públicas do segundo maior importador de equipamentos médicos do país.

— É melhor eu ajudar a mamãe.

— Faça isso, meu garoto. E, se aquelas salsichas estiverem prontas, ficarei feliz em experimentar duas ou três.

Rich atravessou a sala em direção à cozinha, onde Sue Prior, imensa e imperturbável, estava grelhando salsichas e assando batatas.

— Ainda não é a hora, é? — perguntou ela.

— Não. Ainda não. — Ele roubou uma salsicha.

— Deixe-as em paz.

A irmã de seu pai, Mary Harness, encontrou-o ali.

— Rich — sussurrou, chamando-o para o corredor. — Tenho um presente muito especial para minha mãe, mas acho que ela não será capaz de mexer nele sozinha. É um aparelho de som da Bose. Cá entre nós, custou 650 libras, então quero ter certeza de que ela saberá o que fazer com isso. Quando ela abrirá os presentes?

— Depois do almoço, acho — respondeu Rich.

— Peter e eu temos que sair às 4 da tarde. A verdade é que eu nem deveria estar aqui. Estou perdendo o primeiro dia de reuniões da empresa, o que levantou algumas sobrancelhas, acredite em mim. E Peter nunca tem um minuto livre, para variar.

John Staples, um primo qualquer e homem de idade indeterminada, parecia desocupado perto da porta dos fundos.

— E aí, Richard? — murmurou, com os olhos vagando, sem nunca se deter em nada totalmente. — O que seus pais acham de fumar dentro da casa?

— Eles não gostam, receio.

— Muito compreensível. Vou para fora. Para aliviar a dor, sabe. Tenho uns espasmos de dor.

Peter Harness, marido de Mary, estava sentado diante da lareira apagada na sala de estar, lendo o jornal sombriamente. Na sala de aula, a mãe de Rich tocava piano e ensaiava a música com as crianças do Passos Minúsculos pela última vez, observada por alguns pais. Kitty pintava um cartão de aniversário na mesa da sala de aula. Geoffrey e Carol Mudford, amigos e contemporâneos da avó, sentaram-se lado a lado no banco na sala para não atrapalhar ninguém. A própria avó ainda não tinha descido.

A campainha tocou. Geoffrey Mudford abriu a porta. Era Maddy Fisher.

— Vim ajudar — disse ela.

Kitty a viu pela porta da sala de aula e olhou com uma curiosidade descarada.

— Rich! — gritou ela, sem largar a pintura.

Rich apareceu.

— Graças a Deus você conseguiu vir — disse ele. — Isso aqui está uma loucura.

— O que quer que eu faça?

— A festa ainda demora pelo menos mais meia hora. Sabe o que seria realmente útil? Falar com os parentes velhos e horripilantes. Mantê-los longe de minha mãe.

— Tudo bem. Farei meu melhor.

O pai de Rich, Harry, desceu as escadas do escritório no primeiro andar, pisando acidentalmente no pé de Carol Mudford enquanto passava.

— Eu e meu pezão — falou Carol Mudford, com uma risada reverberante.

— Oi! — Harry Ross cumprimentou Maddy. — Eu deveria conhecê-la, mas não conheço.

— Sou Maddy Fisher. Amiga de Rich. Vim ajudar.

— Ah, bom. Falaram para eu fazer o discurso. Não posso mencionar Esparta.

Geoffrey Mudford acenou com a cabeça de um jeito amigável para Maddy.

— Conheço a Dorrie desde que eu tinha sua idade — disse ele. — Era uma garota muito bonita.

Carol Mudford deu sua pequena risada reverberante novamente.

— Geoff teria se casado com ela se Dorothy tivesse aceitado — falou Carol. — Mas ela disse "não, obrigada", então ele teve que se virar comigo.

As crianças do Passos Minúsculos vieram em bando para brincar no jardim. John Staples estava por lá, esticado numa cadeira e fumando um cigarro com um formato estranho.

— Eca! Eca! — gritaram as crianças. — Está um cheiro engraçado aqui fora.

A mãe de Rich sorriu distraidamente para Maddy.

— Sou Maddy. Amiga de Rich, sabe?

— Ah, sim. Ele falou. É muito gentil de sua parte ajudar. Harry, teremos que mover o piano. Talvez você e Peter possam resolver isso.

Mary Harness deteve a mãe de Rich.

— Joanna, sobre os presentes. A mamãe vai abri-los quando recebê-los ou mais tarde?

— Realmente não faço ideia.

— É só porque comprei algo que precisar de alguma explicação e temos que estar na estrada às 4 da tarde, no mais tardar.

A mãe de Rich seguiu em frente, distraída.

O olhar frustrado de Mary Harness caiu em Maddy.

— Você não pode imaginar quanto trabalho tive persuadindo Peter a vir hoje. Em tempos como esse, não se pode tirar o olho do jogo por um segundo.

A porta dos fundos abriu e fechou, deixando entrar um cheiro doce de fumo. John Staples pairou diante de Maddy com uma mão afagando os longos cabelos grisalhos.

— Não ligue se eu for lá fora de vez em quando — disse ele. — Tenho esses espasmos de dor. Tenho isso há anos.

— Ah. Sinto muito.

— Os médicos não podem fazer nada, claro.

— É muito ruim?

— Como ter unhas de 15 centímetros marteladas no crânio. Bem aqui. — Ele indicou as têmporas.

Rich e o pai passaram em direção a sala de aula para mover o piano. Rich lançou um olhar a Maddy, que dizia: "Consegue aguentar?" Ela sorriu.

O tio-avô Freddy apareceu, andando vagarosamente.

— Olá, John — cumprimentou ele. — Olá, mocinha. Não me diga quem é, vou acabar esquecendo mesmo. Sou Fred, o irmão mais novo de Dorothy. Disseram que tem salsichas. Você viu alguma?

— Não, até agora não. Quer que eu procure para o senhor?

— Talvez seja muito cedo. Temos que seguir as regras da casa, sabe. Diga, minha querida. Você diria que estou arrumado demais?

— Não. Não mesmo.

— Achei que deveria levantar a bandeira. Mas "casual" é a palavra esses dias. Claro, você precisa ter aparência para isso.

Maddy o olhou inexpressiva.

— Para a alfaiataria, quero dizer — explicou Fred. — Tenho o mesmo peso há 50 anos. Nada do que me vangloriar, só uma besteira qualquer. Mas isso significa que, mesmo que não possa fazer muito, posso usar um terno decente.

Rich reapareceu e se espremeu entre o tio Fred e os Mudford.

— Mad, me ajude a carregar as cadeiras. Todas as que estão na sala de aula são minúsculas.

Maddy ajudou a carregar as cadeiras. Os Mudford acharam que estavam no caminho e entraram na sala de aula para ficar discretamente no lugar onde Maddy precisava colocar as cadeiras. Depois, ela e Rich pregaram um cartaz feito de feltro que dizia: DOROTHY - 80 ANOS MAIS JOVEM.

A sala de aula estava iluminada com cores primárias. As criações com tinta salpicada das crianças do Passos Minúsculos, pregadas nas paredes, deram à sala um ar de caos infantil.

Os Mudford retiraram-se para o canto onde os bichos de pelúcia maiores estavam empilhados.

Kitty terminou seu cartão.

— Mas que diabos é isso? — perguntou Rich.

— São os seis pretendentes de vovó — explicou Kitty. — Olhe. É óbvio. E essa é vovó, escolhendo o vencedor.

Os desenhos eram todos versões simplificadas de modelos, então tanto a avó quanto os seis pretendentes eram altos e esguios. A avó estava apontando para o vencedor com uma vara comprida.

— Não consegui fazer seu braço longo o suficiente para alcançar — disse Kitty.

Agora que o cartão de aniversário estava pronto, Kitty juntou-se a Maddy.

— Vou te dizer quem é todo mundo — falou ela. — Aquela com o rosto reluzente é minha tia Mary. Temos que chamá-la apenas de Mary.

Mary Harness pegou Maddy como ajudante.

— Está vendo o homem lendo o jornal? Aquele é meu marido, Peter. Pode levar uma salsicha para ele? Ele fica tão irritado se não comer à 1 hora em ponto.

— Imediatamente — disse Maddy.

— Então, Kitty — falou Mary Harness. — Você deve estar muito orgulhosa de sua avó.

— Sim, estou.

— Imagino que às vezes seja um pouco incômodo tê-la morando com vocês. Mas, dessa maneira, Harry e Joanna ficam com a casa. Não tem jeito de vocês bancarem uma casa desse tamanho com o salário de Harry.

— Está tudo bem — disse Kitty. — Nós amamos a vovó.

A avó agora descia no elevador de escada, usando um vestido de lã marrom e um colar de pérolas. Os convidados locais estavam começando a chegar. Era hora da festa.

A mãe de Rich destrancou a porta dos fundos e deixou as crianças do Passos Minúsculos voltarem do jardim. John Staples as seguiu, tateando as paredes. O pai de Rich parecia ter voltado para o escritório do primeiro andar, e alguém teve que buscá-lo.

Sue Prior anunciou que as batatas assadas estavam prontas. Rich, Maddy e Kitty levaram as salsichas e batatas para a sala de aula.

Acenando com a cabeça, a avó sentou-se na única poltrona e sorriu enquanto seus presentes empilhavam-se em um dos lados. As crianças do Passos Minúsculos alinharam-se em frente ao piano. Geoffrey e Carol Mudford sentaram-se nas poltronas das crianças para não ficarem no caminho. O tio-avô Freddy deu um beijo na aniversariante.

— Aí está, irmã. De seu irmão caçula.

Mary Harness contou os presentes e olhou para o relógio.

— Não devíamos estar começando, Joanna?

— Estão todos aqui? Onde está Peter?

— Ah, ele está perfeitamente feliz lendo o jornal. Você sabe como ele odeia festas.

Sue Prior foi convocada da cozinha. John Staples se sentou e colocou os braços ao redor de um grande urso de pelúcia branco. Os Mudford descobriram que estavam entalados em suas poltronas pequenas, mas não disseram nada, não querendo causar um reboliço. Rich, Maddy e Kitty se posicionaram ao lado da porta.

A Sra. Ross gritou em voz clara e alegre:

— Prontas, crianças?

Ela iniciou a introdução no piano, e as crianças começaram a cantar:

"love you, a bushel and a peck
A bushel and a peck
A hug around the neck
A hug around the neck and a barrel and a heap
A barrel and a heap and I'm talking in my sleep
About you... about you"

Enquanto cantavam, expressavam as palavras por mímica, apontando para eles mesmos no "I", para o coração no "love" e para a avó no "you". As vozes estridentes, o turbilhão de gestos e as palavras em grande parte ininteligíveis confundiram o público.

— O quê? O quê? — perguntava Mary Harness.

O refrão consistia principalmente de "tchru-ruuu-ru-ruuu" e não tornava as coisas mais claras. Mas a avó e os Mudford adoraram, com os lábios acompanhando as frases familiares.

Maddy assistiu ao grupo de crianças expressando "eu te amo" tão ferozmente e sentiu uma pontada de nostalgia pela própria infância. Quando se era pequeno era tão fácil dizer "eu te amo". Tão fácil de sentir.

A música terminou. O público aplaudiu. John Staples gritou:

— Esplêndido! Esplêndido!

O tio-avô Fred ofereceu-se para fazer o discurso de agradecimento.

— Apenas algumas palavras, sabem — defendeu ele. — Costumava ser uma de minhas qualidades, discursos.

— Rich — chamou a Sra. Ross. — Tenho alguns presentinhos para dar às crianças quando forem embora.

— Garotos e garotas! — proclamou o tio-avô Fred. — Suas vozes jovens encantadoras honraram minha querida irmã. Tenho certeza de que, se ela pudesse encontrar as palavras, contra a triste natureza de sua doença, e não deixando ninguém negar...

As crianças do Passos Minúsculos, com sua participação paga, estavam esvaziando a sala, levando os presentes dados por Rich enquanto saíam.

— É melhor se eu sair também — disse John Staples, levantando-se e tateando o bolso.

— Mamãe querida — disse Mary Harness —, gostaria de abrir seus presentes agora?

— Primeiro Harry tem que fazer seu discurso — disse a Sra. Ross. — Depois a vovó tem que cortar o bolo.

— Um discurso e um bolo! — Mary Harness olhou o relógio.

Maddy ofereceu mais salsichas. Rich encheu copos vazios. Seu pai fez um discurso.

— Feliz aniversário, mamãe — começou ele.

— Querido Tom — disse a avó.

— Faz 80 anos hoje — continuou Harry Ross. — Estamos todos muito orgulhosos de você. Disseram-me para não falar de Esparta, mas os espartanos se enquadram nisso de alguma forma. Eles foram a primeira sociedade madura a educar as garotas assim como os rapazes. Como vocês sabem, mamãe teve aulas de história no Girton College logo após a guerra.

— Bem verdade — disse o tio-avô Fred. — Dorothy era o cérebro da família.

— O cérebro ainda está aí — disse Harry Ross, sorrindo para sua mãe. — Talvez você não seja mais capaz de encontrar as palavras. Mas sei que Mary concordaria comigo nisso. Você é nosso exemplo. Nós a seguimos. É uma dama muito bacana, mãe. E nós te amamos.

Depois de um rápido silêncio de surpresa, todo mundo aplaudiu.

— Primeira classe, Harry — disse Mary Furness. — Curto e objetivo.

— Talvez este seja o momento — começou o tio-avô Fred.

Sue Prior entrou carregando o bolo de aniversário, todo iluminado com oitenta velas cintilantes. A festa ficou animada.

A avó soprou as velas e cortou o bolo. Peter Harness apareceu e disse para a mulher, em uma voz de selvageria pouco controlada:

— Se você não vier agora, vou sem você.

Mary Harness desembrulhou apressadamente seu presente por conta própria e o empurrou para a avó, dizendo:

— É uma espécie de rádio, mamãe. É caro de doer então cuide dele. Não vai acreditar em quanto custou.

Os Mudford, que estavam tentando furtivamente sair de suas cadeiras havia algum tempo, de repente tombaram lateralmente um atrás do outro, bloqueando a saída. Mary Harness passou por cima deles, acenando enquanto saía. Na entrada, John Staples estava caído no elevador de escada da avó, dormindo. O tio-avô Fred foi até a cozinha, onde Sue Prior lavava a louça, e contou a ela o que ele teria dito em homenagem à irmã se o momento tivesse surgido.

No tempo sossegado que se seguiu, a Sra. Ross sentou-se ao piano e começou a tocar as antigas favoritas da avó.

— Acompanhe-me, Harry. Você conhece essa.

Ela e Harry cantaram juntos, ambos muito bem. Cantaram "Danny Boy", sabendo o quanto a avó amava. Ela se sentou, acenando com a cabeça e sorrindo com lágrimas nos olhos. Então, Rich e Kitty juntaram-se aos pais ao piano, e todos cantaram "Ma Curly-Headed Baby".

Maddy assistiu, maravilhada. Não havia constrangimento ao cantarem, apesar de todas aquelas palavras antiquadas e sentimentais. Era obviamente algo que já tinham feito muitas vezes antes. Todos cantavam bem à própria maneira.

"Oh my baby, my curly-headed baby
I'll sing you fast asleep and love you so as I sing
Oh my baby, my curly-headed baby
Just tuck your head like little bird
Beneath it's mammy's wing..."

Maddy viu-se estudando o rosto de Rich enquanto ele cantava. Parecia tão verdadeiro e bom nesse momento que ela queria abraçá-lo. A festa de família inteira, em toda a sua confusão e disparate, causara uma emoção profunda dentro de Maddy. Tinha algo a ver com a senhora muda no centro de tudo, o jeito como todos eram tão bons com ela, e algo a ver com a fragilidade humana, o jeito como a vida continuava de qualquer forma. Parecia algum tipo de amor. Mas qual? Era uma família comum, como qualquer outra. Com a exceção de que cantavam juntos.

"So lulla lulla lulla lulla bye bye
Does you want the moon to play with
Or the stars to run away with?
They'll come if you don't cry..."

Amor de pai

Quando Maddy chegou em casa, encontrou o pai do lado de fora, no pátio da loja, aplicando uma nova camada de tinta dourada em Cyril, o camelo.

—Tenho que mantê-lo elegante — disse o pai. — Cyril é nosso melhor vendedor.

Maddy pensou em Joe e em como ele perguntara por Cyril. Isso, pelo menos, havia sido verdadeiro. A lembrança a magoou.

—Estive em uma festa de aniversário de 80 anos — disse ela.

—Oitenta, é? Havia oitenta velas no bolo?

—Na verdade, havia.

—Aí está. Logo Cyril ficará novo em folha.

A mãe de Maddy estava sentada à mesa da cozinha com uma caneca de chá diante de si. A caneca estava cheia, e o chá, intocado.

—Mãe?

A Sra. Fisher olhou para cima. As bochechas brilhando.

—Você estava chorando?

—Só um pouco.

Ela baixou o olhar novamente. Maddy sentiu algo frio escorrendo até a boca de seu estômago.

—Tem a ver com papai?

A mãe assentiu com a cabeça. Com os dedos de uma das mãos, esfregou as costas da outra como se estivesse apagando alguma mancha invisível.

—Existe outra mulher. — Sua voz saiu baixa e fraca. Ela não queria que fosse verdade. — Na China. Uma mulher chinesa.

Não quero crescer, pensou Maddy. Tudo só fica pior.

— Mas papai está lá fora. Pintando Cyril.

Coisa idiota para se dizer. Como se isso significasse que ele não os deixaria.

Isso é o que os homens fazem. Eles não ligam. Só pensam em si mesmos. Homens não amam. Nem mesmo papai.

Ela percebeu que estava chorando também.

Nem mesmo papai. O pai que a girava no ar e a carregava nos ombros. O pai que sorria, chamava-a de pequena Madkin e a fazia sentir como se o mundo inteiro fosse bom. Ah, papai.

— Ele disse que quer voltar para a China.

— Bem, ele não pode. Diga a ele que não pode.

Ela colocou os braços ao redor da mãe e a abraçou como uma criança.

— O que quero dizer é que ele não vai — defendeu Maddy. — É só da boca para fora. Ele não vai nos deixar. Você vai ver.

— Ah, Maddy. Querida. Ah, querida, querida. Estou tão cansada.

— Ele é um monstro. Como pode fazer isso? Eu o odeio.

— Não. Não o odeie. Não quero que você o odeie. Eu não devia ter contado. É que tudo ficou em cima de mim, de alguma forma.

— Ele já fez isso antes?

— Não assim. Não dizendo que quer partir, viver com outra pessoa. Imagino que haja outras. Não pergunto. Ele fica tanto tempo fora. Você não pode culpá-lo.

— Eu o culpo. Eu o culpo totalmente.

— Tudo o que faço é importuná-lo por causa de dinheiro e dos negócios. É uma viagem tão longa. Quando ele chega em casa, só quer descansar e ser mimado, mas eu o procuro para falar sobre cheque especial, tarifas bancárias e estoque não vendido. Claro que ele quer voltar para a outra mulher.

— Não — disse Maddy. — Não. Ele não tem o direito.

— Não acho que isso exista. — Sua mãe tentou sorrir, enxugando os olhos. — As pessoas fazem simplesmente o que querem.

— Então você deveria fazer o que quer também. É sua hora, sua vez.

— Só não quero estar cansada o tempo todo. — Ela apertou as mãos de Maddy, olhou para a filha e finalmente conseguiu dar um sorriso. — Não quero que ele vá embora.

— Ele não vai embora. Direi a ele que não pode.

— O problema, querida, é que ele diz que é mais feliz com ela que comigo.

A mãe falou a frase tão humildemente e com tanta mágoa que Maddy não teve mais garantias para oferecer. Isso é traição, pensou. Isso é abandono. Esse é o crime pelo qual executam soldados em guerras.

— Conversarei com ele — prometeu ela.

O pai não estava mais no pátio. Estava no grande cômodo dos fundos da loja, que costumava ser a sala de eventos nos seus dias longe da estrada. Perambulava entre os baús, atravessando o estoque, conferindo as etiquetas de preços com uma lista, como se nada tivesse mudado.

— Pai?

Ele olhou ao redor.

— Ah. Maddy.

A loja ainda estava aberta, mas era tarde. Não havia clientes circulando no espaço cavernoso. Maddy passou entre baús e guarda-roupas rumo ao corredor dos fundos em direção ao pai. Ele esperou por ela, fingindo estudar a lista.

— O que pensa que está fazendo? — perguntou Maddy.

— Bem, eu... — Ele levantou a prancheta.

Maddy bateu na prancheta, derrubando-a de sua mão.

— Não sou burra, pai.

Ela bateu de novo, querendo atingi-lo, machucá-lo. A mão agitada esbarrou no braço do pai.

— O que pensa que está fazendo? — perguntou novamente.

— Agora não, Maddy. Por favor.

— Agora sim.

Ela o golpeou de novo, acertando o peito. Ela queria derrubá--lo, mas não havia força em seus golpes. Usou ambas as mãos, batendo nele. O pai não fez nada para resistir.

— Vá em frente. Diga. Você não se importa. Está pouco se fodendo para nós.

— Não é verdade.

— Diga logo. Diga. Diga que está mais feliz sem nós. Diga que não nos quer. Diga que nunca nos amou. Diga.

— Não, Maddy. Não, não.

— Você não pode ter tudo, pai. Não pode ter todo mundo te amando. Então volte para a porra da China e nos deixe em paz. Se você não nos quer, nós não te queremos.

— Mas eu amo você. Quero você.

Ele falou as palavras certas, mas sem energia, debilmente, como se soubesse que já tinha perdido a batalha. Maddy queria que o pai revidasse, mas ele não o fez. Ele a deixou bater nele, aceitando a punição, passivo, quase acuado.

Por dentro, ela estava gritando: "Você é meu pai, você é mais forte que eu, é você quem me mantém segura, você é o homem que vai sempre me amar. Como pode ter se tornado tão fraco?"

— Por que você disse coisas tão horríveis para a mamãe?

— Jenny não devia ter falado com você — disse o pai. — É muito cedo. Estamos resolvendo as coisas. Vai tudo dar certo no final. Maddy, querida, eu prometo.

— Não quero sua promessa. O que aconteceu com sua promessa à mamãe? Você fez uma promessa a ela. Como fica isso?

— Vamos resolver de alguma forma. Nós vamos.

Um grupo de clientes entrou no cômodo: um jovem casal com um bebê e uma senhora. O marido carregava o bebê num *baby sling* preso ao peito. Maddy e o pai ficaram em silêncio, inibidos pela presença de estranhos.

— Falaremos sobre isso depois — disse ele.

Seus olhos estavam implorando a ela por uma palavra afável de despedida, mas Maddy estava implacável em sua raiva.

— Por que você deveria ser o único que consegue o que quer?

Ela se retirou para o quarto e trancou a porta.

Finalmente sozinha, enrolou-se na cama com Bunby e chorou e chorou. Ela chorava por sua infância. Chorava por um mundo perdido, onde as pessoas amavam umas às outras. Chorava pelo pai bonito e despreocupado que sempre chegava de suas viagens com alguma coisa especial para ela na mala. Os presentes estavam todos enfileirados no peitoril da janela, seus tesouros: o elefante de jade minúsculo, a caixa de comprimidos de madrepérola, a pena de pavão, a gota de vidro cor de rubi, tão grande quanto um ovo. Todas as suas joias mais preciosas ficavam no porta-joias de contas que o pai lhe dera, onde ela escondia as pílulas. Ainda assim, enquanto soluçava e dizia a si mesma que tudo tinha sido uma mentira, não conseguia acreditar. Ele era muito intenso para ela, o pai que a amava. Talvez houvesse um outro pai que não a amava mais. Mas o antigo pai, o verdadeiro pai, não mudara. Ela não o deixaria mudar. Ela era sua garotinha. Claro que ele a amava. Ele sempre amara e sempre amaria.

E eu te amo, pai. Mesmo você sendo um inútil, uma fraude e um mentiroso. E só te amo porque não consigo evitar. Não consigo ficar sem você. Então, pode ir embora se quiser, mas não terá me deixado. Apenas estará em algum outro lugar por um tempo. E sei que você voltará à porta um dia e me balançará em seus braços, dizendo: "Como está minha pequena Madkin?" E eu responderei: "Você trouxe um presente para mim?" Você então vai ficar sério, balançar a cabeça e falar: "Um presente? Devo ter esquecido." Mas você não terá esquecido porque você nunca esquece, e então vai finalmente abrir a mala e exclamar: "Mas o que será isso?", porque você sempre me traz um presente. E não vou nem ligar para o que é, porque é seu presente e todos os seus presentes são pequenas peças de seu amor por mim. Eu ainda os tenho, pai. Você não pode levá-los de volta. Eu tenho seu amor. Está no peitoril de minha janela.

Quando não aguentava mais chorar, Maddy entrou no banheiro e lavou o rosto. Podia ouvir os pais conversando no andar de baixo, mas ainda não se sentia pronta. Voltou para o quarto e pensou em ligar para Cath, mas não ligou. Se falasse com a amiga pelo telefone, teria que contar a ela da crise e tudo iria a público, querendo ou não. Ainda parecia cedo demais. Contar a Cath tornaria isso real. Maddy não desejava que fosse real.

Quero ligar para Rich.

Era um pensamento estranho. Assim que lhe ocorreu, soube que Rich era exatamente a pessoa para conversar sobre toda aquela confusão. Ele ficaria interessado e entenderia, mas não a transformaria em um reboliço histérico. O problema era que Rich não tinha celular.

Que coisa idiota e irritante da parte dele. Que utilidade tinha um amigo sem telefone? Maddy resolveu abordá-lo sobre o assunto e, se fosse necessário, forçá-lo a arrumar um celular. Ela se lembrou de que tinha lhe perguntado: "E se alguém quiser falar com você?", e ele respondera "A pessoa vai me encontrar". Que resposta arrogante. Como se as pessoas tivessem todo o tempo do mundo para ir caminhando pela cidade só para atender a seus caprichos pré-históricos.

Por um breve momento, ela realmente considerou procurá-lo. Mas então imaginou-se batendo à sua porta e ele dizendo: "Sim, o que é?" De certo modo, ela não conseguia se ver respondendo:

"Estou com pena de mim mesma porque meu pai se mostrou um idiota." E, mesmo se respondesse, o que Rich poderia dizer?

Ainda assim, pensar em Rich lhe trouxe conforto. Ela se lembrou do jeito como ele tinha batido no poste de luz, e, mais uma vez, riu, como tinha rido na hora, e sentiu uma pontada de pena, como tinha sentido na hora. Mas Rich não parecia mais ser digno de pena. "Espero tudo e nada", dissera ele. Ela podia rir dele sem que soasse cruel. Ele permitia isso. Ela se pegou pensando naquele livro idiota que ele pegara com o Sr. Pico e que dizia que "Amor é um poder que produz amor", pensando naquela carta idiota do papa, pensando na petição idiota, e em Rich cantando aquela canção de ninar idiota para a avó. Ela se viu sorrindo.

Pode esperar até segunda, pensou. Eu o vejo na escola.

Conduzida finalmente ao andar de baixo por causa da fome, ela encontrou o pai sozinho na cozinha.

— Cadê mamãe?

— Ela saiu.

— Como assim "ela saiu"?

— Acho que ela pode ter ido visitar Anne Forder.

Anne Forder era uma velha amiga e vizinha deles. Maddy não disse mais nada. Pegou a aveia e o xarope dourado e pegou a manteiga da geladeira sem oferecer para o pai. Não que ele fosse querer.

Ele estava bebendo café, pressionado contra o fogão. Está magro demais, pensou. Deveria comer mais.

— Quer um pouco?

— Não, obrigado. Não estou com tanta fome assim agora.

Ela colocou com violência o prato no micro-ondas e esperou pelo apito que viria. Tinha decidido que não diria nada mais sobre a crise. Se ele tivesse alguma coisa para falar, que falasse.

— Sinto muito por tudo isso, Maddy — disse o pai.

— Eu também.

Apito. Pegar a tigela. Mexer com a colher.

— Sei que fiz uma confusão com tudo.

Ela colocou a tigela na mesa. Sentou em uma das cadeiras vacilantes. Todas as peças de mobília na casa eram objetos descartados da loja.

— Não há nada que você possa dizer com que eu não concordaria, na verdade.

— Ah, pelo amor de Deus, pai. Se vai fazer isso, pelo menos tire algo de bom. Senão, qual o objetivo?

— Não é assim que funciona.

— Parece muito simples para mim. Você tem outra — ela não conseguia dizer "mulher" —, outra vida na China da qual gosta mais. Tudo bem. Vá viver isso.

— Mas não é nada simples. Como posso te deixar e a Imo e a Jen?

— Aí é com você.

— Não conseguiria suportar.

— Então o que é isso tudo que você vem falando para mamãe? O que é isso tudo sobre outra mulher?

Sua aveia com xarope dourado estava ficando fria. Ela havia perdido o apetite.

— Como eu disse, não é simples.

— Você quer tudo e não liga se vai magoar as pessoas. Parece muito simples para mim.

— Sim, imagino que sim.

— Então. Me diga por que estou errada.

Maddy falou com raiva. Por que isso tinha que sair dele à força? Por que ele não podia simplesmente dizer alguma coisa que fizesse tudo ficar diferente? Tipo, "eu me transformo em lobisomem quando é lua cheia". Tipo, "sou esquizofrênico paranoico".

Ele sentou-se à mesa de frente para ela e colocou a cabeça nas mãos. Maddy não disse nada. A merda era do pai. Ele que falasse.

— Sempre tive esse problema — começou ele. — Não é fácil descrever. Não sou bom em terminar as coisas. Mesmo quando era um menino. Fazendo aqueles modelos Airfix ou o que fosse. Nunca terminei. Ficava entediado ou algo assim. Isso era o que eu costumava pensar. Mas não era isso. Se você quer fazer alguma coisa, tem que acreditar que vai fazê-la. Se, lá no fundo, você não acredita, depois de um tempo fica difícil continuar. Impossível, na verdade.

Maddy ouviu, mas não entendeu. Esse não era o pai que sempre conhecera.

— Mas, pai, você concluiu um monte de coisas.

— Consegui com uma coisa ou outra, talvez. Mas nada demais. Desculpe Mad, não devia estar te aborrecendo com tudo isso. Só preferia que você entendesse.

— Talvez não tenha ficado milionário. Mas quem precisa disso? Você tem um bom negócio. Tem uma família que te ama.

— Jen é quem fez o negócio crescer. Eu nunca teria conseguido. E Jen é quem construiu a família também.

— E por que você quer ir embora?

— Não quero ir embora. Eu quero... quero... — Ele perscrutou o rosto da filha, procurando por compaixão, querendo que ela entendesse sem as palavras precisarem ser ditas. Mas Maddy não entendia. E o obrigou a dizer.

— Não quero me odiar — falou, finalmente.

Não era o que ela estava esperando.

— Se odiar?

— Sim — respondeu o pai.

— Por que você iria se odiar?

— Por que eu não acredito realmente... não mesmo... que eu presto para alguma coisa.

— Pai! — Lágrimas brotaram em seus olhos.

— Nada muito terrível. Mas às vezes fica muito pesado. Então, quero apenas ficar em algum lugar onde ninguém espera nada de mim. Onde eu possa cair numa cadeira, tomar uma bebida, me desligar.

— Com ela é assim?

Ele assentiu com a cabeça.

— Então é um lugar para fugir e se esconder — falou Maddy.

— Sim. Acho que sim.

— Mas você não pode.

— Não fuja. Não se esconda. Seja homem. Encare os fatos. Mostre respeito próprio. Lute.

— Sim. — Mas ela estava começando a entender. Não tanto pelo o que ele tinha dito, mas por causa do tom de sua voz e de seu sorriso triste.

Isso é desespero, pensou Maddy. Papai está desesperado.

— Você perdeu as esperanças, não é?

— Ah, há muito tempo.

— Por quê?

— Lembro-me de pensar nisso quando era muito jovem, quando todos os meus amigos estavam empurrando e se atropelando para chegar na frente da fila do almoço. Eu ficava esperando atrás. Alguém dizia: "Olhe o Michael, ele é o único que tem boas maneiras." Mas eu sabia que não eram boas maneiras. Sabia que havia algo quebrado dentro de mim.

— Não, pai. Não! — Maddy sacudiu a cabeça, querendo que ele parasse. — Está errado. Não há nada quebrado. As pessoas são diferentes.

— Não posso continuar decepcionando todas vocês, Mad. Não posso continuar falhando com Jen. Não posso continuar odiando a mim mesmo.

Ela o encarou, sentindo as lágrimas encherem seus olhos.

— Mamãe te ama. Eu te amo. Imo te ama. Isso não é suficiente?

— Eu sei que deveria ser. Mas, entenda, tenho que merecer.

— Não. Não é assim que o amor funciona. — Alguma coisa se encaixou em sua mente. — Ser amado não é uma recompensa por alguma coisa. As pessoas precisam amar. Elas simplesmente amam. Nós simplesmente amamos.

Garotas simplesmente amam, ela acrescentou mentalmente. Mulheres simplesmente amam. Homens são outra coisa. Papai é outra coisa.

Ele olhou para ela melancolicamente.

— Queria tanto que fosse verdade.

— Vou te dizer como se faz para merecer, pai. Você aceita. É tudo que precisa fazer. Então não fuja. Não se esconda. Nós precisamos de alguém para amar.

Isso é patético? Isso é se render ao egoísmo e à inutilidade dos homens?

Ele a fitava com amor. Pelo menos, parecia amor.

— Você cresceu, não foi? É tão bonita. Estou tão orgulhoso de você, Maddy.

— Ah, pai. O que vamos fazer com você?

Ela estava chorando livremente de novo, incapaz de parar. Porque ele tinha dito que ela era bonita.

— Eu e Jen teremos que conversar.

Ele moveu os braços como se quisesse tocá-la sobre a mesa.

— Você pode se levantar, caramba — disse Maddy.

Ele se levantou, e os dois se abraçaram, do mesmo jeito que sempre se abraçaram, só que agora tinham a mesma altura.

A grandeza das coisas

Rich não foi à escola segunda-feira. Nem Grace.

— Talvez tenham fugido juntos — sugeriu Cath.

— Dá um tempo — falou Maddy. — Chega de surpresas.

O boato era de que Grace tinha desmaiado numa festa sábado à noite, mas ninguém sabia com certeza. Não havia qualquer boato sobre Rich.

— Ele provavelmente está doente também — disse Cath alegremente.

— Típico dos homens — disse Maddy. — Nunca estão presentes quando precisamos deles.

Ela contou a Cath sobre o pai e como ela havia dado socos nele. Cath estava horrorizada.

— Você bateu no seu pai?

— Sim.

— Mad, essa não é você.

— Eu não sou eu, Cath. Está tudo dando errado na minha vida. Choro o tempo todo. Tenho pensamentos horríveis. Estou furiosa o tempo inteiro.

— Chega de ser a garota boazinha.

— Odeio isso.

— Ainda assim, poderia fazer um bom uso disso. Bata em Grace.

— Ela não está aqui. De qualquer forma, não é nela em quem eu deveria bater. É Joe quem pensa que pode ter tudo do próprio jeito.

Esse pensamento vinha crescendo dentro de Maddy desde que descobrira a traição do pai. Era como se uma corda de lealdade tivesse arrebentado. Por que os homens sempre conseguiam o que queriam? Joe precisava de alguma distração barata porque estava traindo a namorada, então flertara com Maddy e nunca se incomodara de se perguntar que efeitos isso provocaria. Era tudo um jogo que lhe convinha por um tempo. E o que ele estava fazendo com Gemma? Continuaria deixando-a pensar que a amava para que ela matasse o próprio bebê. O quão doente era isso?

— Alguém deveria dizer a Joe que isso é inaceitável — falou Maddy.

— Vá, Maddy! — gritou Cath. — Acaba com Joe!

— Não é como se eu tivesse algo a perder.

— Esses garotos acham que podem fazer o que querem.

— E esses homens.

Ver sua mãe às lágrimas tinha endurecido Maddy. A mãe era vítima inocente do egoísmo dos homens. De alguma forma, por causa do sofrimento da mãe, ela havia parado de culpar a si mesma pela própria paixão humilhante por Joe. E, sem a culpa, o caminho estava aberto para a raiva.

— Falei isso para meu pai. Posso falar com Joe.

Ela conhecia bem os horários de Joe. Àquela tarde, Maddy estava esperando do lado de fora dos vestiários enquanto ele voltava a passos largos da pista de atletismo. Ele vestia shorts de corrida e uma regata; os braços, o rosto e o pescoço brilhando de suor.

— Maddy Fisher! — gritou ele, quando a viu. Como sempre, Joe soava alegremente inconsciente de que ela pudesse ter qualquer tipo de problema com ele.

— Oi, Joe.

Ele sorriu para ela e acenou enquanto passava correndo.

— Posso falar com você?

— Claro — disse Joe. — Deixe-me só tomar um banho e tal.

— Não. Agora.

Ele percebeu a seriedade em sua voz. Parou de correr.

— Tudo bem. O que foi?

— Podemos ir para algum lugar um pouco mais particular?

Seguiram para o outro lado das quadras de tênis, para além da fileira de faias. Era onde os fumantes se escondiam para dar uma tragada rápida antes e depois das aulas. Naquele momento, início da tarde, eram somente eles.

— Não é sobre mim, Joe. Você tem que acreditar nisso. Fui idiota, problema meu. Posso lidar com isso. Quero falar sobre Gemma.

Joe pareceu perplexo.

— Tudo bem — disse ele. — O que tem Gemma?

— Você não pode fazer isso com ela. Sei que não é da minha conta, mas — ela respirou fundo —, se você não contar a Gemma o que realmente está acontecendo, eu contarei.

— O que realmente está acontecendo?

Ele parecia tão surpreso que Maddy começou a ficar com raiva. Ela prometera a si mesma que manteria a calma.

— Não sou uma completa idiota — disse Maddy. — Grace me contou tudo.

— Grace? O que Grace tem a ver com isso?

Então esse era o plano. A estratégia da negação. Ela não tinha se preparado para isso.

— Grace me contou tudo sobre você e ela.

— Eu e ela?

— Sobre vocês estarem saindo.

— Eu saindo com Grace? Grace te falou isso?

— Sim.

Ele explodiu numa gargalhada.

— E você acreditou nela? — perguntou Joe.

— Sim. Claro.

210

— Maddy, eu não estou saindo com Grace. Nunca fiz nada com ela. Minha namorada é Gemma Page. Todo mundo sabe disso. Grace está pregando uma peça em você.

Quanto mais ele negava, mais irritada Maddy ficava. Joe devia pensar que ela era uma imbecil.

— Foi para mim que você enviou os e-mails, Joe — insistiu ela. — Lembra? Eu ainda os tenho. Não pode simplesmente fingir que nada disso aconteceu.

— Que e-mails?

— Os e-mails que você me enviou.

— Nunca te enviei nenhum e-mail.

— Pare com isso, Joe! Não pode simplesmente inventar a própria realidade. Eu os tenho no meu laptop. Eles existem. Você e Grace me usaram como um disfarce para Gemma parar de desconfiar de vocês. Grace me contou tudo.

— Grace Carey te contou que eu te enviei e-mails?

— Eu tenho os e-mails! Os e-mails são reais!

Ele parecia tão aturdido que, pela primeira vez, ela começou a duvidar da própria versão dos acontecimentos. Mas era verdade: ela não tinha sonhado com os e-mails.

— Posso mostrá-los a você.

— Eu gostaria que fizesse isso, Maddy. Alguma coisa está seriamente errada aqui. O que quer dizer com fazer com que Gemma pare de desconfiar?

— Sobre você e Grace.

— Se eu estivesse tendo algo com Grace, o que não é o caso, por que Gemma não saberia, de qualquer forma?

— Porque ela está grávida.

— O quê?!

— E você está tentando fazê-la se livrar do bebê.

— Gemma não está grávida, Maddy.

— Grace me contou. É por isso que você me mandou os e-mails.

211

Joe colocou as duas mãos nos ombros dela como se para firmá-la e olhou diretamente em seus olhos.

—Tudo bem. Vamos dar um passo de cada vez. Primeiro, Gemma não está grávida. Pergunte a ela. Segundo, nunca tive nada com Grace Carey. Terceiro, nunca te mandei nenhum e-mail. Nem sei seu e-mail. Quarto, eu amo Gemma.

Maddy fechou os olhos. Sentia-se tonta. Joe soava horrivelmente convincente. Era possível que houvesse uma outra explicação?

— Seu endereço é do Hotmail, certo?

— Não. Meu endereço é do Gmail.

— Qual é seu e-mail?

— FlyingFinn@gmail.com

— Você já teve um endereço no Hotmail?

— Não. O Hotmail é um lixo. Eles te bloqueiam se você não continua usando. E quer saber? Qualquer um pode abrir uma conta no Hotmail com o nome que quiser.

— Joefinn41.

— Joefinn41?

— Foi quem me enviou os e-mails — confirmou ela.

— E você pensou que fosse eu?

— Sim. Era você. Os e-mails falavam de coisas que você e eu falávamos na escola.

— Nós mal falamos sobre qualquer coisa.

— Cyril, o camelo.

— Os e-mails eram sobre Cyril, o camelo?

— Sim.

— Alguém está brincando com você, Maddy. O que mais os e-mails diziam?

— Nada de mais.

Agora que Maddy começara a duvidar de tudo que tinha acontecido com ela, sua raiva por Joe se transformava em vergonha. Mas, se os e-mails para ela eram falsos, ele nunca lera os e-mails que ela mandara de volta. Isso significava que Joe não sabia nada sobre sua paixão por ele.

Então, lembrou-se dos e-mails sobre Leo. Sem dúvida, só podiam ter vindo de Joe.

— Você disse coisas sobre Leo, para eu contar para minha irmã. Sobre ele ser mau e instável.

— Não era eu, Maddy.

— Imo telefonou para Leo, e ele falou com você sobre isso.

— Não. Nunca.

— Joe, não é possível que todo mundo esteja mentindo! Está me dizendo que Imo, Leo e Grace inventaram essas coisas juntos? Por que fariam isso?

— Não sei. Mas vou descobrir.

— Quero dizer, quem faria isso?

— Tem que ser Grace Carey — disse Joe. — Mas por quê? O que fiz a ela para fazê-la contar todas essas mentiras sobre mim?

— Grace — disse Maddy. — Você acha que é Grace?

— Até onde posso dizer, toda essa história tem sido alimentada para você pela Grace. Mas não tenho ideia do porquê.

Uma nova realidade estava começando a ganhar forma na cabeça de Maddy. Aquela história de desviar a atenção de Gemma para ela: não fazia nenhum sentido. E, agora que olhava para trás, Maddy percebia que o comportamento de Joe, que tinha parecido estranho na época, deixava de parecer estranho se você tirasse os e-mails. Aquela vez nos portões da escola quando Joe não parecia tê-la entendido. O encontro do lado de fora do cinema. Sua alegria despreocupada. Tudo fazia sentido agora. O que não fazia sentido era Grace.

— Deixe-me trocar de roupa — disse Joe —, e vamos encontrar Gemma. Quero que ela mesma lhe diga que tudo isso é mentira.

— Não. Está tudo bem. Prefiro só esquecer isso.

— Então acredita em mim agora?

— Acho que tenho que acreditar.

— Sinto muito sobre isso, Maddy. Alguém armou uma droga de pegadinha para cima de nós.

— Parece que sim.

— Tenho uma ou outra ideia. Eu vou resolver essa charada. E, quando o fizer, te aviso.

— Acho que deve ter sido Grace. Conversarei com ela. Pode deixar.

Os dois permaneceram por um tempo ao lado das quadras de tênis, desejando partir, mas incapazes de sair. O assunto não parecia devidamente resolvido, seja lá o que tivesse acontecido entre eles.

— Por que você não me contou isso antes? — perguntou Joe. — Quero dizer, quando esses e-mails começaram a chegar.

— Você disse para eu não contar.

— Eu disse para não contar?

— Pediu para eu não mudar meu comportamento na escola. Tipo, era para ser segredo.

— Alguém realmente armou isso.

— Só que agora sabemos que não era você.

— Por que deveria ser segredo?

— Por causa de Gemma.

— Então, eu estava traindo Gemma com Grace Carey e com você também?

— Esqueça isso. Era apenas Grace brincando com a gente. Nenhum mal foi feito. Estou feliz que eu tenha resolvido isso no final.

— Mesmo assim, gostaria de saber por quê. Acha que Grace queria que eu e Gemma terminássemos, ou algo assim?

— Não sei, Joe. Estou um pouco confusa, para dizer a verdade.

— Eu e Gemma estamos juntos desde que tínhamos 16 anos. As pessoas acham que Gemma é burra porque ela é bonita, mas ela não é nem um pouco burra. Tem a natureza muito doce.

Sempre vê bondade nas pessoas. Quando eu contar a ela sobre isso, sei o que vai dizer. Ela vai dizer: "Grace não quis fazer mal, deve ter pensado que era só uma brincadeira, ela nunca iria querer machucar alguém." E Gemma pensa assim porque ela mesma nunca quis machucar ninguém. Ela é uma pessoa boa, de verdade. E te digo mais. Ela é inocente. Acho que é isso o que eu amo tanto nela.

Se Maddy ainda tinha dúvidas, o discurso acabou com elas. E fez mais que isso: trouxe de volta a ela um Joe que ela podia gostar e respeitar.

— É melhor você ir se trocar — disse Maddy. — E não precisa contar a Gemma. Só iria chateá-la.

— Não posso deixar de contar para ela — falou Joe. — Nós contamos tudo um ao outro.

— Tudo bem.

Ele deu um aceno alegre para ela e voltou trotando pelas quadras de tênis em direção ao vestiário.

Maddy seguiu mais lentamente, mergulhada em pensamentos.

Onde estava Grace? Ela provavelmente atenderia o telefone se ela ligasse, mas não era o tipo de conversa que queria ter por telefone. Precisava vê-la pessoalmente.

Poderia procurar Cath e surpreendê-la com as novas revelações. Queria dividir tudo isso com ela, decifrar o que estava acontecendo. Mas ainda não.

Maddy viu-se numa situação estranha. Não estava mais triste, do jeito como ficara depois de perder o amor de Joe — seu amor imaginário. Ela não estava com raiva, do jeito como ficara ao ver a mãe às lágrimas. Estava da maneira como percebera Joe: confusa. Sentiu-se como se tivesse sido despertada com a pancada de uma grande colher de madeira, e, agora, nenhum de seus pensamentos e sentimentos estava onde costumava. Era um pouco assustador, como estar perdida ou em um país cuja língua não se fala.

Mas ali estava a parte esquisita: ela não se sentia mais como se sua vida não tivesse sentido. Não que ela tivesse encontrado um significado, longe disso. O que ela tinha encontrado era a *grandeza* das coisas. Era tudo tão *maior* do que percebera antes. As pessoas eram muito mais complicadas. Joe tinha sido desejado, depois odiado, depois admirado, tudo dentro de poucos dias. Seu pai tinha deixado saudades, depois tinha sido odiado, digno de pena, amado, tudo dentro de um espaço de 48 horas.

Não sei de nada, Maddy falou a si mesma. Tenho estado sonhando. Talvez, mesmo agora, eu só esteja meio acordada.

Era como sair de um quarto com as cortinas fechadas para a luz brilhante do dia. Estava confusa, sobrecarregada. Havia tanta coisa para ver, tanto para saber. E não somente sobre esse surpreendente mundo novo. Mas sobre si mesma.

Não sei quem sou. Não sou quem pensava. Sou mais. Sou complexa de formas que nunca pensei antes. Não somente feliz ou triste, mas os dois e todas as tonalidades entre ambos, o tempo todo. Posso estar com medo das geleiras derretendo e mesmo assim ligar o aquecedor do quarto. Posso comprar calças jeans baratas na Primark e ainda sentir pena dos costureiros explorados. Posso me contradizer. Eu não deveria ser simples. Sou complexa. Sou uma bagunça. Posso pensar em centenas de coisas diferentes de uma vez. Sou uma criatura insignificante e o centro do universo. Minha existência não tem significado e minha existência é seu próprio significado. Eu sou, logo sou.

Onde estava Rich? Era com ele que Maddy queria conversar sobre todos os seus novos pensamentos. Não era com Cath nem Grace. Ela amaldiçoou Rich de novo por não ter celular. Justo agora que ela queria estar com ele mais que com qualquer outra pessoa no mundo. Um típico homem. Nunca estão quando você precisa.

Então, imagino que eu tenha que achá-lo.

Sentimentos de uma só vez

Maddy desceu a rua onde Rich morava e se pegou prestando atenção aos arredores. No atual humor singular, sentia-se como se estivesse vendo tudo pela primeira vez. As casas pelas quais passava eram mansões eduardianas isoladas, separadas por cercas ou muros. Devia ser muito estranho viver numa rua. Para Maddy, assim como para todo mundo, sua casa era a original, enquanto a casa dos demais eram cópias distorcidas. Sua casa ficava fora da cidade, ladeada por bosques e campos. Aqui, toda casa tinha outras ao lado, fingindo ser tão importantes quanto. Com certeza, você sente-se menos especial morando numa rua, morando numa casa que tinha uma janela saliente, varanda e tetos triangulares exatamente como os da casa vizinha. Os pequenos jardins frontais eram todos diferentes e as portas da frente eram pintadas com cores diversas; mas eram casas identificadas por números. Os Ross moravam no número 47. Como você poderia sentir-se único morando numa casa conhecida apenas por um número?

Ainda assim, Rich era único. A pessoa mais única que ela conhecia. Ele tinha lhe dito "um monte de coisas incomuns se passa em minha cabeça". Era verdade. Ela pensou no poema de Larkin e na carta do papa. Quem pensa em coisas assim?

Maddy abriu o pequeno portão de ferro e subiu o caminho em direção à porta da frente de Rich. A grande janela saliente da sala do jardim de infância estava decorada com borboletas coloridas transparentes. Não havia nenhum sinal de vida lá dentro.

Tocou a campainha, que soou claramente na entrada em frente à porta. Ninguém apareceu. Ela tocou novamente.

Então lhe ocorreu que Rich talvez tivesse sofrido algum tipo de acidente. A mãe de Maddy era tão perita em preocupação que Maddy raramente se preocupava por conta própria. Uma vez pegando a prática, porém, ela conseguiu acompanhar a mãe com uma facilidade desanimadora. Talvez Rich tivesse se eletrocutado nas luzes da casa de bonecas. Talvez tenha sido assaltado no caminho para a escola porque queriam o telefone que ele não possuía. Talvez tivesse decepado uma artéria com uma faca de cozinha enquanto descarregava a lava-louça. Quando se começa a pensar a respeito, percebe-se as variadas maneiras de se machucar. As tantas maneiras de morrer.

Ela voltou pelo caminho e saiu pelo portão de ferro. Ficou por ali, sem ter certeza do que fazer, olhando para os dois lados da rua.

Um carro apareceu. Maddy o observou: era uma minivan quadrada, alta e azul-escura. Chegou mais perto. Reconheceu o pai de Rich ao volante. Tarde demais para se esconder. Ela parou ao lado do portão e assistiu ao carro parar diante dela.

A família inteira saiu. Rich a viu com surpresa; Kitty, com curiosidade. Maddy sentiu-se ridícula.

— Estava a caminho de casa — disse ela. E, ao encontrar o olhar do pai de Rich, acrescentou: — Rich não tem celular.

— Vovó está morrendo — disse Kitty.

Agora Rich estava ao lado de Maddy.

— Estávamos no hospital o dia todo — falou ele. — Vovó teve outro derrame.

— Ah, sinto muito.

Todos entraram em casa. Maddy quase os deixou, mas Rich parecia esperar que ela os acompanhasse.

— Minha avó está em coma — disse.

— Ela vai morrer — insistiu Kitty.

— Talvez, querida — disse a Sra. Ross. — Nós não sabemos. Temos que estar preparados.

Os olhos de Kitty recaíram sobre o elevador de escada. Ela começou a chorar.

— Quem vai andar no elevador de escada dela?

A Sra. Ross a pegou nos braços. Falou:

— Você não quer que vovó continue viva se não puder falar, mover-se ou nos reconhecer mais, não é?

Eles se reuniram na cozinha.

— Eu deveria ir embora — disse Maddy. — Se eu soubesse, não teria vindo incomodá-los.

— Onde você mora, Maddy? — perguntou a Sra. Ross.

— No alto da antiga North Road. A loja com o camelo.

— Ah, sim. Eu conheço. É uma loja maravilhosa.

— Eu te acompanho — falou Rich. — Gostaria de sair. Fiquei no hospital o dia inteiro.

— Eu também — disse Kitty. — Mas não quero ir.

Assim, Maddy e Rich partiram juntos.

A princípio, Rich não parecia disposto a conversar.

— Realmente sinto muito pela sua avó — disse Maddy.

— É triste — comentou Rich. — Ficam fazendo todos esses testes, e ela não consegue falar nem nada. Ela estava toda mole. — Maddy podia ouvir sua voz chorosa. — Quando vovó era jovem, era muito bonita. Recebeu seis propostas de casamento. E agora isso.

— Ela realmente vai morrer?

— Espero que sim. Ela praticamente já não está mais aqui.

Chegaram à junção com a rua que levava para fora da cidade. A encosta coberta de árvores subia do outro lado.

— Essa é a entrada de minha caminhada secreta — disse Rich. — Subindo pelo bosque. Esse é o caminho que eu pegaria se estivesse sozinho.

— Faça sua caminhada secreta. Sigo o resto do caminho numa boa.

— Ou você poderia vir também.

— Não prefere ficar sozinho?

— Não — disse Rich. — Prefiro estar com você.

Simples assim. Nenhum dos dois questionou isso. A proximidade da morte os deixou desinibidos.

Atravessaram a rua e subiram a trilha esburacada para a fazenda. O sol do final de tarde ainda estava alto e o ar, quente. A trilha os levou até a encosta dentro das árvores.

— Nunca encontrei mais ninguém aqui — falou Rich. — Sinto como se fosse meu bosque privativo.

— É lindo. — Maddy olhou através das galerias de troncos de árvores nos dois lados. — Eu deveria saber os nomes de todas as árvores, mas não sei.

— Acho que a maioria é de faias. Aquilo é um carvalho.

Subiram mais e mais alto, parando de tempos em tempos para olhar, através das brechas entre as árvores, a cidade abaixo.

— Todo mundo levando suas pequenas vidas atarefadas — comentou Rich. — Vivendo, sonhando e morrendo.

— E não conhecemos nada disso.

— Fico feliz. Seria muita coisa.

— Você acha que há muita infelicidade?

— Mais do que um dia saberemos — disse Rich.

Chegaram ao portão no final do bosque.

— Nós podemos continuar até o topo — sugeriu Rich. — Ou podemos descansar na árvore do celeiro.

— Voto no descanso.

A árvore do celeiro encantou Maddy.

— Tem uma árvore crescendo dentro do celeiro!

— Amo este lugar — disse Rich. — Não sei por quê.

— É incrível. É como estar dentro e fora ao mesmo tempo.

Eles entraram sob os ramos espalhados do freixo. Maddy sentiu as folhas mortas que estavam amontoadas no chão.

— É seco — disse, surpresa.

— Aqui só fica molhado depois de chuva forte. A parede dá abrigo.

Maddy afundou-se nas folhas macias, grata por tirar o peso das pernas cansadas.

— Ufa! — disse ela. — Dá para notar que não faço muito exercício.

Rich sentou-se próximo. Por algum tempo, nenhum dos dois falou.

— Os médicos dizem que minha avó não vai durar mais que poucos dias — confessou Rich. — Ela terá outro derrame, e é isso.

— Então tudo o que podem fazer é esperar.

— Simplesmente não consigo imaginá-la indo embora. Ela sempre esteve aqui.

— Deve ser muito estranho.

Maddy percebeu que estava pensando no pai. Ele sempre estivera lá. Difícil imaginá-lo partindo.

— Ela tem esse andador — disse Rich. — Faz um som tão particular quando passa. Eu o escuto do lado de fora do quarto. — Lágrimas em seus olhos mais uma vez. — São idiotas as coisas das quais percebe que sentirá falta.

— Cheguei em casa ontem — falou Maddy — e encontrei minha mãe chorando na cozinha. Meu pai disse que quer ir embora. Ele tem outra mulher na China.

— Por que na China?

— É onde ele compra os móveis.

Rich refletiu sobre isso em silêncio.

— Ele realmente vai embora? — perguntou, finalmente.

— Não sei. Talvez.

— Isso e horrivel, Maddy. É pior que a morte da minha avó.

— Sim. É muito ruim.

— Meu Deus! Se meu pai fosse embora! — Um novo pensamento lhe ocorreu. — Meu pai é quem mais vai sentir saudades da vovó. — Depois, absorvendo a significância da notícia para Maddy, perguntou: — Você está muito traumatizada?

— Provavelmente — disse Maddy. — Conversei com ele. Ele está meio triste. Diz que se sente inútil. Está sem esperanças.

Rich fitou-a com uma tristeza solidária.

— Mas ele é seu pai. Não pode perder as esperanças. Não até você crescer e sair de casa.

Era engraçado, na verdade. Atrase o desespero, pai. Cumpra seu dever. Mas era exatamente o que Maddy sentia.

— Acho que devo levantar a cabeça e crescer.

— Quando se tem filhos, deve ficar por perto e tomar conta deles. Você não tem a opção de partir só porque está com vontade.

— Vou dizer a ele que você falou isso.

— Diga a ele que o papa falou.

— Qual é sua história com o papa?

— Apenas gosto do estilo. Ele diz que é infalível. Você precisa ser muito seguro de si para dizer que é infalível.

— Você se acha infalível?

— De jeito nenhum. Nem perto disso.

— Mas secretamente você é bastante arrogante, não é? Gosta de dizer que não é como as outras pessoas, mas o que quer dizer é que é superior a elas.

Rich considerou.

— Talvez eu queira mesmo dizer isso — admitiu. — Nunca pensei dessa forma.

— Não estou dizendo que esteja errado. Você provavelmente é superior à maioria das pessoas.

— E, ainda assim, tem vezes que eu daria qualquer coisa para ser outra pessoa.

— Quem preferiria ser?

— Ah, alguém que vive com um sorriso no rosto. Joe Finnigan, talvez. Aquele que você desejava.

Isso trouxe de volta todas as confusões do dia para Maddy. Rich a viu franzir as sobrancelhas e olhar para baixo.

222

— Desculpe — disse ele. — Não é da minha conta.

— Não, está tudo bem. Apenas... tive uma conversa longa com Joe hoje. Ele não é mesmo do jeito que eu pensava. É mais gentil, porém também é mais comum. — Ela não conseguiria contar a Rich toda a história. Era muito vergonhoso. — Gosto mais dele, mas o desejo menos. E, além disso, ele foi todo carinhoso com a namorada. Disse que ela era inocente.

— De um jeito que parecia sincero?

— Sim. Definitivamente.

— Então ele deve ser uma boa pessoa.

— Acho que talvez seja.

Permaneceram por algum tempo em silêncio. Maddy surpreendeu-se com o jeito seguro de Rich. Ele entendera imediatamente a nova percepção que ela nutria por Joe e havia encontrado palavras melhores para isso. Ela o tinha chamado de "comum". Rich o chamara de "bom".

Ela se esticou, deitando na cama de folhas. Acima dela, isolado, a silhueta de Rich delineava-se contra o céu, emoldurada pelas vigas antigas. Seu olhar estava fixado em algum ponto distante, meditativo. Ela se pegou estudando os traços do rapaz. Ele tinha um rosto interessante: sobrancelhas altas, olhos afastados, um nariz que parecia muito pequeno para o rosto, uma boca bonita. Uma boca perfeita, na verdade, com lábios curvados delicadamente e claramente delineados. Parecia novo para a idade, mais novo que ela, mas, em outros momentos, Maddy sentia que Rich era muito mais velho. Perguntou-se se contaria para ele sobre Grace. Só que ela mal sabia o que lhe contar.

Então, ainda está sonhando com Grace Carey?

Ele lhe lançou um olhar reprovador.

— Eu não devia ter te contado — disse.

— Te contei sobre Joe.

— Acho que ainda penso nela às vezes.

— Ela não serve para você, Rich.

— Você quer dizer que ela está fora do meu alcance.

— Não. Ela é uma canalha. Manipula as pessoas. Você não.

— Sou como Gemma. Inocente.

Ela podia notar pelo jeito como falou isso que Rich não gostava da comparação.

— Não inocente. Isolado. Você não me parece estar em meio à confusão como o resto de nós.

— Talvez eu devesse estar em meio à confusão como vocês. Talvez fosse mais divertido.

— Não é divertido. Está melhor do lado de fora. — Depois, mesmo mudando de assunto, admitiu: — Não existe ninguém com quem eu possa conversar assim.

— Igualmente — respondeu Rich.

— Eu me pergunto por quê.

— Deve ser porque sou muito sábio, perspicaz e maduro para minha idade. Ou, talvez, seja porque sou um perdedor.

Ele deu um sorriso divertido para ela.

Aqui estou, pensou Maddy, sozinha no bosque com Rich. Por que vim aqui?

— Por que eu iria querer conversar com um perdedor? — indagou Maddy.

— Porque não sou concorrência. Ameaça. Não tem que se importar com o que penso sobre você.

— Honestamente, Rich. Olha só as coisas que você sugere.

— Não ligo. Decidi não me importar com o que as pessoas pensam sobre mim também. Decidi apenas ir em frente e fazer coisas.

— Que tipo de coisas?

— A vida é curta e tal.

— Como o quê?

— Como ter uma namorada. Quero dizer, uma de verdade. Não uma imaginária tipo Grace.

— Então o que decidiu fazer?

— Nada até agora. Não é fácil. Estou fora de forma. Ou melhor, nunca estive em forma.

— Então é melhor começar.

— Claro. Mas agora? Não é como se tivesse uma aula para isso.

— Queria que tivesse.

— Sério?

— Acha que é só você?

— Não é possível que todo mundo seja imprestável em relação ao assunto. Quero dizer, a raça humana se extinguiria.

— Que se extinga, então.

Mas ela não queria dizer isso. Ali, deitada na cama de folhas, olhando para o céu que escurecia, sentiu-se em paz como não acontecia havia dias. Semanas, na verdade.

Rich escorregou para se sentar encostado na parede de pedra, os joelhos dobrados junto ao peito.

— O Sr. Pico deveria começar uma aula — sugeriu Maddy. — A arte de amar.

— Não quero que seja tudo teoria.

— Não. Não só teoria.

— Quer saber de uma coisa? — disse Rich, abraçando os joelhos. — Nunca realmente beijei uma garota. Não um beijo de verdade.

Maddy não disse nada. Pensamentos estranhos estavam agitando-se dentro dela.

— Para você ver o quão patético eu sou.

— Isso não é patético.

— Aposto que você já beijou. Beijou um garoto, quero dizer.

— Sim. — Ela pensou nas vezes que tinha beijado garotos nas festas, nas pistas de dança escuras, remexendo-se nos braços do outro. — Mas não beijos de verdade.

— O que não era verdade em seus beijos?

— Um beijo de verdade é aquele que você realmente quer.

— Eu me contento com o contato de lábios de verdade com uma garota de verdade.

— Ah, Rich. Você não se contentaria. Você tem que desejar beijá-la.

— Sim, você está certa. — Ele deu um longo suspiro. — Por que tem que ser tão difícil?

Ela sentiu as folhas debaixo das mãos. Pegou um pequeno punhado e jogou no ar; elas desceram, flutuando, caindo por todo o seu corpo. Depois jogou um punhado em Rich.

— Por que fez isso?

— Por nada — respondeu Maddy.

Ele ergueu a mão para o espaço entre eles.

— Está vendo isso?

Sua mão estava tremendo.

— Por que está fazendo isso? — Quis saber Maddy.

— Eu não sei. Às vezes alguma coisa acontece dentro de mim. Simplesmente começo a tremer.

Ela tomou a mão de Rich para que parasse de tremer. Segurou-a nas suas e percebeu como todo o corpo dele tremia. Maddy sabia, sem ele dizer, que estava tremendo por causa da conversa e porque ela estava ali, perto dele. Isso provocou em Maddy um sentimento estranho, caloroso e protetor.

Após algum tempo, a tremedeira parou.

— Pronto. Não está tremendo agora.

Ela soltou a mão de Rich e rolou de volta para o local que ocupava antes, de frente para ele. Rich esticou as pernas dobradas e movimentou-se até ficar também todo deitado no chão. Virou-se para ela e deu um sorriso engraçado.

Maddy estendeu a mão e tocou na bochecha dele.

— Seu rosto não está tremendo.

— Não. É dentro do peito e da barriga.

Ela tocou no peito dele. Podia sentir seu coração batendo.

— Isso só quer dizer que você não está morto.

Rich estendeu o braço e tocou na bochecha de Maddy.

— E você também não — disse.

O toque era tão leve que ela mal o sentiu.

Em seguida, Maddy tocou na sobrancelha dele com um dedo, delineando para baixo pelo nariz até sua boca. Ele fez o mesmo. Ela sentiu a pressão macia do dedo de Rich em seus lábios.

Ela o observou. Rich estava tão concentrado, tão sério. Ele é bonito, pensou. Por que não vi isso antes?

Maddy inclinou o rosto na direção dele e tocou sua bochecha com os lábios. Mal era um beijo.

— Prática — disse ela.

Rich beijou a bochecha dela por sua vez.

— Era isso o que pretendia?

— Sim — respondeu ele.

Maddy moveu seu corpo para ficar bem ao lado dele.

— Precisamos ficar mais perto — avisou.

Ela moveu os lábios nos dele, e, quase sem se encostar, beijaram-se. Ela sentiu o corpo de Rich estremecer outra vez.

— Você está tremendo de novo.

— Sim. Desculpe.

— Não me importo.

Ela o beijou novamente, uma, duas, três vezes, beijos curtos e leves, ambos contidos e íntimos. Ela sentiu os lábios dele contra os seus. Um toque muito delicado, como se estivessem cochichando um com o outro. Instante por instante, Maddy podia sentir uma emoção brotando profundamente dentro de si, mas não sabia o que era.

Rich colocou os braços ao redor de Maddy, embrenhando um braço pelas folhas secas.

— Você se importa? — perguntou ele.

— Não. Está bom.

Ele a embalou em seus braços, não muito apertado, mas confortavelmente. Ela o envolveu com um antebraço.

Nessa hora, Rich a atraiu para perto e o beijo durou muito mais. Estavam tão perto que Maddy podia sentir o coração dele batendo e todo o seu corpo estremecendo. Lábios se procuraram e se aninharam, ainda gentilmente, ainda respeitosamente, mas ficando mais ousados a cada momento que passava. Os dois estavam com os olhos fechados.

Os lábios de Rich moveram-se para beijar o pescoço de Maddy, a bochecha, as têmporas. Ela ficou imóvel, deixando-o explorá-la enquanto o sentimento dentro dela crescia cada vez mais. Ele se afastou.

Maddy abriu os olhos. Ele a estava fitando, e lágrimas silenciosas rolavam por suas bochechas.

— Estou tão feliz — disse ele.

De repente, os sentimentos irromperam dentro dela e Maddy começou a soluçar. Agarrou-se a Rich, pressionando o rosto contra a bochecha dele e chorou. Toda a tristeza e a mágoa fluíram para fora dela num fluxo que não conseguia controlar: a perda de Joe, a perda de seu pai, a perda de todo o amor que tanto desejava e que agora nunca teria. Chorou porque sabia que sempre amaria mais do que seria amada. Chorou por toda a dor que viria. Ela abraçou Rich com força e chorou em seus braços.

Ele não disse nada e não fez nenhum movimento para impedi-la.

Lentamente, a onda de emoção passou. Maddy enxugou as lágrimas dos olhos com as costas da mão. Encontrou um lenço no bolso e assoou o nariz.

— Você chorou também — constatou, em legítima defesa. — Não sei por que fiz isso.

Mas Maddy sabia. Muitas coisas ruins tinham acontecido a ela recentemente. Ela precisava de algo bom. E beijar Rich era bom.

— Maddy — disse ele. E a beijou suavemente.

— Sim — falou ela. — Eu também.

Levantaram-se e espanaram as folhas mortas das costas um do outro. Andaram pelo bosque íngreme, de mãos dadas, em silêncio. Quando alcançaram o portão que levava da trilha da fazenda à estrada, pararam.

— Vai ao hospital amanhã? — perguntou Maddy.

— Não sei. Talvez.

Ela pegou a mão de Rich, empurrou a manga para cima e escreveu seu telefone no braço dele.

— Me ligue.

— Claro.

— E arrume a droga de um celular, mané.

Imo aos prantos

Maddy encontrou os pais lado a lado na mesa da cozinha, repassando as contas da loja.

— Jenny está certa — disse o pai, levantando olhos preocupados das colunas da planilha. — As coisas parecem um pouco alarmantes.

— Não diga isso, pai. Você sabe como mamãe se preocupa.

— Não o reprima — disse sua mãe. — Isso é tão melhor que ele ficar me dizendo que nunca vai acontecer, o que só me deixa mais preocupada.

— O que quer que a gente faça, mãe? Que entremos em pânico juntos?

— Não. Apenas gostaria de saber que mais alguém está se preocupando.

— Alguma coisa tem que ser feita — disse o pai de Maddy. — Isso com certeza.

— Bem, também estou preocupada — disse Maddy. — E não apenas com a loja.

Era o mais perto que ela conseguia chegar a mencionar a crise familiar.

A mãe disse:

— Mike concordou em deixar isso na espera por enquanto.

— Na espera?

— Você sabe, como uma ligação telefônica.

— Sim, eu conheço, mãe. Onde tocam "As quatro estações" de Vivaldi e dizem o quão importante é a sua ligação.

— Não queremos fazer nada com pressa — disse seu pai.

Maddy queria gritar com ambos. O que era "nada"? O que estava acontecendo? Como podiam estar tão quietos? Mas então veio o som de um carro estacionando no jardim de casa e a batida de uma porta.

— Deve ser Imo — disse a mãe de Maddy

Imo tinha ficado longe por quatro dias. Ela entrou parecendo exausta, mas, assim que viu o pai, se jogou em seus braços.

— Pai! Está de volta! Ah, estou tão feliz!

Imo o beijou várias vezes. Ele foi pego de surpresa pela intensidade da saudação.

— Isso é que são boas-vindas! — disse o pai. — Como está minha garota preferida?

— Ainda sendo sua garota favorita. Ah, pai. Estou tão feliz que esteja em casa.

Imo explodiu em lágrimas. Ela agarrou-se ao pai e chorou incontrolavelmente, enquanto ele a segurava forte, pousando a cabeça na dela. Ele não fez nenhuma tentativa de consolá-la além de balançá-la suavemente nos braços.

— O que foi, Imo? — Quis saber a mãe, olhando para Maddy. Seus olhos perguntavam: "Você contou a ela?" Maddy sacudiu a cabeça.

Imo parou de chorar finalmente.

— O que foi, Im? — perguntou o pai. Ele falou bem calmamente, como se tivesse receio de assustá-la.

— Nada, pai. Apenas senti saudades. Não percebi o quanto.

— Nunca fui cumprimentado com lágrimas antes.

— Eu sei. Desculpe. Simplesmente não conseguia parar. Mas estou bem agora. Tive algumas noites ruins, só isso.

— Está em casa — assegurou o pai. — Em casa. Durma o quanto quiser.

— E você está aqui, pai. Então tudo vai ficar bem.

Imo subiu para o quarto, dizendo que precisava tomar um banho.

— Ela está chateada com alguma coisa — declarou a mãe de Maddy. — Você não contou a ela, contou Maddy?

— Não. Nada.

Ambas olharam para o pai de Maddy. Ele encolheu os ombros.

— Dessa vez, parece que não sou o culpado.

Mas alguma coisa estava errada.

— Vá falar com ela, Maddy. Ela vai te contar.

Maddy subiu e bateu à porta de Imo.

— Sou eu. Posso entrar?

— Só um minuto — pediu a irmã.

Maddy esperou. Ouviu Imo destrancar a porta.

Imo vestia o robe, o cabelo escovado para trás. Tinha tirado a maquiagem do rosto e parecia pálida e frágil. Maddy acomodou-se na cama da irmã enquanto Imo sentava-se diante do espelho da penteadeira e terminava de limpar o rosto.

O quarto de Imo era muito diferente do de Maddy, principalmente porque a irmã ficava tempo demais fora. Parecia tanto bagunçado quanto abandonado. Havia muito tempo as duas dividiram um quarto, sussurrando segredos através do espaço entre suas camas, planejando com muitos detalhes as festas de aniversário de seus bichinhos de pelúcia. O equivalente Bunby de Imo era uma panda de pelúcia chamada Princesa Pandy. Como Bunby, Pandy sempre ficava enfiada sob as cobertas, cabeça no travesseiro, pronta para a hora de dormir. Mas, agora, Pandy sentava-se em uma almofada no canto, com um belo colar no pescoço. Uma princesa no exílio.

Maddy esperou em silêncio até Imo ter terminado. Era sempre melhor deixá-la começar a falar. Daquele jeito, sabia qual seu humor. Imo podia ser pavio curto.

Finalmente, ela se virou do espelho e falou:

— Homens são uma merda. São todos uma merda, até o último deles. Com exceção de papai.

Maddy não disse nada.

— Eu estava errada quando mandei você arrumar um namorado, Mad. Não se incomode. Garotos não servem nem para ser amigos. "Garoto" e "amigo" são palavras que se anulam. É um... o que é?

— Um oximoro.

— Oximoro. Maddy inteligente.

Imo sempre ficava rancorosa quando lembrava que Maddy era mais inteligente que ela. Mas ela esqueceu quase de imediato.

— Eu deveria ir à polícia — admitiu Imo. — Só que eles seriam inúteis.

— A polícia!

— Você não vai acreditar no que aquele idiota fez comigo.

— Leo?

— O que Joe disse sobre Leo foi perfeito. Um ponto para você, Maddy.

O que Joe dissera: *Leo é instável. Leo machuca as garotas.*

Mas os e-mails não tinham partido de Joe. Tinham partido de Grace. E ali estava Imo dizendo que estavam certos.

— Obrigada por não dizer "eu te disse".

— Por favor, me conte, Im. Alguma coisa ruim aconteceu.

— Pode apostar.

— Me conte.

Imo encarou Maddy em silêncio. Lágrimas surgiram em seus belos e grandes olhos azuis.

— Vou te mostrar.

Ela desamarrou o robe e o abriu para mostrar a parte de cima do corpo. Leves machucados coloriam seus seios. Ela se virou, subindo o robe claro. Havia machucados nas nádegas também.

— Ai, meu Deus!

Imo fechou o robe e sentou-se ao lado de Maddy na cama. Começou a chorar de novo, mas silenciosamente. Maddy colocou um braço ao redor dela, timidamente no início, esperando que ela se desvencilhasse. Mas Imo se apertou mais dentro do abraço da irmã.

— Ele fez isso noite passada — disse ela, sussurrando através das lágrimas. — Foi tão horrível. Tão assustador. Eu não conseguia pará-lo.

— Precisa contar para alguém, Imo. Isso é crime.

— Ele simplesmente mudou, em um minuto. Foi como se tivesse virado uma pessoa diferente.

— Precisa ir à polícia.

— Não, você não entende. Não posso.

— Estou falando sério, Imo. Ele deveria estar na cadeia.

— Não posso contar para ninguém. Não posso. Não quero que ninguém saiba. Começou como uma brincadeira. Depois ele não conseguiu parar.

— Não é uma brincadeira, Imo. Bater em alguém não é brincadeira.

— Para Leo, é. É o que o excita.

— O que há de sexy em bater? Simplesmente não entendo.

— Ele ficou louco. Ele me batia várias vezes. Eu queria gritar, mas não gritei. Não fiz barulho algum. Eu devia ter gritado por ajuda ou algo assim. Mas simplesmente o deixei me bater. Acho que não queria que ninguém soubesse. Mesmo enquanto ele fazia isso, eu sentia vergonha. Como se fosse minha culpa.

Ela chorou brandamente nos braços de Maddy.

— Imo, Imo, Imo. Não consigo aguentar isso.

— Mas você não pode contar a ninguém, Maddy. Prometa que não vai contar a ninguém.

— Alguém tem que pará-lo.

— Mas você não vê? Leo dirá que eu estava na cama com ele por livre e espontânea vontade. Questionará por que eu fiquei se não estava gostando?

— Gostar!

— Ele diz que várias garotas gostam.

— De ser machucadas?

— Sim. Ele diz que garotas gostam disso.

— Ele é doente. — Maddy estava com raiva agora. — É um pervertido.

— Mas não conte nada a ninguém. Prometa.

— Tudo bem. Eu prometo. Mas você realmente precisa contar a alguém, Im.

— Quem?

— Mamãe e papai?

— O que eles podem fazer? Não vejo papai indo à casa de Leo e batendo nele.

— Na verdade, acho que é exatamente o que ele faria.

— Você acha?

Maddy hesitou. Não era um bom momento, mas nunca haveria um bom momento.

— Papai vem tendo alguns problemas. Ele voltou para casa sentindo que não é muito útil para nós.

— Não é muito útil? Por que ele não seria muito útil?

— Ele diz que a mamãe faz tudo e que estamos crescidas agora. Eu não percebia isso, mas aparentemente ele sente que não é bom em nada. Ele quer fugir e se esconder.

— Fugir para onde?

— Ele arranjou uma mulher na China.

— O quê?!

Os olhos de Imo brilharam com uma fúria repentina. Ela pulou da cama, amarrando firme seu robe no corpo machucado.

— Ele não vai fugir para lugar nenhum! — falou.

— Não! Espere! Imo!

Mas era tarde demais. Ela já tinha descido as escadas em direção à cozinha.

— Pai! O que é esse negócio de você nos abandonar?

— Imo, querida...

— Se fizer isso, eu vou te rastrear e te matar! Entendeu? Não vai haver nenhuma fuga! Nós precisamos de você, então você fica! Entendeu?

— Querida, por favor — defendeu-se o pai. — Deixe isso comigo e Jenny. Por favor.

— Não, eu não vou deixar! Estou envolvida também. Maddy está envolvida também.

— Sim, sei disso...

— E afirmamos que você não pode ir. Então é isso. Você é voto vencido.

— Temos que conversar mais tarde, querida. Todos nós. Quando estiver mais calma.

— O que há para conversar, pai? Então, você não está num bom momento. Lide com isso. A vida não é sempre um mar de rosas.

Maddy pensou em como Imo estava magnífica. Com o rosto magro limpo e a mão levantada, como se fosse atacar, ela era uma fúria vingativa. O pai intimidava-se diante de sua presença.

— Bem que gostaria de uma bebida — disse ele.

— Eu também — disse Imo.

Ela tirou uma garrafa de vinho da geladeira e serviu um copo a todos.

— Então, você não vai embora, certo? — perguntou Imo. — Isso está decidido.

— Sim — disse o pai.

Todos brindaram a isso, como se estivessem selando um juramento.

Rich telefonou para Maddy aquela noite. Ela não reconheceu o número de telefone e não sabia que era ele até que começasse a falar.

— Sou eu — disse ele. Sua voz soava nervosa. — Rich.

— De onde está ligando?

— Do telefone da sala de aula.

— Você está sozinho?

— Quase.

— Como está sua avó?

— Nenhuma mudança.

— Você vai à escola amanhã? — perguntou Maddy.

— Sim. Meu pai diz que não tem por que ficar passeando pelo hospital.

— Certo. Então te vejo na escola.

— Eu estava pensando. Talvez a gente não queira que muitas pessoas saibam. Na escola, quero dizer.

— Por que não? Está com vergonha de mim?

— Pensei que você podia estar com vergonha de mim.

— Ah, Rich. Você é um idiota.

— Então, você não está?

— Não — falou Maddy. — Tenho orgulho de você.

— Bem, eu tenho orgulho de você. Por que não teria? Você é tão linda.

— Você também.

— Eu? — Ele soou genuinamente surpreso.

— Sim. Mas talvez você esteja certo. Não quero fazer disso um assunto da escola. Não vamos mudar na escola.

Como Joe queria comigo. Só que não era Joe.

— E nos encontramos depois da escola? — perguntou Rich.

— Combinado — respondeu ela.

— Melhor eu ir. Kitty tem ouvidos afiados. Só tem mais uma coisa que eu queria perguntar.

— O quê?

— Isso realmente aconteceu?

— Sim. Realmente aconteceu.

— Apenas checando.

— Achou que talvez tivesse sonhado? — perguntou Maddy.

— Sim. Foi tão bom. Achei que só podia ser um sonho.

— Não. Foi real.

— Real é melhor, não é?

— Real é melhor.

Rich apaixonado

Kitty notou a mudança em Rich.

— Você anda estranho — disse ela.

— Não, não ando.

— Sim, anda. Não presta atenção metade do tempo.

— E daí? Talvez eu não esteja interessado metade do tempo.

— Acho que é por causa de Maddy Fisher.

— O que ela tem a ver com isso?

Mas ele corou. Kitty deu um grito de triunfo.

— Eu sabia! Você está a fim de Maddy Fisher!

— Eu não! E, de qualquer forma, você não tem nada a ver com isso.

— Você está! Você está! Se não admitir, conto para todo mundo.

— Isso não faz nenhum sentido.

— Vou contar. Você vai ver.

— Por que não para de meter esse seu narigão onde não é chamada?

— Eu tenho narigão?

Ela sentiu o próprio nariz, ficando crítica repentinamente.

— Seu narizinho, então — corrigiu ele.

— Mas eu estou certa, Rich, não estou? Acho que ela é ótima. E tenho certeza de que ela também é a fim de você.

— O que é esse "a fim", Kitty? De onde você tira essas coisas?

— Mas ela é. Eu vi o jeito como ela te olhava na festa da vovó. Você a ama, Rich? Vocês se beijam e tudo o mais?

— Fique fora disso. Você é muito nova.

— Mas eu tenho que aprender! De que outra forma vou aprender? Você tem que me contar coisas. Mamãe e papai são antiquados, não são úteis. Você é tudo o que tenho. E, de qualquer forma — Kitty se agarrou a ele, adulando-o —, quero que seja feliz. Apenas me diga se está feliz.

— Tudo bem. Eu estou feliz.

Ela arremessou os braços ao redor do irmão e o apertou forte.

— Você está apaixonado! Está apaixonado! Está apaixonado!

Era verdade. Rich estava apaixonado. Aquilo ia muito além de qualquer sonho que tivera com Grace Carey. Passou as horas num torpor feliz, pensando apenas no momento em que estaria sozinho com Maddy Fisher mais uma vez.

— Quer saber de uma coisa? — disse seu amigo Max. — Você ficou extremamente chato.

— Desculpe.

— O que está escrevendo?

Ele tomou a folha de papel de Rich e leu em voz alta:

— "A necessidade mais profunda do homem é superar a separação." Que porra é essa?

— É do livro que Pablo me emprestou.

— Besteira. A necessidade mais profunda do homem é transar.

Estavam deitados na grama na beira do campo esportivo, supostamente revisando a matéria para a próxima prova. Um momento de sol no outono tinha atraído metade dos estudantes para a luz.

— Por que você sempre insiste em falar sobre sexo, Max?

— Não sei. Acho que tem algo a ver com os hormônios.

— Nunca pensa em outras coisas?

— Não.

— Suponha que você fosse capaz de fazer quanto sexo quisesse. Suponha que houvesse garotas só para você, o tempo todo.

Dez vezes por dia até. Não chegaria um momento em que você iria começar a querer alguma outra coisa?

Um olhar sonhador tomou conta do rosto redondo e rosado de Max.

— Garotas que eu poderia comer quando sentisse vontade — disse ele. — Isso seria demais.

— Você ficaria entediado. Sabe que ficaria.

— Vou te dizer o que eu faria. Treparia após o café da manhã. Depois tiraria um cochilo. Então treparia para tomar um lanche. Depois um outro pequeno cochilo. Então almoçaria. Aí, treparia de novo. Depois outro cochilo...

— Certo, tudo bem. Já visualizei.

Maddy Fisher passou com um grupo de amigos. Ela acenou, cumprimentado-o.

— Essa Maddy Fisher é interessante — disse Max. — Pena que não tem nenhum peitinho.

Encontraram-se na árvore do celeiro no bosque, no início daquela tarde. Maddy estava carregando uma manta indiana dobrada.

— Agora não temos que ficar cheios de folhas.

Ela a estendeu sob o freixo.

Rich estava surpreso com a manta. Por que não tinha pensado nisso? A parte que o surpreendeu foi que Maddy tinha feito planos para o encontro deles. Rich tinha a própria obsessão como certeza. Mas ainda não acreditava que Maddy pudesse realmente estar pensando nele quando não estava por perto. Para Rich, parecia que Maddy tinha se juntado a ele por pura bondade, porque sabia o quanto ele a queria. Não conseguia conceber que ela o desejava.

— Alguma notícia de sua avó? — perguntou Maddy.

— Não. Mamãe e papai estavam com ela pela manhã. Ela ainda não tinha acordado.

— Realmente sinto muito, Rich.

Eles deitaram juntos na manta. Maddy vestia calça jeans, camiseta e uma blusa azul.

—Aonde você disse a seus pais que iria? — perguntou Rich.

—Encontrar Cath.

—Cath sabe?

—Ainda não. Vou contar para ela amanhã.

—É engraçado pensar em contar, não é? Fico com vergonha. Não sei realmente por quê.

—Eu também — concordou Maddy.

—Acho que é porque ainda não acredito.

—No que você não acredita?

—Que você queira ficar comigo.

—Não deveria se colocar para baixo o tempo todo, Rich. Você é uma pessoa muito especial.

—Bem, esse é o problema. Às vezes sinto que estou tão à frente de todo mundo que devo ter aterrissado de outro planeta. E, às vezes, sinto-me um ninguém.

—É como me sinto também.

—Não tem como você se sentir uma ninguém, Maddy. Você é tão linda.

—Não me acho linda.

—Mas você é. Simplesmente é. Fato.

—Não tenho muito corpo.

—O que quer dizer com "não tenho muito corpo"? — Quis saber Rich. — Você tem um corpo maravilhoso.

—Mas não exatamente sensual.

—Quem te disse isso? Você é tão sensual que me mata. Maddy, você é tão sensual que as pessoas morreriam por você.

—Bem, estou feliz que você ache.

Eles se beijaram como antes, bem suavemente.

—Lembre-se — disse ela. — Estamos apenas treinando.

Abraçaram-se bem apertado, e o beijo tornou-se mais ardente. Rich sentiu o corpo dela contra o dele. Começou a ter arrepios.

— Lá vem você com a tremedeira — disse Maddy.

— Não queria que isso acontecesse — falou Rich.

— Por quê? Eu gosto. Me faz sentir como se tudo fosse a primeira vez.

— E é.

— Para mim também.

— Mas você beijou garotos antes, Maddy.

— Não assim. E nada mais que beijar. Então realmente é a primeira vez para mim.

— Você não queria que eu fosse experiente e soubesse todos os movimentos certos?

— Não. Amo o fato disso ser novo para você também. Amo o fato de ninguém nunca ter feito isso com você antes. Sinto como se estivesse me dando algo que nunca ninguém teve e ninguém mais poderá ter.

— Mesmo se eu fizer tudo errado?

— Você não vai fazer tudo errado. É por isso que estamos treinando.

Beijaram-se novamente. Rich beijou o pescoço de Maddy. Ele sentiu as mãos dela movendo-se pelas suas costas, puxando-o para perto. Sentiu seus quadris pressionando-se contra os dele.

— Você podia tirar a camisa — sugeriu ela. — Para que eu pudesse sentir você de verdade.

Ele tirou a camisa. Aos seus próprios olhos, o torso nu parecia branco e magro na luz fraca da tarde. Mas Maddy parecia satisfeita.

— Seus pelos do peito são pequenos.

Ela acariciou o peito de Rich. Fez cócegas em seus mamilos.

— É sensível?

— Um pouco — respondeu ele.

Ela beijou seu peito, esfregando o rosto contra a pele nua.

— Corpos não são maravilhosos?

— Você não acha que sou muito magro?

— Não. Você é esguio e atraente.

O cabelo de Maddy caiu para ambos os lados do rosto e fez cócegas na pele de Rich.

— Eu poderia simplesmente devorá-lo — disse ela.

Rich não conseguia fazer pedidos em voz alta como ela. Ainda se sentia tímido. Então, em vez disso, escorregou as mãos por dentro da camiseta de Maddy e sentiu-lhe a pele nua. Acariciou as costas da garota, empurrando a camiseta para cima, sentindo o relevo de sua espinha.

— Por que eu não tiro isso? — sugeriu ela.

Ela se sentou e puxou a camiseta pela cabeça. Não estava usando sutiã. Ficou parada lá por um tempo, observando Rich fitá-la.

— Gosta?

— Você é linda. Mais que pensei.

— Falando de magricela...

— Nada magricela. Perfeita.

Muito gentilmente, ele correu os dedos pelos seios dela. Maddy viu a admiração nos olhos de Rich.

— Não é como naquelas fotos glamorosas.

— Um milhão de vezes mais deslumbrante. Sinta. Minhas mãos estão tremendo.

E o sangue corria. E as pernas formigavam. E seu pênis crescia na calça jeans.

— Ah, Rich. Você é tão doce.

Rich beijou os seios dela, primeiro um, depois o outro, com carinho. Então colocou os braços ao redor dela e a puxou para baixo, os dois deitados um contra o outro na manta. Ele beijou os lábios dela. Sentiu as mãos de Maddy escorregarem para sua virilha.

— Você se importa se eu sentir? — sussurrou ela.

— Não.

Não era o tipo da coisa que dava para manter em segredo. Ele sentiu-se estranho em relação a isso e quase insuportavelmente excitado, ao mesmo tempo. Seu pênis estava duro agora, e Rich precisou puxar a calça jeans para ajeitá-lo. Maddy sentiu o relevo que se formou no brim. Acariciou para cima e para baixo.

O toque dela o dominou. Nunca ninguém o tinha tocado ali. Os prazeres solitários que ele tinha proporcionado a si mesmo jamais trouxeram a eletrizante sensação de alteridade. Outro alguém, alguém fora do controle da própria vontade, estava lhe dando prazer. Rich tinha entrado numa região de prazeres desconhecidos. E, para ser acrescentado ao choque de formigamento absoluto, havia o maravilhoso e inconcebível fato de que ela *queria* lhe dar prazer. A constatação o aturdiu. Parecia impossível. Os prazeres do sexo tinham sido tão privados até agora, tão envoltos em sigilo e culpa que parecia que apenas em sonhos poderiam ser divididos com alguém.

— Acho que eu deveria desabotoar sua calça — disse Maddy. — Você parece tão desconfortável.

Ela desabotoou o botão de cima. Desceu o zíper. Tirou o cós da calça dele do caminho. Seu pênis ergueu-se livre.

Rich viu-se incapaz de dizer uma única palavra.

Maddy tocou no pênis. Depois o acariciou suavemente, mais tateando que o acariciando.

— Eu não sei realmente o que estou fazendo — falou ela.

Maddy envolvia o pênis de Rich com uma das mãos agora, movendo-a para cima e para baixo. Ele deixou-se arquejar.

— Desculpa. Machuquei você?

— Não — falou Rich. — Não é isso.

— Ah. Você acha que vai gozar?

— Não seria a primeira vez.

— Rápido assim?

— Bem, estou bastante excitado.

— Estou excitando você?

— Sim, Maddy. Muito.

Ela acariciou o pênis de Rich com toques leves.

— Cath e eu assistimos a alguns filmes pornôs há algum tempo — disse ela. — Achei que parecia tão entediante. Mas com você não é entediante. É excitante.

— Aposto que o pau do sujeito era maior que o meu.

— Era sim. Muito.

— Sinto muito sobre isso.

— O que você quer dizer com sentir muito? Quem disse que maior é melhor? Você queria que eu tivesse seios maiores?

— Não. Não mesmo.

— Então pronto — falou Maddy. — Eu amo seu pau do jeito que ele é.

Ela se curvou, beijando-lhe o pênis, que se contraiu.

— Ah, se contraiu!

— O que você esperava?

— Por quanto tempo ele ficará duro?

— Até conseguir o que deseja.

Maddy voltou a acariciar o pênis levemente com uma das mãos.

— Você se importa se não formos até o final? — perguntou ela. — Hoje, quero dizer.

— Não. Eu não me importo.

— É só porque não quero que aconteça tão rápido.

— Nem eu.

— Dói se você não gozar? — perguntou Maddy.

— Não. Não dói. Apenas é igual a tudo o que se quer muito, mas não se consegue.

— Pobre pênis. Parece tão injusto.

Ela o beijou novamente.

— É meio que a mesma coisa para mim, sabe? — disse Maddy. — Estou ficando bastante interessada.

— Talvez você devesse desabotoar sua calça também.

— Tudo bem.

Mais uma vez, Rich estava surpreso. A matéria da fantasia estava se provando de uma grande simplicidade. Tudo o que se precisa fazer é pedir.

Maddy contorceu a calça jeans até os joelhos. Por baixo, estava vestindo uma bela calcinha branca. Através do algodão, Rich conseguia distinguir o triângulo escuro de seus pelos pubianos.

Ela pegou a mão dele e a colocou entre suas coxas. Rich a acariciou, sentindo o relevo macio sob o algodão branco. Ele sentiu uma pulsação no pénis.

— Isso pode ser demais para mim.

Ela colocou sua mão sob a dele e a pressionou contra a virilha, movendo-a para cima e para baixo.

— Isso é bom — falou Maddy.

Então ela tirou a calcinha e fez com que a mão dele sentisse o triângulo de pelos e as dobras interiores. Ela guiou o dedo indicador de Rich. Moveu cuidadosamente a ponta do dedo dele um pouco para cima, um pouco para dentro.

— Consegue sentir? — perguntou ela.

— Ainda não. O que eu deveria estar sentindo?

— Tem uma pequena elevação aí. Aí! Você está nela agora.

— Ah, sim.

— É o que me dá sensações boas.

Rich pressionou a pequena elevação oculta e moveu a ponta do dedo de um lado para o outro. Ela tomou o controle novamente, segurando seu dedo nos dela, fazendo-o girar ao redor em pequenos círculos.

— É assim que você gosta?

— Sim. Bem aí.

Ele falou a ela do que gostava. Ela falou a ele do que gostava. Era tão simples, tão óbvio e, para Rich, uma revelação além da imaginação. Seu corpo estava convulsionando de desejo. Sua mente estava deslumbrada pela proximidade do corpo quase nu de Maddy. Mais que tudo, ele sentiu-se inundado de gratidão.

Ela quer me dar prazer. Ela me dá o corpo para me agradar. Ela acaricia meu pênis para me agradar. Por isso, dou a ela meu amor agora e para sempre. Tudo para você, minha Maddy. Minha querida Maddy.

Veio um som distante de passos no bosque. Os dois congelaram. Alguém estava subindo a trilha.

Rapidamente, em silêncio total, vestiram suas roupas e separaram-se, sentando-se um pouco afastados na manta. Um cachorro apareceu, um labrador preto, e os observou. Uma voz feminina chamou: "Susie! Susie!" O cachorro correu. Uma figura semivisível passou por entre as árvores, subindo a trilha e indo para o topo da colina.

— Talvez devêssemos voltar — sussurrou Maddy.

Levantaram-se. Maddy sacudiu a manta e a dobrou.

— É melhor acharmos um outro lugar da próxima vez — disse Rich.

— Eu tenho um. Se você não se importar de ir para meu lugar especial.

— E seus pais?

— Não em casa. Na loja. Depois que estiver fechada, claro. Tem até uma cama.

Rich colocou os braços em volta dela e a puxou para perto. Beijaram-se.

— Eu te amo, Maddy.

— Eu te amo, Rich.

Eles voltaram pelo bosque escuro, descendo de seu retiro particular para o mundo das demais pessoas. Nos espaços sombrios entre as últimas árvores, beijaram-se de novo, antes de saírem para a rua aberta.

— Amanhã à noite, então.

— Amanhã.

Joe traz notícias

Maddy tinha muita coisa para contar a Cath. Ela começou com a parte fácil.

— Finalmente confrontei Joe e adivinhe? Grace inventou tudo.

— Inventou o quê?

— Tudo. Sobre ela e Joe. Sobre Gemma estar grávida. Os e-mails. Tudo.

— Ela não está saindo com Joe?

— E Joe não mandou os e-mails.

— Então quem mandou?

— Só pode ter sido a própria Grace.

— Mas por quê?

— Me diz você! Acho que ela só pode ser louca.

— Mais que isso! Alguém devia pará-la. Isso é muito doentio.

— Bem, parece mesmo que ela está doente, não é? É por isso que não está na escola.

— Doente, sei. Ficar doente é muito pouco para aquela vaca. Voto em pena de morte. Você não quer matá-la?

— Quero saber por que ela fez isso. Mas não, não quero matá-la.

— Você é boa demais para este mundo, Mad. Não é saudável.

— Não estou mais interessada em Grace, para falar a verdade — confessou.

Maddy tinha mais para contar. O que dissera até então entrava na categoria "surpresa". A parte seguinte estaria mais para "traição". Por muito tempo, ela e Cath haviam ficado sem namorado juntas, solidárias em um mundo de casais. Quando ela embarcara na grande paixão por Joe, convidara Cath a ser parte daquilo desde o início. Agora era diferente. Cath estava do outro lado.

— Tem outra coisa acontecendo comigo — disse Maddy. — É tudo muito recente. Comecei a sair com Rich Ross.

— Rich? — Cath olhou incrédula. — Você e Rich?

— Sim.

— Como? Quando? Você nunca disse nada. — Seus olhos começaram a piscar rapidamente. — Nem assinou a petição.

Maddy soube então que era ainda pior do que temera. Cath havia acalentado esperanças secretas em relação a Rich.

— Ah, Deus — falou Maddy. — Desculpe, Cath.

— Era apenas um vislumbre minúsculo. Apenas um sonho de criança. Pensei talvez que, se ele não tivesse ninguém...

Sua voz sumiu.

Maddy disse:

— Eu não teria feito nada se soubesse.

— Então vocês já fizeram coisas?

— Não muito. É tudo realmente novo.

— Não pensei que ele fosse seu tipo.

— Nem eu.

— Ah, bem — continuou Cath —, não me surpreende que ele tenha ficado a fim de você. Mas você ficar a fim dele... isso é novo. Quero dizer, Rich Ross não é exatamente um Joe Finnigan, né?

— Talvez seja disso que gosto nele.

— Então você realmente gosta dele?

— Sim.

— Quanto de um a dez?

— Nove.

— Joe ganhou um nove. Nove significa dez, mas você não quer dizer dez porque dez significa que é perfeito e então Deus fica com ciúme e estraga isso.

—Tudo bem, oito.

—Qualquer coisa acima de sete é paixão.

—Não sei, Cath. Não é como com Joe. Não me sinto toda agitada. Só quero estar com ele, e, quando estou com ele, me sinto bem.

—Ai, meu Deus. Ai, meu Deus. Ai, meu Deus.

—Tudo bem. Não direi mais nada.

—Não, você é minha melhor amiga. Quero saber tudo sobre isso. Só queria que eu tivesse alguém para amar também. Como queria, como queria, como queria. —Ela fez uma pequena dança de frustração. —Acho que terei que atacar Mini-Max. Você acha que, se eu não me importar de ele ser um anão, ele não vai se importar de eu ser uma bruxa?

Até onde deveriam ir? A pergunta não existia mais para Maddy, porque eles já tinham começado. Não havia como parar agora. Iriam até onde a estrada os levasse. O tempo que ficariam juntos naquela noite, já planejado, era apenas uma parte da viagem. O que quer que fizessem então, nunca seria "o caminho todo". O caminho tinha que ser mais longo que isso. Mas poderia ser, e provavelmente seria, aquele marco semimístico na vida de toda garota, a "primeira vez".

Maddy sentou-se sozinha em uma cabine da biblioteca, os livros escolares abertos diante dela, e pensou sobre sexo. A probabilidade era irreal para ela. Havia tantas associações: era adulto, glamoroso, mas também havia algo de ridículo. Como poderia, uma transformação tão presumida, ser alcançada por alguns minutos de um ato desajeitado e desastrado na sala da almofada, apenas daqui a algumas horas?

Talvez eu não esteja pronta. Não preciso fazer isso.

Esse pensamento a fez parar. Por que ela estava presumindo que seu romance que florescia com Rich precisava tornar-se sexual tão cedo? No passado, os casais beijavam-se e abraçavam-se por meses, até anos, antes de terminarem na cama juntos. Rich, certamente, não estava forçando a barra. Nenhum dos dois estava. Estavam deixando acontecer o que queriam que acontecesse.

Quem estava querendo?

Maddy esforçou-se ao máximo para ser honesta consigo mesma. Ela ficaria mais à vontade se pisassem no freio da corrida em direção ao sexo? Ela imaginou-se nos braços de Rich de novo como tinham ficado na árvore do celeiro. Ali estava a resposta. Cada toque os levava até lá. Era o que vinha a seguir. Era o amanhã. Era aquela noite. Em breve seria o agora.

E ela queria que acontecesse. Queria porque seria, então, o vínculo entre ela e Rich, o segredo compartilhado que os faria mais que amigos; assim como Gemma tinha falado sobre Joe: "Sou a única com quem ele faz aquilo." Maddy não esperava uma explosão selvagem de paixão. Perguntara às amigas que tinham feito sexo, e entendera que havia mais desconforto que prazer na primeira vez. Mas, por outro lado, não demorava muito, o garoto ficava agradecido e, a partir daí, você poderia dizer que já não era mais virgem. Vai ficando mais fácil, disseram elas, como fumar. Continue fazendo e você começa a gostar de verdade.

Quando imaginou, Maddy percebeu o sexo como uma forma estendida de beijar e abraçar. Vamos nos beijar e nos abraçar e ficar cada vez mais perto, até estarmos tão perto quanto duas pessoas podem estar. E isso será sexo.

— Aí está você! Estava te procurando por todo lugar.

Era Joe Finnigan. Ele se deixou cair numa cadeira na frente dela.

— Escute — disse ele. — Acho que descobri o que anda acontecendo com Grace. Meio que tive uma ideia e verifiquei ontem de noite. Grace Carey está saindo com meu irmão Leo.

— Leo!

— Sempre que algo de ruim acontece em minha família, pode apostar que tem um dedo de Leo.

— Grace está saindo com Leo!

— Aparentemente, ele a pegou em um clube há mais de um ano — confirmou Joe.

— Grace está saindo com Leo há um ano?

— É o que Leo disse.

— Mas acabou agora.

— Não acabou mesmo. Ela ainda está com ele.

— Mas Leo está saindo com minha irmã.

— O que não significa que não esteja com Grace.

Maddy fez um grande esforço para juntar todas as informações. Por que Grace não contara a ela?

— O que você quer dizer com "ela ainda está com ele"?

— Grace está no apartamento de Leo. Leo falou que ela está doente.

— Doente como?

— Não sei. Leo não conta muito. Contei a ele a história de Grace sobre você e eu, e ele riu e falou que sim, que sabia. Foi então que revelou tudo. Falou que ela era menor de idade quando deu em cima dele pela primeira vez. Disse: "Você me conhece, Joe. Consigo resistir a qualquer coisa, menos à tentação."

— E Grace está com ele agora?

— Aparentemente.

— Joe, Leo tem tendência à crueldade. — Maddy estava tentando não contar o que Imo lhe dissera em segredo, mas ela não conseguia parar. Alguma coisa tinha que ser feita. — É quase como se fosse sádico.

— Leo é bem perturbado — concordou Joe. — Pode agradecer ao nosso querido papai por isso. Não foi exatamente o melhor modelo. Muito encantador e imprevisível. Ele foi embora há anos, mas ainda aparece de vez em quando. Mamãe diz que ele é um completo babaca, mas que nunca amou mais ninguém.

— Ele era violento?

— Acho que sim.

— Mas sua mãe o amava mesmo assim?

— Sim. Ainda ama.

— Joe, Leo é violento. Ele bateu em Imo. Ele a machucou.

O semblante de Joe tornou-se sombrio.

— Sinto muito — disse ele. — Realmente sinto. Ela tem que se afastar.

— Ela está afastada agora.

— Não desejaria Leo a nenhuma garota, mesmo sendo meu irmão. Nem mesmo a Grace Carey.

— Ele não devia ser denunciado ou algo assim? Vi o que ele fez a Imo.

— Acho que sim. É difícil. Leo acha que está apenas curtindo por aí.

— É verdade que muitos garotos gostam de machucar garotas? — perguntou Maddy. — Você gosta?

Ele a fitou prontamente, em choque.

— Não! Nunca! Eu não machucaria uma mosca. Pergunte a Gemma.

— Alguém tem que conversar com ele, Joe. Você não pode fazer isso? Faça com que ele enxergue.

— Maddy, sou o irmão caçula. Leo riria de mim.

— Alguém tem que fazer alguma coisa.

Joe tirou os cabelos dos olhos e encolheu os ombros de forma embaraçada. Ele se levantou.

— Bem, de qualquer forma, foi isso o que vim dizer. Seja lá o que Grace estiver fazendo, tem a ver com Leo.

O que Grace estava fazendo?

Maddy ficou repassando as informações várias vezes, mas nada fazia sentido. Se ela estava saindo com Leo o tempo todo, por que o segredo? Por que as mentiras? Por que o faz de conta elaborado?

Se Grace não aparecesse na escola na manhã seguinte, Maddy estava determinada a ir ao apartamento de Leo, encontrá-la e fazê-la contar a verdade. E, caso Leo estivesse presente, havia coisas que precisava dizer a ele.

Amanhã.

Antes disso, aquela noite.

A versão de Grace

Naquela noite, Maddy preparou-se com cuidado. Tomou um banho. Colocou a lingerie mais bonita. Escolheu uma saia de brim azul curta, porém não vulgar, mais fácil de manejar que uma jeans, uma camiseta de algodão branca apertada e uma blusa de malha longa e larga da cor de sorvete de morango. Escovou o cabelo e o prendeu atrás em um rabo de cavalo. Gastou meia hora se maquiando, mas tão sutilmente que Rich provavelmente iria pensar que não usava nenhuma maquiagem. Ela esguichou três rajadas bem curtas de perfume. Tomou sua pílula da tarde, a sexta desde que tinha começado. Nenhum efeito colateral até então.

Sozinha na cozinha, acrescentou vodca em uma caixa de suco de laranja e a sacudiu vigorosamente. Não ia ficar bêbada, apenas um pouco relaxada.

Destrancou a loja e subiu os degraus para o quarto das almofadas. Fechou as cortinas ao redor da grande cama indiana, mesmo que nenhum cliente fosse aparecer àquela hora. Deitou-se entre as almofadas na luz suavemente colorida da tarde, tomou um gole de vodca e laranja, e esperou que Rich ligasse.

Enquanto esperava, pensou nele. Ela o imaginou ali com ela, deitado na cama. Imaginou-o beijando-a do jeito como tinham se beijado na árvore do celeiro, bem suavemente. Ela se imaginou colocando os braços ao redor de seu corpo nu. Ela sussurraria: "Eu te amo, Rich." Sentiu o corpo dele por todo o seu. "Vamos?", sussurraria. "Vamos fazer?" Ela o sentiu tremendo em seus braços do mesmo jeito que antes e soube que ele queria fazer aquilo mais que qualquer outra coisa no mundo. "Você me ama, Rich? Você me ama?" E amava, ele a amava de todo o coração, mente e corpo, e era assim que ela sabia. Ele estava se doando a ela sem reservas. Ela o abraçou, nu em seus braços, e ele estava o mais perto que qualquer um poderia estar. Isso era amor.

O telefone tocou.

Rich estava ligando do hospital. Não poderia ir.

— Realmente sinto muito, Mad. — Sua voz estava bem baixa ao telefone, com o som dos alto-falantes do hospital ao fundo. — Sabe que é o que eu mais quero. Mas estamos todos aqui.

— A situação é ruim?

— Estão dizendo que sim.

— Não se preocupe comigo. Ligue quando puder.

— Eu deveria estar pensando na vovó — disse ele. — Mas estou pensando em você.

— Eu também.

Depois que a ligação terminou, Maddy deitou por mais um tempo pensando no que fazer. Então fez o que sempre fazia em momentos como esse. Ligou para Cath.

Cath veio imediatamente. Elas beberam a vodca com laranja, e Maddy contou a Cath tudo que sabia agora sobre Grace.

— Leo? — disse Cath. — É o Leo? Não consigo entender. Sou burra? O que está acontecendo?

— Pergunte a Grace.

— Onde está Grace? Ela não vai à escola há dias.

— Joe disse que está na casa de Leo — respondeu Maddy. — Ele tem um apartamento na High Street. Em cima do Caffè Nero.

Elas entreolharam-se. Maddy tomou outro gole da caixa e a entregou para Cath.

— Você está pensando no que estou pensando? — perguntou Maddy.

— Pode apostar que sim.

Cath tomou um longo gole.

— Ela estará lá agora.

— Rindo com aquele esquisito do Leo.

— Poderíamos conversar com ela.

— Poderíamos esbofetear aquela cara idiota.

— Não, não quero brigar — disse Maddy. — Só quero algumas respostas.

Passava das 21 horas quando Maddy e Cath pararam na calçada vazia do lado de fora do café. O ar da noite estava frio. Na excitação induzida pela vodca, Maddy não tinha pensado em colocar uma blusa mais quente e agora estava tremendo de frio.

— Não sobrou nada na caixa?

— Mad, nós a esvaziamos no caminho. Estamos à base de sede de justiça agora.

— Sede de justiça. Certo.

Ela tocou a campainha do primeiro andar do apartamento. Não saiu som algum.

— Acho que a campainha não funciona.

Maddy bateu à porta. Não houve resposta.

Elas chegaram para trás no meio-fio e olharam para cima, para as janelas do primeiro andar. As cortinas estavam fechadas, mas havia luzes dentro.

— Alguém está em casa.

Então a porta da rua se abriu e Leo Finnigan saiu.

— Oi — cumprimentou ele.

Vestia uma jaqueta de couro tipo aviador e um cachecol, aparentemente saindo para algum lugar.

— Grace está? — perguntou Maddy.

— Sim, está.

— Queremos vê-la.

— Ela não está se sentindo muito bem — disse Leo. — É importante?

— É.

Maddy percebeu que Leo não a tinha reconhecido. Ela não viu necessidade de lembrá-lo.

— Entrem, então.

Elas o seguiram para o andar de cima.

— Estava indo para o bar para tentar pegar a segunda metade do jogo — disse ele. — Hoje em dia não é muito legal admitir isso, mas sou um fã secreto do Manchester.

A sala de estar do apartamento estava mobiliado com os conhecidos itens da loja da família de Maddy, alguns deles muito caros. A mãe de Leo não tinha poupado despesas. A arca onde a TV estava era o item mais caro, feito de diversas madeiras que criavam imagens de palácios à beira de lagos. Os restos de uma refeição para viagem descansavam no chão entre uma pilha de DVDs. Roupas largadas estavam penduradas nas cadeiras. Sapatos, masculinos e femininos, amontoavam-se sob a mesa. Havia pontas de cigarro em pratos nos peitoris das janelas.

Grace estava deitada no sofá, coberta por um edredom. A pele parecia pálida e brilhante, o cabelo, despenteado, e os olhos, arregalados e pasmados. Assistia à *Bonequinha de luxo*.

— O que estão fazendo aqui? — perguntou Grace. — Quem contou que eu estava aqui?

Ela soou assustada.

— Joe — respondeu Maddy.

— Não é da conta dele — disse Grace.

— Meu irmão, meu protetor — falou Leo com um sorriso. Ele desligou a televisão. — O que posso lhes oferecer? Tenho uísque. Tenho água. Tenho uísque e água.

Maddy encarou Grace. Sua aparência a chocou.

— Não queremos nada — disse Cath. — Viemos conversar com Grace.

— Ela talvez não esteja bem para isso — disse Leo. Colocou uma das mãos na testa de Grace. — Estava com quase 39 graus esta manhã. Tenho lhe dado paracetamol o dia inteiro.

Leo, o enfermeiro preocupado.

— Estou bem — falou Grace.

Leo desviou o olhar de Grace e fitou Maddy e Cath. Disse:

— Então, já que é uma conversa de garotas, por que eu não as deixo em paz?

Ele se virou para sair. De repente, Maddy não conseguiu aguentar.

— Por que não dá uma ligada para minha irmã? — perguntou ela. — Imo Fisher.

— Ah. — Leo parou na entrada. — Você é a irmã de Imo.

— Você poderia dar a ela um pouco de paracetamol também.

Maddy pretendia intimidá-lo com desprezo, mas Leo entendeu as palavras ao pé da letra.

— Por quê? O que houve com ela?

— Machucados. Por todo o corpo.

Leo ergueu uma sobrancelha. Ele parecia preocupado.

— Como aconteceu? — perguntou ele.

— Você deveria saber. Você fez isso. Você a espancou.

— Eu? Foi isso o que ela lhe contou?

— Sim.

— Desculpe, querida, mas sua irmã deve ter me confundido com alguém. Eu não espanco pessoas.

— Eu vi os machucados.

— Não fui eu — defendeu-se Leo. — Não é meu estilo mesmo. É, flor?

Isso foi endereçado a Grace.

— Claro que não — disse Grace.

Leo checou seu relógio.

— Vinte minutos para o final — falou ele. — Vou deixá-las entretendo umas às outras. Estarei no Rainbow se precisarem de mim.

Leo deu um aceno alegre, que era assustadoramente parecido com o de Joe, e desceu pelas escadas.

Houve silêncio. A negação inexpressiva de Leo tinha deixado Maddy confusa e com dúvidas.

— Se não vão dizer nada — falou Grace —, vamos voltar ao filme.

— É você que tem que dizer alguma coisa — disse Cath.

— Não tenho nada a dizer.

A respiração de Maddy acelerou.

— Isso não é suficiente — falou ela. — Você só fez mentir e mentir e mentir.

— Bem, aí está então — disse Grace. — Não há motivo para ouvir nada que eu digo.

O rosto pálido e a voz apática apenas atiçaram a raiva de Maddy.

— Diga-me, Grace.

— Pense o que quiser — avisou Grace. — Não me importo mais.

— Desde quando você se importava? — disse Cath.

— Tanto faz.

— Escute aqui, vaca — falou Cath. — Não me importo que esteja doente. Espero que morra. Mas, antes de morrer, é melhor contar a Maddy porque a sacaneou dessa forma.

— Ou o quê? — perguntou Grace.

— Ou se arrependerá, porra.

— Ah, isso. Já me arrependi. Não preciso que você faça com que eu me arrependa.

Maddy perdeu a cabeça.

Ela pegou o edredom e o puxou. O corpo magro de Grace ficou exposto, tremendo no sofá, de pijamas. Grace encolheu-se, assustada.

— Isso é só o começo — prometeu Maddy.

Estava tremendo. Percebeu que queria machucar Grace. Queria despertá-la de seu estado de resistência passiva.

261

Ela inclinou-se sobre o sofá e empurrou os ombros de Grace, jogando-a de costas.

Grace arregalou os olhos.

— Você quer me bater?

— Eu estou bêbada — respondeu Maddy — e quero fazer isso há muito tempo.

Então, ela a empurrou de novo, mais forte.

Grace virou seus olhos assustados para Cath.

— Cath — pediu ela. — Diga a Maddy que estou doente.

— Não ligo se você está doente — disse Cath.

Maddy começou a esmurrar Grace com pequenos socos diretos.

— Você vai falar ou não? — perguntou.

Grace estava se encolhendo para fugir do ataque. Maddy a segurou pelos ombros magros e a sacudiu com força.

— Por favor! Não faça isso! — Grace estava olhando para Maddy com grandes olhos assustados. A voz tinha ficado baixa e suplicante. — Sente-se aqui ao meu lado.

— Não quero me sentar ao seu lado.

— Por favor. Eu te conto tudo.

Ela puxou as pernas em direção ao peito para dar espaço, comportando-se como uma garotinha.

— Por favor.

Maddy a fitou por um bom tempo. Podia sentir o sangue correndo nas veias. Sua própria raiva a excitou. Sentia-se poderosa como nunca tinha se sentido antes.

Tinha assustado Grace. Maddy fizera com que ela cedesse. Mas agora, vendo Grace agarrando os joelhos como uma criança, tão frágil e tímida, ela não conseguia sustentar o surto glorioso de raiva.

— Por favor, sente-se ao meu lado — implorou Grace mais uma vez.

Maddy sentou-se ao lado de Grace. Grace se enrolou contra ela, deitando a cabeça em seu colo.

— Continue, então — ordenou Maddy. — Conte.

— Vou contar. Direi o que quiser. Mas não vai melhorar nada. Você nunca vai entender.

— Por que não?

— Por que você não é como eu.

— Quer saber, Grace? — perguntou Maddy. — Você não sabe nada sobre mim. Não sabe como sou ou deixo de ser.

Grace agarrou-se a Maddy, fitando-a com seus grandes e lindos olhos.

— Não quero que você me odeie, Maddy. Nós somos amigas.

— Errado. Não somos amigas, Grace. Isso foi há muito tempo.

Lágrimas brotaram nos olhos de Grace.

— Você também me odeia, Cath?

— Sim — respondeu Cath.

— Vocês não me odiariam se soubessem.

— Soubéssemos o quê? — perguntou Maddy. — Tudo o que sei é que você falsificou um monte de e-mails e contou mentiras sobre você, Joe e Gemma, e tudo por nada, até onde consigo enxergar, a não ser me magoar.

— Não foi para te magoar — disse Grace. — Para te mostrar.

— Me mostrar o quê?

— Como é realmente.

— Como é realmente o quê?

— Amor. Garotos. Sexo.

— Por quê?

— Porque assim você saberia. Você era uma virgenzinha sorridente.

— Eu?

— Ela estava com inveja de você — disse Cath. — Acredita? — contornou Grace. — Você só queria que Mad fosse tão triste quanto você.

263

— Eu queria minha amiga de volta.

Maddy olhou para ela.

— Como me fazer de boba para Joe resolveria isso?

— Assim você saberia. Assim falaríamos sobre garotos e como eles não são bons e como temos uma a outra. — Lágrimas rolaram por suas bochechas. — Era apenas um jogo. Ia te contar logo, mas você comprou a história toda. Então deixei que continuasse um pouco.

— Para que você pudesse rir bastante de mim.

— Não sabia que você tinha ido tão fundo, Maddy. De verdade. Pensei que fosse apenas um pouco de diversão.

— Por que me contou que estava saindo com Joe?

— Isso foi muito longe. Não queria que descobrisse e me odiasse. Tinha que fazer com que você parasse de falar com Joe.

— E qual o objetivo de todos os e-mails sobre Leo?

— Para que Imo parasse de vê-lo. — Ela enxugou os olhos. — Leo é meu.

— Aquilo também foi tudo invenção? Sobre Leo machucar as garotas?

Grace hesitou. Mas agora tinham ido muito longe.

— Não — disse ela.

— Mas Leo acabou de me dizer que não era verdade e você o apoiou.

— O que Leo quer dizer é que ele não faz nada que elas não queiram. Se Leo machucou Imo foi porque ela quis.

— Isso é bobagem. Ninguém quer ser machucado.

— Sim, querem. Muitas pessoas querem ser machucadas.

— Por quê?

Grace encarou em silêncio por um bom tempo.

— É como você sabe se alguém te ama — disse, finalmente.

Maddy estava abismada.

— Olhe — disse Grace.

Ela sentou-se e abriu a parte de cima do pijama. Seu corpo magro estava escuro de tantos machucados, assim como o de Imo.

— É como ele mostra que me ama. Eu quero que ele faça isso comigo. É isso o que você não entende, Maddy. Você nunca transou com um garoto. É isso o que sexo faz.

Maddy fitou-a.

— Isso não é amor, Grace.

— Eu sabia que você não iria entender.

— Isso é doentio — declarou Cath, em voz baixa.

— Não é doentio — disse Grace. — É apenas como é. Garotos querem tanto transar que isso nos dá poder sobre eles. Então, eles precisam nos machucar. Se você quer que te amem, você tem que deixar que te machuquem. Para de doer depois das primeiras vezes. Depois disso, parece amor.

Maddy olhou para o corpo machucado de Grace e, pela primeira vez, sentiu pena. Não pelos machucados: pela solidão e a privação de amor.

— Ah, Grace — disse, suavemente —, eu sinto muito.

— É a mesma coisa com você — falou Grace. — É a mesma coisa com todo mundo.

— Não, não é. Existem outros tipos de amor.

— Não com sexo. Você vai descobrir. Eu estou certa, Cath. Não estou?

— Não — disse Cath. Assim como com Maddy, a aspereza tinha sumido de sua voz. — Você não teve sorte. Leo é doente, Grace. Você tem que fugir dele.

— Eu o amo. Nunca amei ninguém como o amo. Se ele me deixasse, eu morreria.

— Vou denunciá-lo à polícia.

— Não, Maddy! Não pode!

— Maddy está certa — concordou Cath.

— Eu vou negar — disse Grace. — Direi que você está inventando tudo. Você não pode provar. Não o faça me mandar embora. Você não entende? Eu o amo. Ele poderia me matar, e eu morreria o amando.

Cath encontrou os olhos de Maddy.

— Não quero mais fazer isso — disse ela.

Maddy levantou-se do sofá.

— Coloque uma roupa — disse para Grace. — Vamos levá-la para casa.

— Não!

Grace virou o rosto para dentro do sofá e novamente puxou as pernas para o peito.

— Saia daqui! — gritou Grace. — Vá embora!

— Não podemos deixá-la assim. Vou contar para seus pais.

— Não! Essa porra é culpa deles! Vocês acham que eles se importam? — Grace estava gritando agora. — Apenas suma daqui! Saia de minha vida! Você disse que não éramos mais amigas. Apenas me deixe em paz!

Maddy ficou olhando para o corpo frágil e trêmulo enrolado contra o sofá. Então, tirou o edredom do chão e a cobriu de novo. Ela ligou a TV e reiniciou o filme.

— Sinto muito, Grace — disse, suavemente. — Se mudar de ideia, é só ligar. Venha, Cath. Vamos embora.

Do lado de fora, na rua, Maddy olhou para Cath e Cath olhou para Maddy. As duas estavam em choque.

— Isso vem acontecendo há um ano, Cath.

— Você ouviu o que ela disse? Disse que contou todas aquelas mentiras para mostrar a você. Ela quer que você seja tão infeliz quanto ela, Mad.

— Deus sabe o que ela quer. Ela está no mau caminho. Temos que contar a seus pais. Eles precisam tirá-la de lá.

Maddy olhou em direção às janelas iluminadas do Rainbow.

— Mas, primeiro, tenho que conversar com Leo — disse ela.

* * *

No bar, a televisão estava retumbando. A partida tinha acabado. Leo estava ali, sentado à mesa com um grupo de amigos, todos homens, afogando as mágoas.

— Oi, querida — disse ele, vendo Maddy aproximar-se. — Veio nos animar? Precisamos de uma ajuda para nos alegrarmos.

— Vim te fazer uma pergunta — falou Maddy.

— Qual?

— Por que você machuca garotas?

O bar ficou em silêncio.

— Por que você curte machucar garotas?

Leo levantou suavemente os ombros e jogou um sorriso para os companheiros.

— Mulheres, né? — disse ele.

Os homens ao redor da mesa riram.

Havia três canecas de cerveja na mesa: duas pela metade e uma vazia.

— Qual o problema com todos vocês? — perguntou ela. — Todos gostam de machucar garotas?

— Não pode opinar se nunca experimentou, querida — disse Leo.

Maddy pegou a caneca mais próxima e jogou seu conteúdo no rosto de Leo. Ela fez a mesma coisa com a segunda. Ele arfou e levantou uma das mãos. Ainda estava sorrindo.

Então Maddy pegou a última caneca de cerveja vazia, inclinou-se sobre a mesa e girou-a para baixo com força na cabeça de Leo. Ela o atingiu com uma batida forte. Ele gritou e apertou a cabeça com as mãos.

— Opa! — disse um dos homens. — Calma.

Leo tirou as mãos da cabeça. Havia sangue em seus dedos. Ele olhou para os amigos e deu um sorriso torto.

— Acho que ela me ama — disse.

Todos riram: uma grande risada, desanuviando a tensão.

— Vamos, Mad — disse Cath.

Maddy deixou a caneca de cerveja cair. Ela ouviu o estrondo do vidro quando atingiu o chão de ladrilho. Sentiu Cath puxando-a para fora do bar, para o ar gelado da noite. Ainda estava tremendo de raiva.

— Eles riram, Cath. Simplesmente riram.

— O que eles sabem? São apenas homens.

— Não — disse Maddy ferozmente. — Não. Isso é o que Grace quer que pensemos. Não é assim que todos os homens são. Não pode ser.

— Você realmente bateu nele, Mad. Foi incrível.

— Ele não ligou.

— Ele sangrou.

— Fico feliz.

Caminharam pela rua.

— Eu estava com tanta raiva que não sabia o que estava fazendo. Acha que o machuquei muito?

— Espero que sim.

— Ah, Cath. Me abrace.

Elas pararam na metade da High Street e trocaram um abraço apertado.

— Nunca, nunca fiz nada assim antes — falou Maddy.

— Você é uma fera.

— Não quero ser uma fera. Não quero me sentir com tanta raiva. Só quero que todo mundo se ame.

— Eu também. Vamos bater em todo mundo até entenderem a mensagem. Amem-se ou morram.

A grande pergunta

As horas passavam lentamente no hospital.

Por um tempo, parecia que a avó morreria a qualquer momento. Várias vezes, pensaram que ela já havia morrido. Mas, então, vinha uma fungada e eles sabiam que ainda estava viva. Ela estava em um quarto lateral com o pai de Rich sentado próximo. A mãe de Rich, o próprio Rich e Kitty entravam e saíam. Quando se tornou muito cansativo ficar triste pela avó, Rich e Kitty foram buscar xícaras de chá na cafeteria.

— Talvez ela melhore — falou Kitty. — Talvez vá para casa.

— Acho que não — disse Rich.

A avó estava dormindo havia dois dias.

— E se ela simplesmente continuar dormindo? Quero dizer, tipo, por anos e anos?

— Não sei, Kitty. Teremos que esperar e ver.

A cafeteria estava fechada. Havia uma máquina de chá e café. Rich apalpou a bolsa da mãe. Só havia moeda suficiente para um copo de chá.

— Eles terão que dividir.

— E nós?

— Nós ficaremos bem.

— Eu não ficarei bem.

Kitty começou a chorar.

— Vou te dizer uma coisa, Kitty — falou Rich. — Acho que mamãe vai nos levar logo para casa, já que vovó continua dormindo. Quando chegarmos lá podemos fazer icebergs de chocolate quente.

— Você acha?

— Definitivamente.

Eles carregaram o único copo de chá de volta à cabeceira da avó e deram para o pai.

— Acho melhor vocês voltarem para casa — disse ele. — Deem um beijo na vovó caso ela se vá à noite.

— Você vai ficar, Harry? — perguntou a mãe deles.

— Sim. Ficarei bem.

Todos beijaram a avó. Ela não mostrou sinais de que sabia que estavam ali. Sua pele estava macia, seca e cheirava a rosas, como sempre.

— Eu te amo, vovó — sussurrou Rich.

No carro, Kitty disse:

— Ela simplesmente vai continuar dormindo?

— Os médicos dizem que não vai demorar agora — explicou a mãe. — Vovó tem muita sorte, na verdade. É como eu gostaria de partir.

— Eu não — disse Kitty. — Gostaria de dizer adeus e ter todos ao meu redor, chorando e me dizendo o quanto me amam.

— Sua avó sabe disso de qualquer forma, querida.

Em casa, Rich fez os icebergs de chocolate quente como prometido. Era uma invenção de família, permitida apenas em ocasiões especiais. Você fazia chocolate quente da maneira normal e depois colocava dentro de cada caneca uma concha de sorvete de baunilha. Você tinha que beber o chocolate quente antes de todo o sorvete derreter para que sentisse o quente e o frio em cada gole.

Kitty estava feliz novamente. Não dava para não ficar com um iceberg de chocolate quente.

Rich subiu para o quarto e escreveu no diário.

Sou mau. Vovó está morrendo, mas só consigo pensar em Maddy. Quero ficar com ela mais do que quero ficar com vovó, mesmo que isso signifique não estar lá quando ela morrer. Quero estar com Maddy para que eu possa dizer a ela como sou mau. Ela é a única que entenderia.

Colocou Beach Boys para tocar porque era o que havia tocado quando ela estava ali. Ele deitou todo esticado na cama, olhou para o teto e pensou em Maddy. Os pensamentos não eram sobre sexo. Não estava revivendo a hora mágica do beijo e do toque. Estava lentamente absorvendo o fato incrível de que ela o amava.

Rich estava somente agora descobrindo que ele nunca esperara ser amado. Sua família o amava, claro. Mas Maddy era outra pessoa, uma estranha, uma pessoa que não tinha razão ou obrigação de amá-lo. O entendimento de amor para Rich era de que ele somente poderia ser solicitado por um valor fora do comum. Você poderia ser amado por ser notavelmente bonito, famoso, heroico ou rico. Rich não era nenhuma dessas coisas. Por que, então, alguém se interessaria por ele? Ele mesmo, claro, tinha uma vontade poderosa de amar. Não buscava como objetos de seu amor apenas as bonitas, famosas ou ricas. Mas, de alguma forma, ele jamais pensara que poderia ser a mesma coisa para os demais: que garotas também poderiam ter um impulso de amar, como ele tinha, e não estavam esperando pelo garoto perfeito, mas por um pouco de bondade.

Rich se levantou da cama e escreveu no diário.

Não estrague isso. Essa é sua única chance. Existe apenas uma Maddy Fisher no universo. Se ela te largar, ficará sozinho pelo resto de seus dias.

Depois disso, deitou de volta em sua cama e pensou sobre sexo.

Dentre os milhares de formas que poderia estragar tudo, sexo vinha em primeiro lugar. Rich ansiava por sexo e também tinha pavor. Se houvesse alguma chance daquilo arruinar seu relacionamento com Maddy, ele preferia, sinceramente, não fazer. Queria o amor dela muito mais do que queria sexo.

Havia tanta coisa que poderia dar errado. Havia o ato em si, que ainda o desorientava por causa de todas as imagens pornográficas alojadas em seu cérebro. Não era simples, como colocar uma chave na fechadura. Você não conseguia saber bem onde a fechadura estava, para começar. E, mesmo que a achasse, havia algumas maneiras especializadas de proceder que seriam boas para a garota, e outras, muitas outras, que a deixariam inteiramente desinteressada.

Depois, havia a questão da energia. A julgar pelos poucos movimentos intensos de quando ficaram juntos na manta, parecia que, uma vez acontecendo o sexo de verdade, ele duraria uns 15 segundos. Não era o suficiente. Rich não tinha certeza de quanto tempo *era* suficiente, mas 15 segundos não era. Nos vídeos pornôs a que ele tinha assistido, o ato acontecia, pelo o que parecia, durante horas.

Depois, havia a questão da contracepção. Tinha um pacote com três camisinhas. Sabia como colocar uma camisinha. O que o frustrava totalmente era a questão do tempo. Em um mundo perfeito, você a colocaria em um lugar privado, antes de sequer encontrar a parceira, como parte da preparação. Então, quando chegasse o momento, tudo estaria no lugar e nada precisava ser dito. Mas isso não era possível com a camisinha. Seu pênis tinha que estar duro primeiro. Em teoria, você poderia fazer seu pênis ficar duro, colocar a camisinha e, então, sair com sua parceira. Mas, a não ser que o encontro prosseguisse direta e rapidamente para o sexo, seu pênis amoleceria de novo, a camisinha iria sair e você nunca seria capaz de colocá-la de novo. Realmente não havia saída. Você tinha que esperar até o momento crítico e, então, pedir uma pausa. Mas o ato de colocar a camisinha não era erótico. Havia algo de calculado nisso que ia contra a onda crescente de paixão. E Rich estava contando bastante que a crescente onda de paixão o carregasse. Ele não queria parar para um intervalo, muito menos um intervalo impelido por pensamentos sobre gravidez, parto e bebês.

Depois, havia a questão da virgindade. Sua própria virgindade já era mais que o suficiente para Rich se preocupar, mas ele também deveria considerar a virgindade de Maddy. Ela deixara claro que não tinha feito sexo antes. Então, o que ele deveria esperar? Haveria resistência? Haveria sangue? Assim que a palavra "sangue" entrou em sua mente, Rich fechou toda a cadeia de pensamento. Não pergunte. Não olhe. Em algum lugar nesse beco, havia um reino de detalhes biológico que o fez se sentir enjoado. Talvez, pensou pela primeira vez, o que ele realmente precisava levar para essa provação formidável era álcool. Uma vez bêbado nada pareceria assim tão alarmante.

Acrescente a todas essas preocupações práticas e reais o fato de que ele estaria negociando-as em um estado de excitação quase frenética, e lhe parecia que certamente gozaria muito cedo. Ferveria como uma leiteira. Então, o que fariam? Tanta antecipação, tanta preparação, pelados e nenhum lugar para ir. Realmente não parecia justo. Por que a parte de seu corpo mais necessária num momento tão sensível e potencialmente embaraçoso estava tão fora de controle? De quem fora essa ideia? A que proposta evolutiva isso servia? Parecia uma pegadinha. Talvez fosse a maneira de Deus de limitar a população. O método da incompetência.

Rich não acreditava em Deus. Ele acreditava em karma. Karma significava que você tinha o que merecia.

Ele realmente merecia Maddy?

Nem em um milhão de anos.

Então veio a onda de gratidão. Rich a sentia milhares de vezes por dia, vinha em ondas, a sensação de gratidão maravilhosa. Ela me ama. É inacreditável, mas é verdade. Ela me ama.

Então, lembrou-se de que a avó estava morrendo e de que não tinha lhe dirigido um pensamento sequer. O pai estava sentado em um silêncio leal ao lado de sua cabeceira a noite toda, e Rich estava obcecado por sexo.

Sou mau. Sou egoísta. Estou apaixonado.

Na manhã seguinte, o pai telefonou para dizer que a avó ainda estava viva e dormindo. Rich e Kitty deviam ir para a escola.

Rich encontrou Maddy antes do início das aulas.

— Vovó ainda está aguentando — informou ele. — Não posso fazer planos.

— Não, claro que não — disse Maddy. — Sinto muito. Deve ser difícil.

— É estranho. Num primeiro momento parecia grande coisa. Mas, se algo dura muito sem nada acontecer, deixa de ser grande coisa.

— Até acontecer.

Ao final do dia de escola, Maddy, Cath e Rich caminharam juntos em direção à cidade.

— Não estou segurando vela — disse Cath para Rich. — Sou um disfarce.

Maddy contou a Rich sobre Grace, sobre como ela estava doente num sofá e sobre seus machucados. Rich ficou profundamente chocado.

— Então, você estava certo, Rich — falou Maddy. — Adivinhou que tinha alguma coisa errada com ela. Viu o que nenhuma de nós conseguiu.

— Nunca adivinhei que fosse tão ruim.

Cath os deixou na curva para sua rua. Maddy caminhou com Rich para a casa dele. Ela esperou do lado de fora enquanto Rich checava notícias da avó.

— Minha mãe disse para entrarmos. Está espremendo laranjas.

— Alguma novidade?

— Nada. Meu pai está no hospital.

Eles levaram seus copos de suco para o quarto de Rich em busca de privacidade. Rich sentou-se na cama, e Maddy se acomodou a seu lado. Então, ela deitou-se e colocou a cabeça no colo de Rich.

— Quero que minha avó morra — declarou Rich. — Isso prova que não sou uma boa pessoa, não é?

— Acho que é natural.

— Eu deveria estar pensando em minha avó. Mas, na verdade, estou pensando em você.

— Ah, sim — disse Maddy. — Isso é bem ruim.

Ela deu um sorriso de cabeça para baixo tão doce quando disse "bem ruim" que Rich colocou seu copo de suco no chão e apertou uma das mãos contra o peito.

— O que houve?

— Nada — falou ele. — Apenas uma onda de gratidão. Tenho isso de vez em quando.

Ela colocou uma no peito dele e sentiu seu coração batendo.

— Sou egoísta, sabe — disse Rich. — Tudo o que quero é você.

— Isso não é egoísmo. Se você está pensando em mim, está pensando em outra pessoa, então não é egoísmo.

— Na verdade, estou pensando em você pensando em mim.

— Ah, tudo bem. Isso é definitivamente egoísmo.

Uma batida na porta. A voz de Kitty do outro lado chamou:

— Rich? Você está aí dentro?

— Estamos conversando — disse Rich.

— Tudo bem — falou Kitty. — Continuem *conversando*.

Eles ouviram os passos descendo as escadas.

— Talvez ela precise de você — disse Maddy. — Ela te adora tanto.

— Ela ficará bem.

— De qualquer forma, estamos apenas conversando. Você não se importa, não é?

— Não. Amo conversar com você.

— Quero dizer, ter que esperar.

— Não, não me importo.

— É que às vezes acho que não entendo mesmo os garotos. São tão diferentes.

— Não julgue todos os garotos por Leo Finnigan.

— Você não quer machucar garotas, quer, Rich? Nem secretamente?

— Não, de nenhuma forma. Não entendo isso.

— Grace diz que é por causa do sexo — lembrou Maddy. — Garotos querem fazer sexo com as garotas, então as garotas têm poder sobre eles, que, por isso, precisam machucá-las.

— Mas não é assim que me sinto. Não mesmo.

— Garotos querem fazer sexo.

— Sim, claro. Mas garotos querem que as garotas *desejem* fazer sexo. Se você acha que a garota não te quer, há uma perda de interesse aí.

— E o estupro? Homens fazem isso.

— E eu não entendo. Deve ter tudo a ver com ódio. É preciso realmente odiar as mulheres para fazer algo assim. Se você ama alguém, não quer machucar essa pessoa. Você quer que tudo seja bom para ela.

— A questão é que eu acho que você talvez seja mais bondoso que a maioria dos garotos.

— Não vejo por quê. A maioria das pessoas só quer ser amada.

— Mas sexo não é a mesma coisa que amor.

— Para mim é como se fosse.

Aí estava, a grande questão.

— Ouvir Grace foi tão horrível — disse Maddy. — E tão triste. Às vezes, sinto que o mundo é cheio de dor. Assisto ao noticiário, sobre como as pessoas se odeiam, como são gananciosas, como estão destruindo o planeta e ninguém se importa. E então penso: o que estou fazendo de bom? O que me torna diferente? Minha vida também não é grande coisa.

— É, para mim. Sua vida é grande coisa para mim.

— Talvez seja por isso que todos queremos tanto ser amados. Porque, de outra forma, nos sentiríamos muito inúteis.

— Nunca pensei dessa forma — falou Rich. — Sempre pensei que queria alguém para amar porque, sem isso, eu não estaria terminado. Tipo, eu não estaria completo. Mas talvez esteja certa. Talvez queiramos alguém para precisar de nós.

— Não, prefiro sua versão.

— Vou te dizer o que é. — Rich estava colocando os pensamentos para fora enquanto prosseguia. — Há dois tipos de amor. Há o amor que você recebe de alguém e há o amor que você dá para alguém. As pessoas acham que a melhor parte do amor é ter alguém amando você. Mas acho que a melhor parte é ter alguém para amar. Alguém que te permita amá-lo.

— Você tirou isso do livro de Pablo.

— Ainda seria verdade.

— Mas muitas pessoas podem deixá-lo amá-las — falou Maddy. — Isso não significa que você possa. Cath o deixaria amá-la se você quisesse.

— É diferente.

— Não quer amar Cath?

— Quero amar você.

— E se eu morresse?

— Não diga isso.

— Você me esqueceria e amaria outra pessoa.

— Maddy, você não tem ideia.

— Não sou assim tão especial, Rich. Sério.

— Você é a pessoa mais especial no universo.

— Apenas para você.

— Você não acredita realmente nisso.

— Eu acredito — insistiu ela. — De verdade. Não consigo ver que diferença minha vida faz para todas as coisas importantes. Não posso parar guerras, curar doenças ou desacelerar o aquecimento global. Não posso sequer fazer minha mãe e meu pai felizes. Então, qual o objetivo de minha existência? E não diga que é fazê-lo se sentir bem porque não é o suficiente.

— É o suficiente para mim — disse Rich.

— Você é apenas uma pessoa. Um não é o suficiente.

— E quatro? Suponha que quatro pessoas precisem de você. Eu, sua irmã, seus pais. É suficiente?

— Bem, não. Não de verdade. Quero dizer, eles são minha família.

— Tudo bem. Suponha que acrescentemos outras seis. Amigos e vizinhos. Se dez pessoas precisassem de você, sua vida teria um objetivo?

— Não sei. Que dez pessoas?

— Qualquer pessoa.

— Não vejo aonde você quer chegar com isso.

— Tudo bem — disse Rich. — Vamos começar na outra extremidade. Na grande extremidade você tem o mundo. Sete bilhões de pessoas. Se você fizesse algo que tivesse importância para o mundo inteiro, você diria que sua vida tem um objetivo, certo?

— Certo.

— Mas não precisa afetar todas as sete bilhões de pessoas, precisa? Suponha que você encontrasse a cura da AIDS e salvasse um bilhão de vidas. Serviria.

— Claro.

— E um milhão?

— Um milhão é bom.

— E 50 mil? Um estádio inteiro cheio de pessoas cujas vidas foram salvas por Maddy Fisher.

— Posso aceitar isso.

— E 10 mil?

— Tudo bem, tudo bem. — Maddy levantou as mãos em protesto. — Agora vejo para onde isso está indo.

— Só estou tentando descobrir quantas vidas você precisa afetar para que sinta que sua existência tem propósito.

— Isso me faz soar tão insensível.

— Você não vê? Uma é o suficiente. Nenhuma é o suficiente. Sua vida tem valor, ponto final. Cada vez que respira, você muda a atmosfera do planeta. Cada palavra que fala continua para sempre. Ondas sonoras nunca morrem, sabia disso? Cada coisa que você faz faz diferença.

— O mesmo para você. O mesmo para todo mundo.

— Isso é um problema? Você quer ser mais importante que todo mundo?

— Não tenho certeza. — Maddy pensou sobre isso. — Gostaria que existissem, pelo menos, algumas pessoas que fossem menos importantes que eu.

— Tudo bem. Eu indico Grace.

Rich estava sorrindo para ela, acariciando seus cabelos.

— Rich — disse Maddy. — Você é uma pessoa incrível. Fica mais incrível a cada instante. Nunca conversei com ninguém como converso com você.

Em algum lugar na casa, eles ouviram o telefone tocar. Então veio o som dos passos de Kitty subindo as escadas correndo. Ela empurrou a porta, os olhos arregalados com a importância do papel de mensageira.

— Vovó morreu — anunciou. — Papai acabou de ligar. Vovó morreu há cinco minutos, enquanto eu estava assistindo a *Neighbours*. Mamãe disse para irmos.

Rich e Maddy levantaram-se da cama. A mãe de Rich apareceu na porta atrás de Kitty.

— Finalmente acabou — disse ela. — Querida avó.

Rich abraçou as duas, e Kitty começou a chorar. Rich não chorou. Não se achava capaz de sentir qualquer coisa.

— Ela não acordou nenhuma vez — disse a mãe. — É uma boa maneira de partir.

Rich viu a avó antes de eles a moverem da cama do hospital. Ela estava ali como estivera nos últimos três dias. Parecia igual e diferente. Não havia mudança em sua aparência, mas era bem óbvio que ela não estava mais presente. Seja lá o que fazia com que ela fosse a avó que Rich conhecia, não estava mais no quarto.

Seu pai abraçou Kitty e ele.

— Ela simplesmente partiu — disse ele. — Eu estava aqui, mas nem percebi. Vocês sabem como sua avó nunca foi de fazer drama.

Só quando estava de volta em casa, subindo as escadas para o quarto, que Rich, de repente, captou o sentimento verdadeiro de que a avó estava morta. Era a visão do seu elevador fielmente no pé da escada e do andador esperando em cima. Ela não iria voltar, nunca mais. O barulho familiar de quando empurrava seu andador pelo chão nunca mais soaria. Ele nunca mais ouviria seu discurso embaralhado e engraçado de novo.

A incondicionalidade da morte atingiu Rich com um horror frio e profundo.

Ele abriu o diário e escreveu:

Vovó morreu. Eu não entendo. Quero que ela volte. Que outras coisas voltem. Folhas nas árvores. O nascer do sol. Natal. Quero que vovó volte quando as horas mudarem ou com a primavera. Esse negócio de morte é uma droga. Sou contra isso. Venha para casa, vovó. Nós te amamos.

Então, deitou-se na cama e chorou.

Reconciliações

Imo estava esperando por Maddy quando ela chegou em casa.

— Você. Meu quarto. Agora.

A porta se fechou atrás delas.

— Mas que porra acha que andou fazendo?

Maddy foi pega de surpresa.

— Falei para não contar para ninguém — disse Imo, a voz falhando de raiva. — O que para mim significa *ninguém*. E você conta para a porra do mundo inteiro! É totalmente louca ou apenas me odeia tanto que quer me envergonhar em público? É isso, Maddy? Você sempre me odiou?

— Não... Claro que não...

Maddy tentou se controlar, mas lágrimas estavam pressionando os olhos. Era tão injusto. Ela havia feito aquilo por Imo.

— Você quer que a cidade inteira ria de mim? Bem, você conseguiu. Muito bem, Maddy. Sou a piada da cidade.

— Não quero isso. Juro, Imo. Eu estava com muita raiva.

— Você acha que está com raiva? Tente ser eu.

— Eu precisava fazer alguma coisa. Ele não liga. Ele riu de mim.

— Por que você precisava fazer alguma coisa? Por quê? Toda essa merda precisava ter a ver com você.

— Não é verdade, Imo.

— Só porque é minha irmã. Você não é minha tutora. Não é minha protetora. Não preciso de proteção, tudo bem? Preciso que me deixem sozinha.

— Ele fez isso com Grace também.

— O quê?

— Leo fez com minha amiga Grace o que fez com você. Bateu nela.

— Grace?

— Sim, você sabe, Grace Carey, do meu ano. — Maddy hesitou e, então, continuou: — Leo tem saído com ela há mais de um ano.

— Mais de um ano?

— Ela está no apartamento dele agora.

Imo ficou em silêncio.

— Ela me mostrou os machucados. Me pediu para não contar a ninguém, como você. Não consegui aguentar, Imo.

— Ele é um merda. — Imo estava falando consigo mesma. — Há mais de um ano.

— Tive que fazer alguma coisa — disse Maddy. — Eu queria machucá-lo também, então machuquei. Eu o fiz sangrar.

Imo a encarou. Evidentemente essa parte da história não tinha chegado a ela.

— Como você o fez sangrar?

— Eu o atingi na cabeça com uma caneca de cerveja.

A boca de Imo se contraiu.

— E saiu sangue? — perguntou.

— Muito.

— O que ele disse?

— Ele riu. Todos os homens no bar riram. Como se apanhar na cabeça de uma garota fosse divertido.

— Ah, aquele filho da puta maldito! São todos uns filhos da puta malditos!

— Desculpe ter contado seu segredo, Imo. Eu não estava pensando direito. Eu tinha acabado de ver Grace. Queria matá-lo.

— Queria que tivesse conseguido. Deus, como queria. Queria que matasse todos eles enquanto estava com coragem para isso. Deus do céu, preciso de uma bebida. Você quer uma bebida?

Desceram para o andar de baixo juntas, reconciliadas. O pai estava na cozinha com uma garrafa de vinho na mão, servindo-se de um copo.

— Para mim também, pai — disse Imo. — Um copo grande.

— E para mim — falou Maddy.

— O que está acontecendo, garotas?

— Apenas o medo usual e a aversão ao sexo masculino — disse Imo.

— Excluindo papai, claro — acrescentou Maddy.

— Não. Sem excluir papai. A última coisa que ouvi era que você estava prestes a dar uma escapada.

O pai delas tomou um longo gole de vinho.

— Na verdade, não vou fugir — disse ele.

— Isso significa que vai ficar? — perguntou Maddy.

— Sim. Por enquanto. Jen e eu conversamos.

Maddy foi até o pai e o abraçou.

— Estou muito feliz, pai.

Ele a beijou.

— Eu também — falou Imo. — Mas não vou chorar por causa disso. Não quero mais saber de chorar.

Ela o abraçou também.

— É melhor você tomar cuidado, pai. Saia um pouco da linha e Maddy vai bater na sua cabeça com uma caneca de cerveja.

Maddy foi procurar a mãe. Ela estava no estoque da loja, desempacotando e colocando preços na última entrega de objetos de vidro do Rajastão.

— Você não deveria estar fazendo isso, mãe. Deixe para Ellen.

— Gosto de me manter ocupada. Você me conhece.

— Papai disse que não vai embora.

— Não. Não por enquanto, pelo menos.

Ela continuou cortando caminho pelas camadas de fita adesiva marrom.

— É o que você quer?

— Sim — disse a mãe. — Acho que sim.

— Então isso a deixa um pouco mais feliz?

— Sim. Um pouco.

A Sra. Fisher colocou a tesoura no chão.

— Venha aqui, querida.

Maddy foi alegremente para os braços da mãe.

— É tudo por sua causa. As coisas que falou para Mike fizeram toda a diferença.

— O que eu falei?

— Mike disse que você falou para ele que todos precisamos de alguém para amar. Seu pai nunca tinha pensado nisso dessa forma antes.

— Espero que eu esteja certa.

— É um começo, pelo menos. Não dá para amar alguém que não queira ser amado. Isso acaba com a gente.

— Sinto muito, mãe. Você merece coisa melhor.

— Tenho o que tenho. Prefiro tê-lo que não tê-lo. Estamos juntos há 25 anos. É quase metade de minha vida. Lembre-se, seu pai fica muito tempo longe. Ele tem sido um bom pai?

— Ele tem sido o papai. Nunca pensei, na verdade. — Maddy refletiu sobre isso agora. — Sempre o amei. E sempre senti que ele me ama.

— E ama. Muito. O velho e engraçado Mike.

— Eu não aguentaria se ele nos deixasse.

— Sabe — disse sua mãe reflexivamente —, acho de verdade que ele não tinha ideia do quanto todas o amávamos. Ele ainda parece levemente aturdido com tudo isso. Acho que imaginou que apenas diríamos: "Já vai tarde."

— Os homens não são estranhos? — falou Maddy. — Como crianças. Se eles não tiverem tudo o que desejam, ficam amuados e dizem que não querem nada.

Sua mãe sorriu ternamente.

— O que você sabe sobre homens, minha querida?

— Nada, na verdade.

— Quero tanto que seja melhor para você do que foi para mim.

Maddy sabia o quanto sua mãe queria que ela fosse feliz. Ela nunca a interrogara sobre namorados ou a falta deles como tantas mães faziam. Agora que havia algo para contar a ela, pelo menos, parecia mesquinho guardar para si.

— Tenho tipo um namorado — confessou ela.

— Isso é bom, querida.

O tom certo para a resposta. Satisfeita, mas não muito ansiosa por detalhes. Levando numa boa.

— É um garoto do meu ano. Chama-se Rich.

— E você gosta dele, desse "tipo um namorado"?

— Mais do que esperava. Bem mais.

— Bem, eu gostaria de conhecê-lo. Se você quiser.

Maddy não conseguiu dizer que estava apaixonada. Estava com vergonha de fazer uma afirmação tão grandiosa. Havia muito tempo para falar de amor mais tarde. Era tudo muito recente.

Rich telefonou depois do jantar.

— Nós temos uma barraca — disse ele. — Eu estava pensando que podíamos armá-la na árvore do celeiro.

— Rich — falou Maddy —, sua avó não acabou de morrer?

— Sim.

— Não deveria estar pensando nela?

— Eu pensei nela. Agora voltei a pensar em você.

— E para que essa barraca?

— Estava pensando que nos daria alguma privacidade.

— Ah. Certo.

— Você acha que é uma boa ideia? — perguntou Rich.

— E o cômodo das almofadas em minha loja? É privado.

— Sim, mas é seu. A barraca seria nossa.

Maddy entendeu de primeira. Rich queria criar um novo espaço para a nova vida que tinham acabado de começar. Ela nunca teria pensado nisso.

— Você andou pensando bastante — disse Maddy.

— O tempo todo.

— Tudo isso não está um pouco, bem, planejado?

— Acha que tudo deveria acontecer no calor do momento?

— Sim, um pouco.

— O problema é que não consigo pensar em nada além disso.

— Nem eu.

— Então também podemos desistir da coisa da espontaneidade e continuar com a coisa de planejar.

— Você não acha que pode ser um balde de água fria?

— Só se for para você — respondeu ele.

— Tudo bem. Vamos com a barraca.

— Acho que deveríamos esperar até o funeral de minha avó — disse Rich. — Não sei por quê. Apenas sinto que deveríamos.

— Um último ato de respeito.

— O funeral é quinta-feira de manhã.

— Sexta-feira, então.

— Eu estava pensando em quinta à noite.

— Sua casa não vai estar cheia de parentes? — perguntou Maddy.

— Mais uma razão para ter algum lugar aonde ir.

— Quinta-feira de tarde, então. Leve a barraca. Levo brownies ou algo assim.

— E eu irei preparado.

Maddy entendeu. Ela havia se perguntado se Rich levantaria a questão.

— Na verdade, isso não é um problema — disse. — Eu estou segura.

— Ah, ótimo. — Alívio em sua voz. — Brownies parecem ótimos também.

No dia seguinte, Maddy descobriu que a história do ataque a Leo era o assunto da escola. A narrativa tinha aumentado. O discurso era que ela batera em Leo com uma cadeira e o chutara na cabeça enquanto ele estava no chão. Só que ninguém sabia por quê.

Maddy recusou-se a explicar.

— Ele merecia. — Foi tudo o que disse.

A hipótese natural era que ela estava tendo um caso com Leo e que eles haviam tido um desentendimento. Isso fez a popularidade de Maddy crescer enormemente.

Max Heilbron disse a Rich:

— Você ouviu que Maddy Fisher bateu em Leo Finnigan no Rainbow? Ah, cara! Queria que ela me batesse!

— Imagino que ela tivesse suas razões — falou Rich.

— Porra, Rich! Por que você tem que ser tão sensato? Uma garota que briga é uma garota que trepa.

— Como você sabe?

— Todo mundo sabe. Tem tudo a ver com contato físico.

— Não acho que Maddy Fisher esteja fazendo qualquer coisa com Leo Finnigan, se é isso o que quer dizer.

— Ah, cresça, Rich. Claro que está.

Ele chamou Cath Freeman, que estava por perto.

— Ei, Cath. Maddy anda transando com Leo Finnigan, certo?

— Errado.

— Ah, sim. Claro que estou errado. Tipo, eu não sou burro, sabe.

— Não. Você é um mané.

— Quem está chamando de mané, cara de cachorro?

Cath voou sobre Max, esmurrando-o. Max caiu com os braços sobre a cabeça, tentando se defender da chuva de golpes.

— Rich, tire ela de cima de mim!

— Uma garota que briga, Max — falou Rich.

— Me ajude! Ai! Pare!

— Peça desculpas! — gritou Cath.

— Sim! Desculpe. Não direi isso de novo.

Cath parou de socar.

— Ah, nossa! — Ela sacudiu os braços. — Isso foi bom.

Max levantou-se. Seus olhos estavam fixos em Cath, com uma expressão completamente nova.

— Você bate forte — disse ele.

Joe encontrou uma oportunidade de falar com Maddy sozinho.

— Eu e minha mãe conversamos com Leo ontem à noite e dissemos que tinha que procurar ajuda. Ele vai ver um psiquiatra.

— Acha que fará alguma diferença? — Quis saber Maddy.

— Dissemos a ele que terminaria na prisão se não se endireitasse.

— Joe, ele sequer pensa que está fazendo alguma coisa errada.

— Sim, ele pensa. O problema é que esta é a única forma de ele conseguir chegar lá.

— A única forma de ficar excitado?

— Sim.

— Ah, Deus. Às vezes eu só quero desistir. As pessoas são tão problemáticas.

— Você ter batido nele... Isso realmente o chocou.

— Parecia que, para Leo, era tudo uma grande piada.

— Não. Leo ficou chocado. E está com um galo enorme na cabeça.

— Não foi minha intenção. Apenas aconteceu. Eu estava tão chateada por causa de Grace e de Imo. E lá estava ele, rindo.

— Fez um favor a ele, Maddy. — Joe exibiu seu sorriso fácil. — Você é uma garota e tanto.

A primeira vez

Eles se encontraram no portão da trilha para a encosta arborizada. Rich já estava ali quando Maddy chegou. A seus pés, estava uma mochila estufada.

— Por quanto tempo ficaremos fora? — perguntou Maddy. — Um mês?

— Essa é a barraca — disse Rich. — E os sacos de dormir. E os travesseiros.

— Travesseiros!

— Achei que nos deixariam mais confortáveis.

— Ah, Rich.

— Você me acha um pouco estranho?

— Acho que pensa muito à frente. Fico muito feliz que pense. Mas é mesmo um pouco estranho. — Ela riu e, então, o beijou. — Um tipo bom de estranho.

Rich arremessou a mochila nas costas, e eles zarparam para a trilha. O céu estava escuro, ameaçando chuva, e, entre as árvores, havia sombras profundas. Eles andaram um atrás do outro em silêncio, ouvindo suas passadas, indiferentes a qualquer outro som.

Na árvore do celeiro, Rich largou a mochila e pegou o embrulho que viraria a barraca. Ele contou os passos no chão sob os ramos espalhados do freixo.

— Grande o bastante — declarou.

Armaram a barraca juntos, sob a luz fraca. Era mais difícil do que Rich esperava.

— Engraçado — disse ele, tentando desvendar para que direção o forro fora. — Foi fácil quando fiz isso no jardim.

— Você treinou no jardim?

— Sim. Foi fácil.

— O que diabos sua família pensou que você estava fazendo?

— As crianças do Passos Minúsculos pensaram que era para eles. Brincaram de casinha dentro.

Ele conseguiu que a parte do chão fosse para a direção certa, finalmente, e, de repente, um contorno de barraca ergueu-se entre eles. Era uma barraca retangular pontuda, de modelo ultrapassado, feita de tecido verde-escuro. Os dois mastros da barraca recusavam-se a ficar em pé sozinhos. Maddy segurou um em cima enquanto Rich tirava as cordas. Isso revelou um problema inesperado. As cordas precisavam de uma área muito maior que a própria barraca. Em duas das quatro direções elas batiam contra a parede de pedra do celeiro em ruínas.

Rich olhou para os obstáculos, desanimado.

— Você poderia amarrar uma das cordas na árvore — disse Maddy.

— Sim. Boa ideia.

Então ele encontrou um grampo pesado de ferro cravado na parede. Outra corda poderia ser amarrada ali. Quando estavam presas, os dois mastros ficaram inclinados em direções opostas, mas a tenda permaneceu de pé.

Rich desenrolou os dois sacos de dormir que tinha trazido. Ele e Maddy prenderam ambos em um mesmo zíper para formar um saco duplo, que preencheu todo o chão da barraca. Em seguida, foi a vez dos travesseiros.

— Agora você entra — disse Rich.

Maddy inclinou-se e arrastou-se para dentro da barraca.

— Não tem muito espaço — falou ela. — Está escuro.

Rich a seguiu, levando consigo uma pequena lanterna elétrica. Colocou-a em um canto e a ligou. De repente, o tecido da barraca ficou sólido e volumoso.

Eles sentaram nos sacos de dormir com os braços ao redor dos joelhos e olharam ao redor.

— É um pouco pequena — disse Rich.

— Espero que pareça maior quando estivermos deitados.

— Devíamos ter ido para seu cômodo das almofadas. Essa foi uma ideia idiota.

— Não — falou Maddy. — Eu amei. É como morar na floresta.

Através da aba da porta entreaberta, podiam ver os galhos mais baixos do freixo, e, para além disso, os troncos das faias no crepúsculo.

— Vamos torcer para que seja à prova d'água — disse Rich. — A previsão é de chuva.

— Por que não me disse?

— Não queria que você mudasse de ideia.

— Mas e se chover?

— Tarde demais agora.

— Francamente, Rich.

Ele colocou um dos braços ao redor de Maddy. Ela inclinou-se contra ele. Beijaram-se.

— A ideia é que entremos no saco de dormir? — perguntou ela.

— Sim. É o plano.

— Com roupa?

— Bem, talvez alguma. Ou nenhuma.

— Nenhuma seria melhor.

Eles se beijaram de novo, mas não fizeram nenhum movimento para tirar as roupas.

— Sem pressa — disse Maddy.

Apesar das intenções deles para a noite, ambos estavam com vergonha de se despir. Então, esticaram-se sob a luz da lanterna e conversaram.

— Parece que tudo aconteceu muito rápido para você? — perguntou Maddy. — Para mim, parece.

— Quanto tempo faz?

— Quanto tempo desde o quê?

— Desde que começou a pensar em mim dessa forma?

— Acho que começou na festa de sua avó. Eu te vi cantando com sua família e isso me deixou feliz. Quis participar.

— Não foi na casa de Pablo?

— Ah, sim. Esqueci isso. Sim, foi especial. Mas você ainda estava falando sobre Grace.

— Apenas como um disfarce.

— Sério?

— Para mim, começou quando sentamos perto do rio e comemos sonhos.

— Ah, Deus! Isso foi tão nojento.

— Simplesmente gostei de estar com você.

— Mas aposto que nunca pensou que terminaria aqui.

— Não. Nunca.

— Depois voltei para sua casa e você colocou as lâmpadas na casa de bonecas de Kitty. Foi tão bonito quando as luzes se acenderam. Eu estava quase tão empolgada quanto sua irmã.

Os dois sentiram um prazer delicado em refazer os passos que haviam dado em direção um ao outro. E ali estavam no final da jornada, naquela pequena barraca verde.

— Na verdade, quer saber uma coisa — disse Maddy —, acho que para mim começou quando você bateu no poste de luz.

— Não foi! Você estava interessada em Joe Finnigan.

— Sim, estava. Mas foi quando eu o notei realmente pela primeira vez.

— Depois de todos esses anos...

— Bem, desculpe. De qualquer forma, você não pode falar nada. Bateu no poste de luz porque estava olhando para Grace.

— Eu devia estar maluco — disse Rich.

— Ela é muito bonita.

— Nem metade do quanto você é.

— Ah, Rich. Isso é bobagem.

— Não, estou falando sério.

Ele se levantou sobre um cotovelo para olhar para o rosto sorridente de Maddy. A luz baixa da lanterna lançava sombras profundas.

— Juro pela minha vida — disse Rich.

— Não morra — pediu ela. — Estamos apenas começando. Mesmo se estivermos indo um pouco devagar.

— Eu não ligo.

— Não, Rich? De verdade?

— Eu não acredito que cheguei longe assim. A qualquer momento você vai dizer: "Temos que ir, foi tudo uma brincadeira."

— Não, não vou. Estou farta de brincadeiras. — Maddy afagou o rosto dele, traçando linhas sobre seu nariz e lábios. — Desta vez é sério.

— Você não tem ideia de como é sério.

— Não tenho?

Ela tateou o corpo de Rich até a virilha. Ali, encontrou um relevo duro.

— Há quanto tempo isso está acontecendo?

— Séculos. Ele não é nem de perto tão tímido quanto eu.

— Talvez devêssemos fazer alguma coisa a respeito.

Ela colocou as mãos ali embaixo e abriu o zíper da calça jeans dele. Tirou as calças do caminho para que o pênis de Rich ficasse livre.

Maddy o afagou suavemente.

— Eu te amo, Maddy — disse ele. — Eu te amo.

— Isso é só sexo.

Ele rolou em seus braços com o corpo pressionado contra o dela. Beijaram-se avidamente.

— Minha vez — disse Maddy. Ela começou a tirar a blusa pela cabeça.

— Quer saber? Vou apagar a luz.

Ele alcançou a lanterna e apertou o botão. A barraca estava mergulhada na escuridão.

— Agora não consigo ver nada.

Os dois sabiam que eram mais felizes se despindo na escuridão. Era um tipo estranho de timidez, e nenhum deles queria conversar sobre isso.

Rich ainda estava tirando a calça quando Maddy começou a se contorcer para dentro do saco de dormir.

— Ah, o travesseiro. Que gostoso. — Então, um tempo depois, ela disse: — Ai. Tem caroços aqui embaixo.

— Ah, Deus — falou Rich. — Estão debaixo do chão da barraca. Eu devia ter pensado nisso.

Nu, ele juntou-se a ela no saco de dormir. Deitaram-se lado a lado, olhando para o teto escuro da barraca. Seus olhos ajustaram-se à escuridão, e eles conseguiram ver a tira de luz cinza onde a aba da barraca não estava completamente fechada.

Maddy apalpou, procurando pelo corpo de Rich. Ele começou a estremecer.

— Lá vai você — disse Maddy.

— Não consigo evitar.

— Tem caroços afiados debaixo de onde você está?

— Sim.

— Da próxima vez, traga um colchão também.

Eles se acariciaram, deitados lado a lado de costas. Um tempo lento de exploração.

— Em que parte você gosta que eu toque mais? — perguntou Maddy. — Além do óbvio.

— Aqui. — Ele colocou a mão dela na parte interna de suas coxas.

— Tipo, quanto mais perto do seu pau, melhor.

— Isso.

— Você quer que eu venere seu pau? Você gostaria se eu usasse orelhas de coelhinha?

— Não — disse Rich. — Gosto de suas orelhas.

— E se eu chupasse?

— Você quer?

— Não tenho certeza. Nunca tentei. Estou um pouco nervosa em relação a isso.

— Então não faça. Gosto do que estamos fazendo agora. Para ser honesto, estou, provavelmente, no meu ápice de excitação, apenas por tê-la nua ao meu lado.

— Sério?

— Aqui. Sinta meu coração.

— Uau.

— É o que você provoca em mim — falou Rich.

— Mas qualquer garota não provocaria a mesma coisa? Desde que ela estivesse nua?

— Talvez — disse Rich. — Mas, com você, eu me sinto excitado e seguro ao mesmo tempo.

— É como me sinto — disse Maddy.

Ele contorceu o corpo até os dedões do pé.

— Eu amo ter um corpo — anunciou ele. — Você faz com que eu ame ter um corpo.

— Eu amo ter seu corpo também — falou Maddy.

Eles rolaram de lado e entrelaçaram as pernas, pressionando os corpos um contra o outro novamente. Rich percebeu que estava movendo seus quadris contra ela.

— Ansioso, ansioso — disse Maddy.

— Não sou eu. É ele.

— Ele sabe o que quer.

— Mas não acho que tenha muita ideia de como chegar lá.

— Esse é o objetivo de praticar.

— Ainda estamos praticando? — perguntou Rich. — Pensei que talvez já fosse o momento.

Maddy empurrou seu corpo contra o pênis de Rich, amando a sensação do corpo dele ansiando-a. Ela sentiu um calor formigando por dentro.

— Me acaricie — disse ela, puxando as mãos de Rich para seus seios.

Rich acariciou os seios de Maddy, apalpando suavemente ao redor dos mamilos. Então, curvou a cabeça para baixo e beijou os mamilos dela, um após o outro.

— Eu gosto disso — sussurrou ela.

— Estou ficando bastante excitado — disse ele.

— Está difícil segurar?

— Talvez. Não consigo dizer. Nunca fiz isso antes.

— Talvez devêssemos ir logo com isso, então.

Ela procurou a cabeça do pênis dele e o guiou por entre suas pernas. Rich se moveu para deitar-se sobre ela.

— Vai ficar tudo bem com você? — sussurrou ele.

— Eu não sei. Também nunca fiz isso antes.

— Talvez doa.

— Não. Acho que não.

Ela contorceu o quadril e o guiou até que a cabeça do pênis se aconchegasse contra sua fenda macia. Então, encontrou seu clitóris e o pressionou com a ponta de um dedo.

— Vou me acariciar um pouco.

— Isso é bom — disse ele.

Ela sentiu pequenos arrepios de prazer começarem a fluir pelo corpo. Rich moveu seu pênis para a frente e depois para trás. A cada empurrão, ela se abria um pouco mais. Mas o progresso era lento.

— Desculpe — disse ela. — Consegue aguentar um pouco mais?

— Acho que sim.

Ela tirou a mão da própria virilha para que Rich pudesse ficar totalmente encostado nela. Rich deu outro empurrão, e ela sentiu o pênis penetrá-la.

— Fique parado — pediu Maddy. — Tenho que me acostumar com isso.

— Ah, Maddy — murmurou ele. — Ah, Maddy.

— Não goze ainda.

— Não. Ah, é tão quente.

— Claro que é quente. O que você esperava?

Rich mal se atrevia a se mover para não liberar o dilúvio. Seu corpo inteiro estava em um estado de excitação elétrica.

— Ah, Maddy.

Eles ouviram o barulho do lado de fora. Um longo focinho preto apareceu na entrada da barraca. Eles congelaram, sentindo o coração um do outro.

Um chamado veio da trilha do bosque:

— Susie! Aqui, Susie!

O lampejo de uma lanterna. O cachorro foi embora.

Rich recomeçou a se mover. Seu pênis entrou um pouco mais.

— Fique parado — disse Maddy novamente.

Ele parou, olhando para o rosto dela na escuridão. Mas conseguia enxergá-la.

— Ninguém poderia estar mais linda que você agora — falou ele. — Você é perfeita.

— Você me ama, Rich?

— Sim, eu te amo, Maddy.

— Você vai me amar depois?

— E depois. E depois.

— Eu também. Eu te amarei depois e depois.

Ele deitou a cabeça no travesseiro ao lado dela e sentiu as cócegas do cabelo de Maddy contra sua bochecha.

— Pode se mexer de novo agora — disse ela.

Ele se moveu e, de repente, percorreu todo o caminho.

— Quente! — exclamou outra vez.

— Aí — falou ela. — Você está lá, agora.

— Não consigo me segurar por muito mais tempo — sussurrou Rich.

— Tudo bem. — Ela buscou a bochecha dele com os lábios e o beijou. — Apenas praticando.

Ele deu um longo suspiro. Maddy o sentiu mexer o pênis para trás e depois para a frente novamente. Rich estremeceu. Seu pênis se contraiu dentro dela. Então, parou.

Ela acariciou as costas dele, fazendo movimentos lentos com as mãos. O corpo inteiro de Maddy se aqueceu com uma sensação de calor agradável. Tão perto, pensou. O mais perto possível.

Então, veio uma onda de ternura inesperada. Ela percebeu que estava chorando.

— Foi tudo bem? — sussurrou ela, beijando o rosto dele para que não visse suas lágrimas.

— Sim — disse Rich. — Sim. Eu não consegui parar.

— Você não tinha que parar.

— Mas e você? Eu não te dei seu tempo.

— Eu não ligo. Não mesmo. Fica para a próxima vez. Ou para a outra. Somos apenas iniciantes.

— Maddy, foi tão maravilhoso. Não consigo te dizer o quão maravilhoso foi. Ainda é.

— Eu amei também.

— Vou melhorar. Farei ficar maravilhoso para você.

— Já é maravilhoso para mim.

E ela falava sério. Maddy se sentia orgulhosa e feliz de um jeito que a pegou de surpresa. Em parte, por causa do prazer que sentira ao ver Rich tão estarrecido e saber que fora por causa dela, por causa de seu corpo, de seu presente. O prazer que Rich sentira com ela lhe dera prazer também. E também estava feliz porque descobria que sexo e amor podiam ser a mesma coisa, afinal de contas. Pelo menos, para ela e Rich. Pelo menos, nesse dia.

— Eu te amo, Rich — disse ela.

Ela podia sentir seu pênis murchando. E, agora, estava fora.

— Dê uma olhada em minha bolsa — falou Maddy. — Trouxe alguns lenços.

Ele se sentou e tateou até encontrá-los.

— Na verdade, a sujeira é sua. — Ela deu batidinhas de leve nos respingos entre as pernas. — Mas sempre sobra para as garotas limparem.

Rich deitou-se mais uma vez ao lado dela.

— Eu estou tão feliz, Mad.

— Acabou agora. Você teve o que queria. Imagino que vai dormir em um minuto.

— Não. Quero continuar sentindo isso.

Um som de gotas de chuva caiu sobre o teto da barraca acima deles. Em instantes, o som das gotas tinha se tornado o de um aguaceiro. A chuva batia na tela verde.

— Quer um brownie? — perguntou Maddy.

— Você realmente trouxe brownies?

— Claro. Eu disse que traria.

Ela os pegou, dando um para Rich. Rich comeu o dele lentamente, olhando a chuva que caía através da abertura na porta da barraca.

— Está mesmo bom.

— É daquelas massas prontas.

— É o melhor brownie que já comi na vida.

— Você é fácil de agradar.

Então, por um tempo, ficaram silenciosamente nos braços um do outro, esperando a chuva passar.

— Desculpe pela chuva — falou Rich.

— Não me importo — disse Maddy. — Você se importa?

— Ah, eu não ligo para a chuva. Deixe chover.

— Deixe chover — concordou Maddy.

Este livro foi composto na tipologia Berling LT Std,
em corpo 10/14,5, e impresso em papel off-white,
no Sistema Cameron da Divisão Gráfica
da Distribuidora Record.